CLAUDIUS POPELIN

UN LIVRE

DE

SONNETS

M D CCC LXXXVIII

UN LIVRE
DE
SONNETS

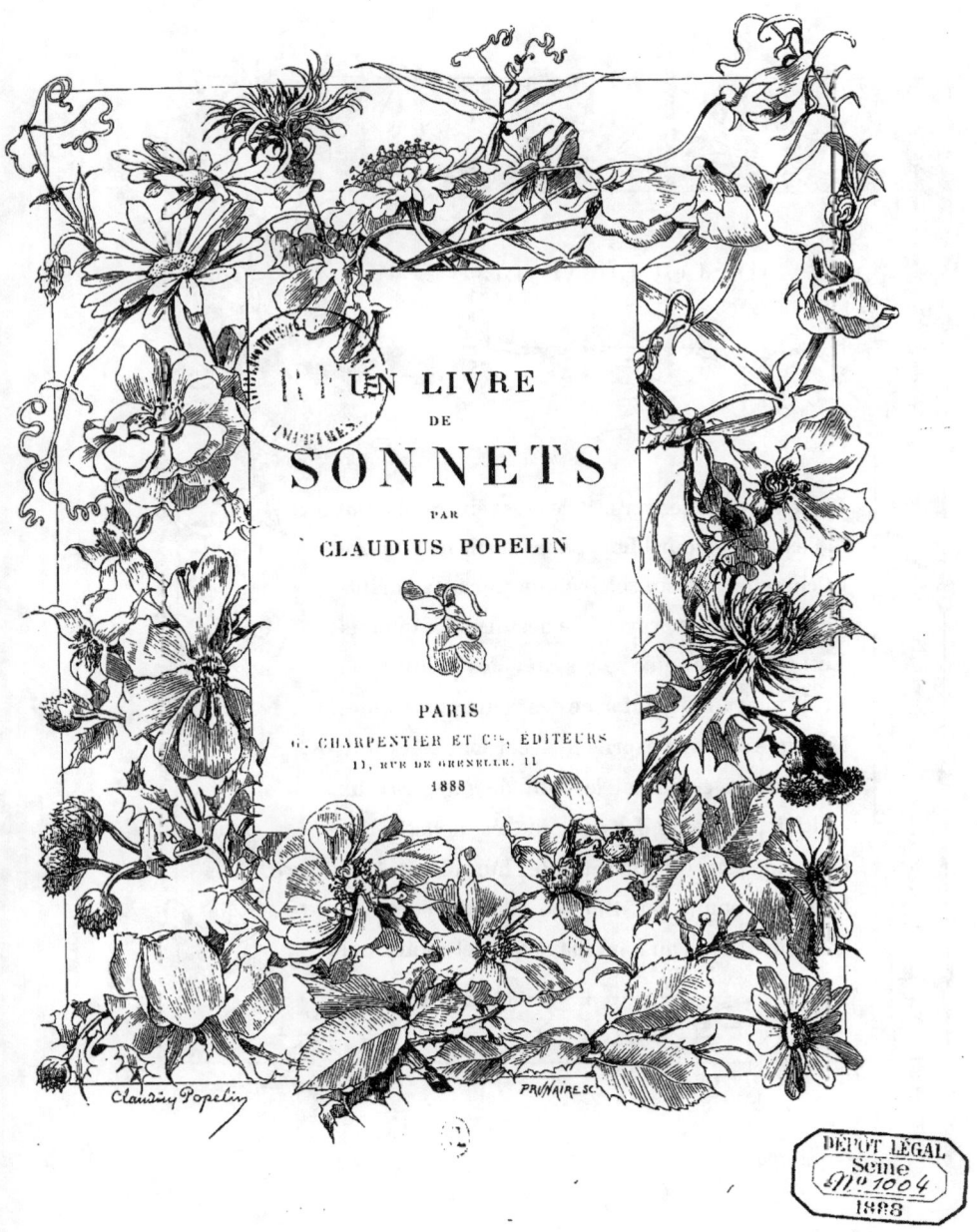

UN LIVRE

DE

SONNETS

PAR

CLAUDIUS POPELIN

PARIS

G. CHARPENTIER ET Cⁱᵉ, ÉDITEURS

13, RUE DE GRENELLE, 13

1888

Claudius Popelin

PRUNAIRE SC

DISCOURS AU LECTEUR

Lecteur, voici des vers, et des vers en grand nombre.
Si j'essaie, aujourd'hui, de les sortir de l'ombre,
Et cherche en plein soleil à montrer mes enfants,
Ce n'est pas que, rêvant de destins triomphants,
J'espère devant eux voir agiter des palmes ;
Vrai, mon ambition forme des vœux plus calmes.
Mais que certains esprits m'accordent leurs bravos,
Content, je cueillerai le fruit de mes travaux.
J'ai fait, au cours des ans, ce très modeste livre
Que, non sans quelque crainte, humblement je te livre.
Il est de bonne foi. Sincère chroniqueur
Il montre jusqu'au fond ma pensée et mon cœur.

Prunaire. sc.   Claudius Popelin

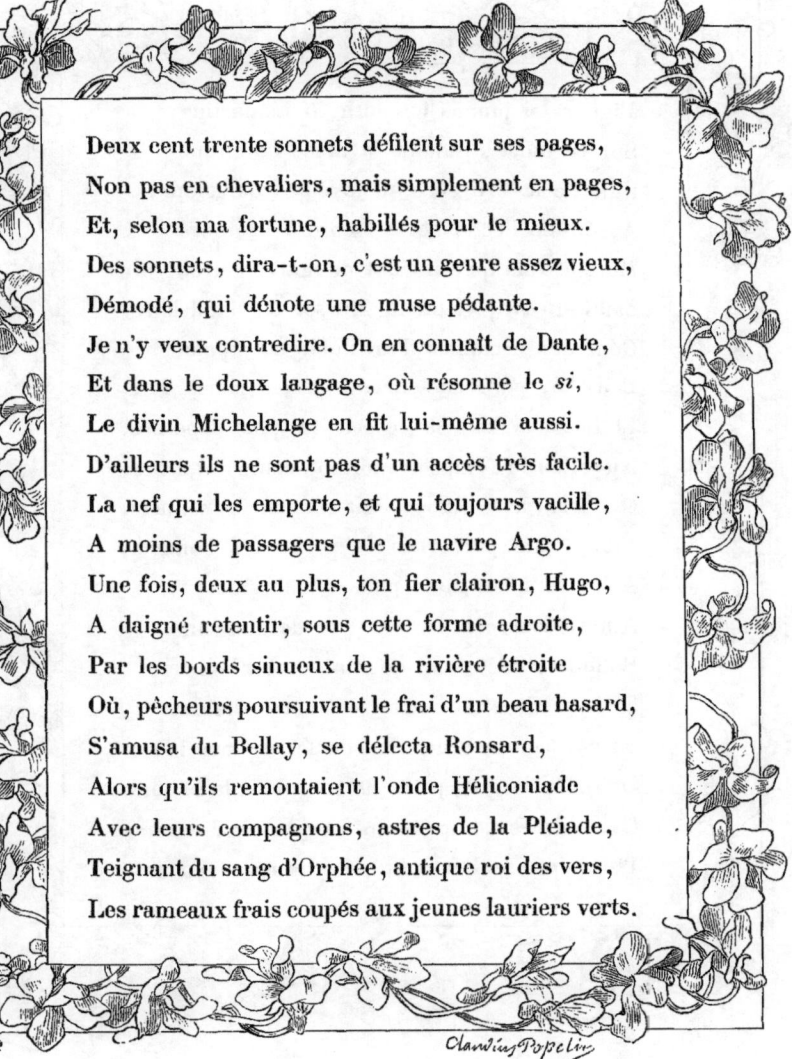

Deux cent trente sonnets défilent sur ses pages,
Non pas en chevaliers, mais simplement en pages,
Et, selon ma fortune, habillés pour le mieux.
Des sonnets, dira-t-on, c'est un genre assez vieux,
Démodé, qui dénote une muse pédante.
Je n'y veux contredire. On en connaît de Dante,
Et dans le doux langage, où résonne le *si*,
Le divin Michelange en fit lui-même aussi.
D'ailleurs ils ne sont pas d'un accès très facile.
La nef qui les emporte, et qui toujours vacille,
A moins de passagers que le navire Argo.
Une fois, deux au plus, ton fier clairon, Hugo,
A daigné retentir, sous cette forme adroite,
Par les bords sinueux de la rivière étroite
Où, pêcheurs poursuivant le frai d'un beau hasard,
S'amusa du Bellay, se délecta Ronsard,
Alors qu'ils remontaient l'onde Héliconiade
Avec leurs compagnons, astres de la Pléiade,
Teignant du sang d'Orphée, antique roi des vers,
Les rameaux frais coupés aux jeunes lauriers verts.

Claudius Popelin

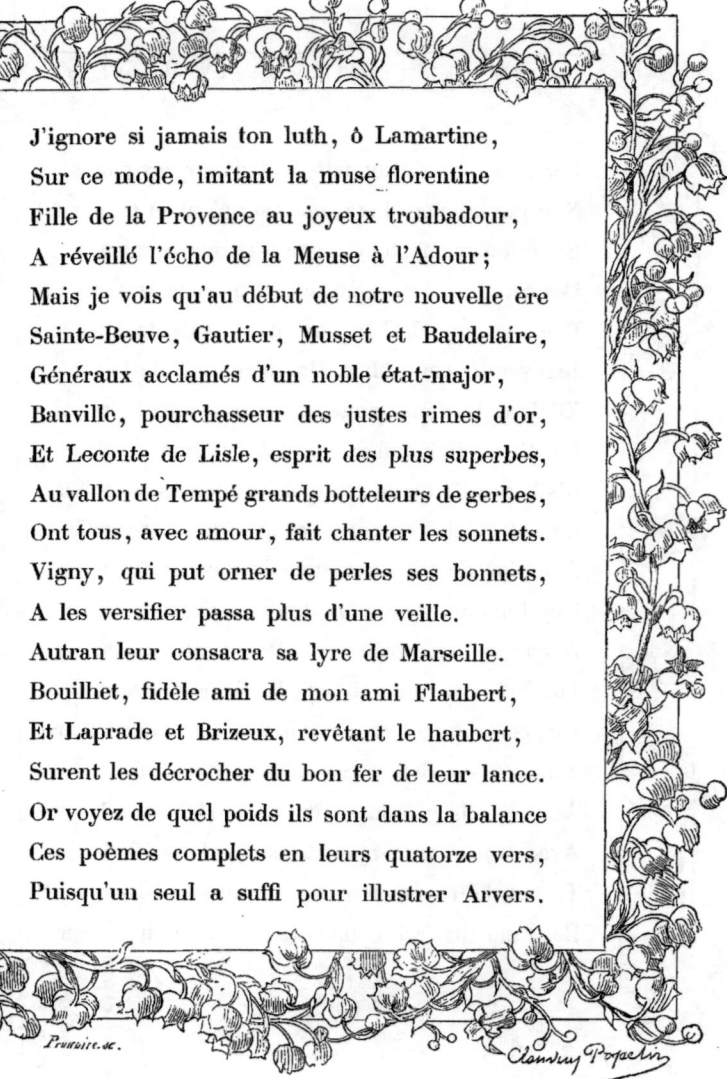

J'ignore si jamais ton luth, ô Lamartine,
Sur ce mode, imitant la muse florentine
Fille de la Provence au joyeux troubadour,
A réveillé l'écho de la Meuse à l'Adour ;
Mais je vois qu'au début de notre nouvelle ère
Sainte-Beuve, Gautier, Musset et Baudelaire,
Généraux acclamés d'un noble état-major,
Banville, pourchasseur des justes rimes d'or,
Et Leconte de Lisle, esprit des plus superbes,
Au vallon de Tempé grands botteleurs de gerbes,
Ont tous, avec amour, fait chanter les sonnets.
Vigny, qui put orner de perles ses bonnets,
A les versifier passa plus d'une veille.
Autran leur consacra sa lyre de Marseille.
Bouilhet, fidèle ami de mon ami Flaubert,
Et Laprade et Brizeux, revêtant le haubert,
Surent les décrocher du bon fer de leur lance.
Or voyez de quel poids ils sont dans la balance
Ces poèmes complets en leurs quatorze vers,
Puisqu'un seul a suffi pour illustrer Arvers.

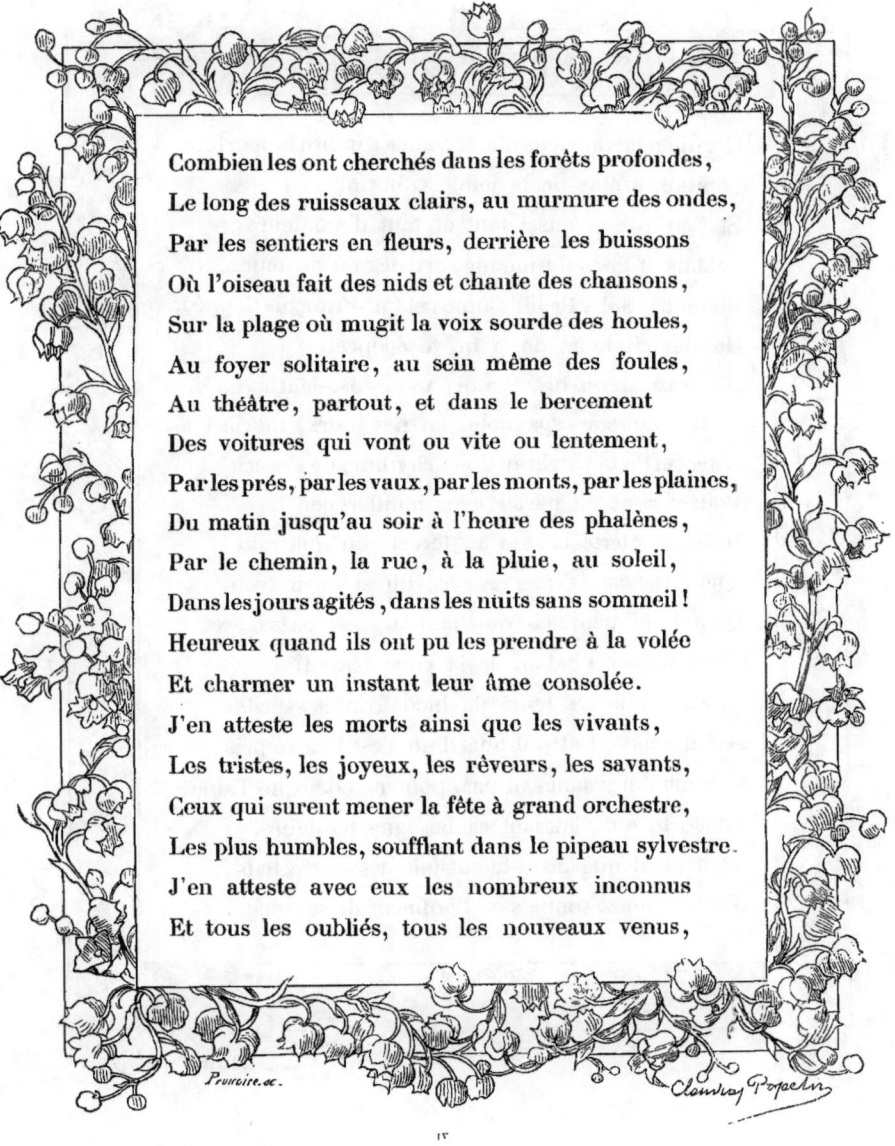

Combien les ont cherchés dans les forêts profondes,
Le long des ruisseaux clairs, au murmure des ondes,
Par les sentiers en fleurs, derrière les buissons
Où l'oiseau fait des nids et chante des chansons,
Sur la plage où mugit la voix sourde des houles,
Au foyer solitaire, au sein même des foules,
Au théâtre, partout, et dans le bercement
Des voitures qui vont ou vite ou lentement,
Par les prés, par les vaux, par les monts, par les plaines,
Du matin jusqu'au soir à l'heure des phalènes,
Par le chemin, la rue, à la pluie, au soleil,
Dans les jours agités, dans les nuits sans sommeil !
Heureux quand ils ont pu les prendre à la volée
Et charmer un instant leur âme consolée.
J'en atteste les morts ainsi que les vivants,
Les tristes, les joyeux, les rêveurs, les savants,
Ceux qui surent mener la fête à grand orchestre,
Les plus humbles, soufflant dans le pipeau sylvestre.
J'en atteste avec eux les nombreux inconnus
Et tous les oubliés, tous les nouveaux venus,

Pruvaire. sc.

Claudius Popelin

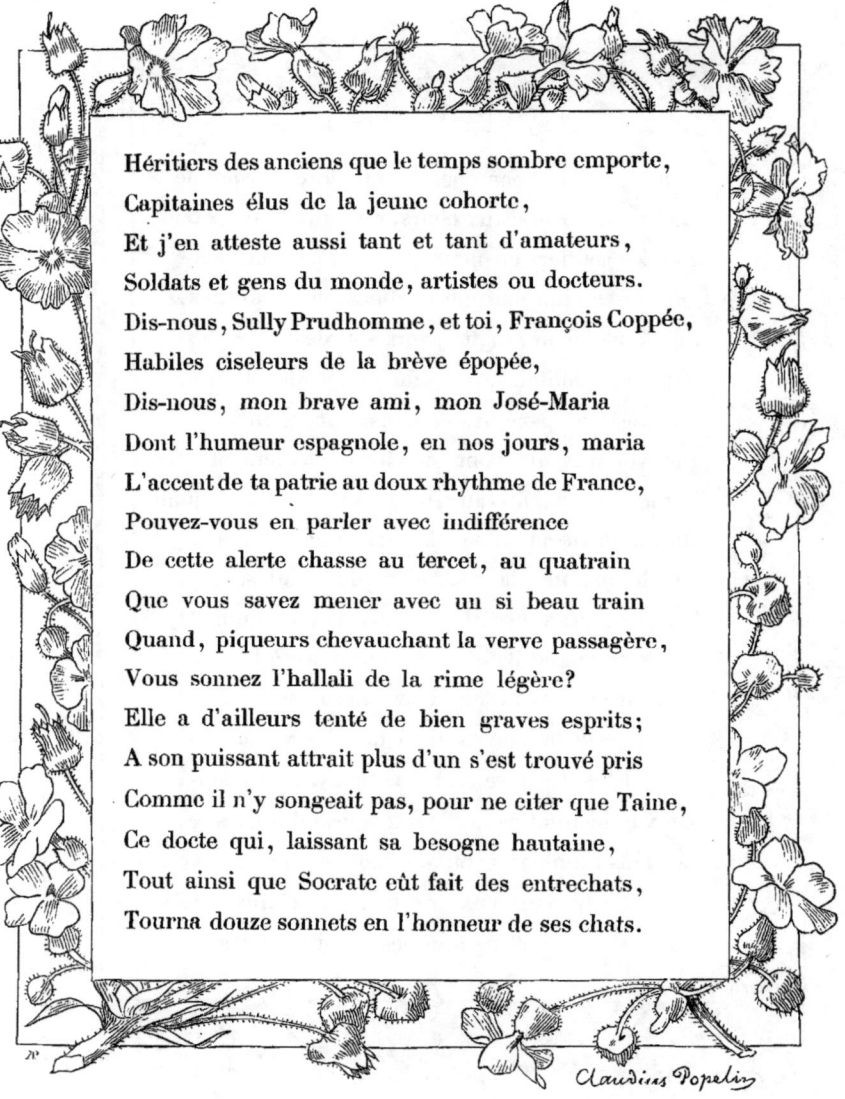

Héritiers des anciens que le temps sombre emporte,
Capitaines élus de la jeune cohorte,
Et j'en atteste aussi tant et tant d'amateurs,
Soldats et gens du monde, artistes ou docteurs.
Dis-nous, Sully Prudhomme, et toi, François Coppée,
Habiles ciseleurs de la brève épopée,
Dis-nous, mon brave ami, mon José-Maria
Dont l'humeur espagnole, en nos jours, maria
L'accent de ta patrie au doux rhythme de France,
Pouvez-vous en parler avec indifférence
De cette alerte chasse au tercet, au quatrain
Que vous savez mener avec un si beau train
Quand, piqueurs chevauchant la verve passagère,
Vous sonnez l'hallali de la rime légère?
Elle a d'ailleurs tenté de bien graves esprits;
A son puissant attrait plus d'un s'est trouvé pris
Comme il n'y songeait pas, pour ne citer que Taine,
Ce docte qui, laissant sa besogne hautaine,
Tout ainsi que Socrate eût fait des entrechats,
Tourna douze sonnets en l'honneur de ses chats.

Claudius Popelin

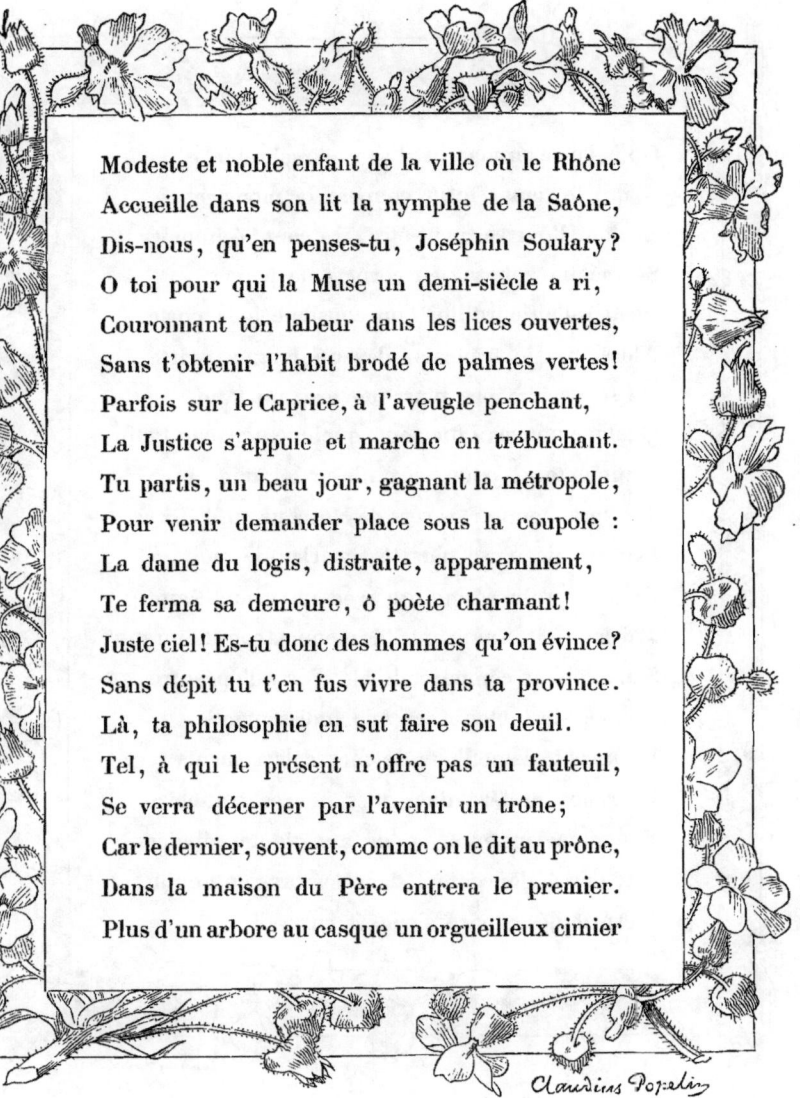

Modeste et noble enfant de la ville où le Rhône
Accueille dans son lit la nymphe de la Saône,
Dis-nous, qu'en penses-tu, Joséphin Soulary?
O toi pour qui la Muse un demi-siècle a ri,
Couronnant ton labeur dans les lices ouvertes,
Sans t'obtenir l'habit brodé de palmes vertes!
Parfois sur le Caprice, à l'aveugle penchant,
La Justice s'appuie et marche en trébuchant.
Tu partis, un beau jour, gagnant la métropole,
Pour venir demander place sous la coupole :
La dame du logis, distraite, apparemment,
Te ferma sa demeure, ò poète charmant!
Juste ciel! Es-tu donc des hommes qu'on évince?
Sans dépit tu t'en fus vivre dans ta province.
Là, ta philosophie en sut faire son deuil.
Tel, à qui le présent n'offre pas un fauteuil,
Se verra décerner par l'avenir un trône;
Car le dernier, souvent, comme on le dit au prône,
Dans la maison du Père entrera le premier.
Plus d'un arbore au casque un orgueilleux cimier

Claudius Popelin

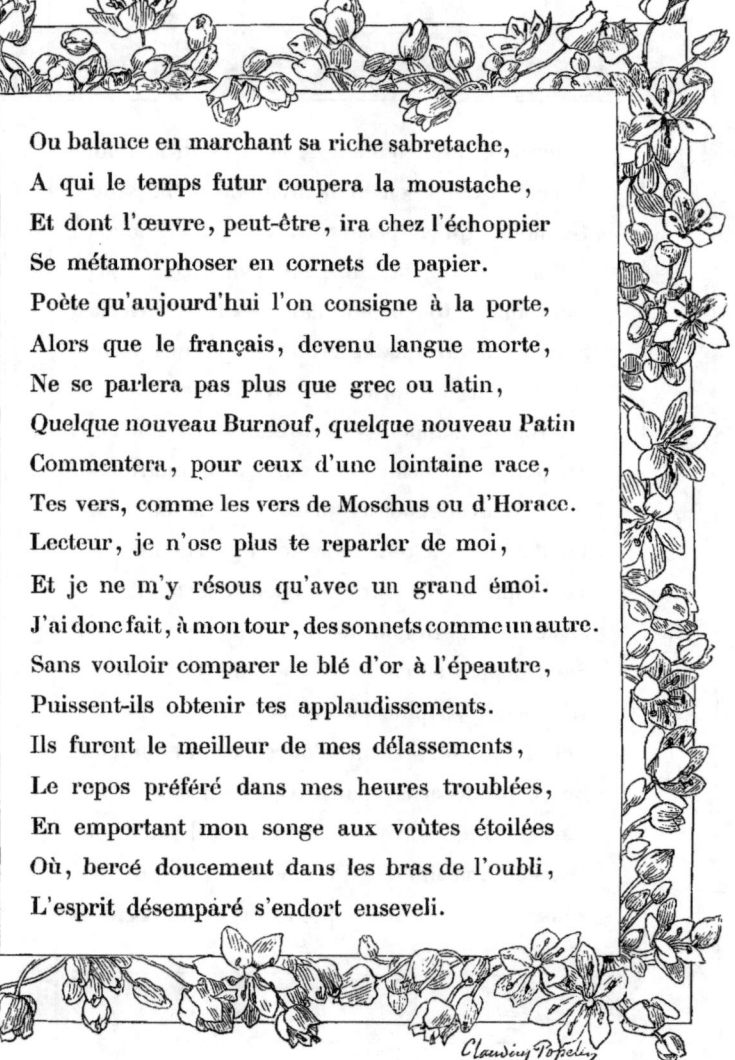

Ou balance en marchant sa riche sabretache,

A qui le temps futur coupera la moustache,

Et dont l'œuvre, peut-être, ira chez l'échoppier

Se métamorphoser en cornets de papier.

Poète qu'aujourd'hui l'on consigne à la porte,

Alors que le français, devenu langue morte,

Ne se parlera pas plus que grec ou latin,

Quelque nouveau Burnouf, quelque nouveau Patin

Commentera, pour ceux d'une lointaine race,

Tes vers, comme les vers de Moschus ou d'Horace.

Lecteur, je n'ose plus te reparler de moi,

Et je ne m'y résous qu'avec un grand émoi.

J'ai donc fait, à mon tour, des sonnets comme un autre.

Sans vouloir comparer le blé d'or à l'épeautre,

Puissent-ils obtenir tes applaudissements.

Ils furent le meilleur de mes délassements,

Le repos préféré dans mes heures troublées,

En emportant mon songe aux voûtes étoilées

Où, bercé doucement dans les bras de l'oubli,

L'esprit désemparé s'endort enseveli.

Claudius Popelin

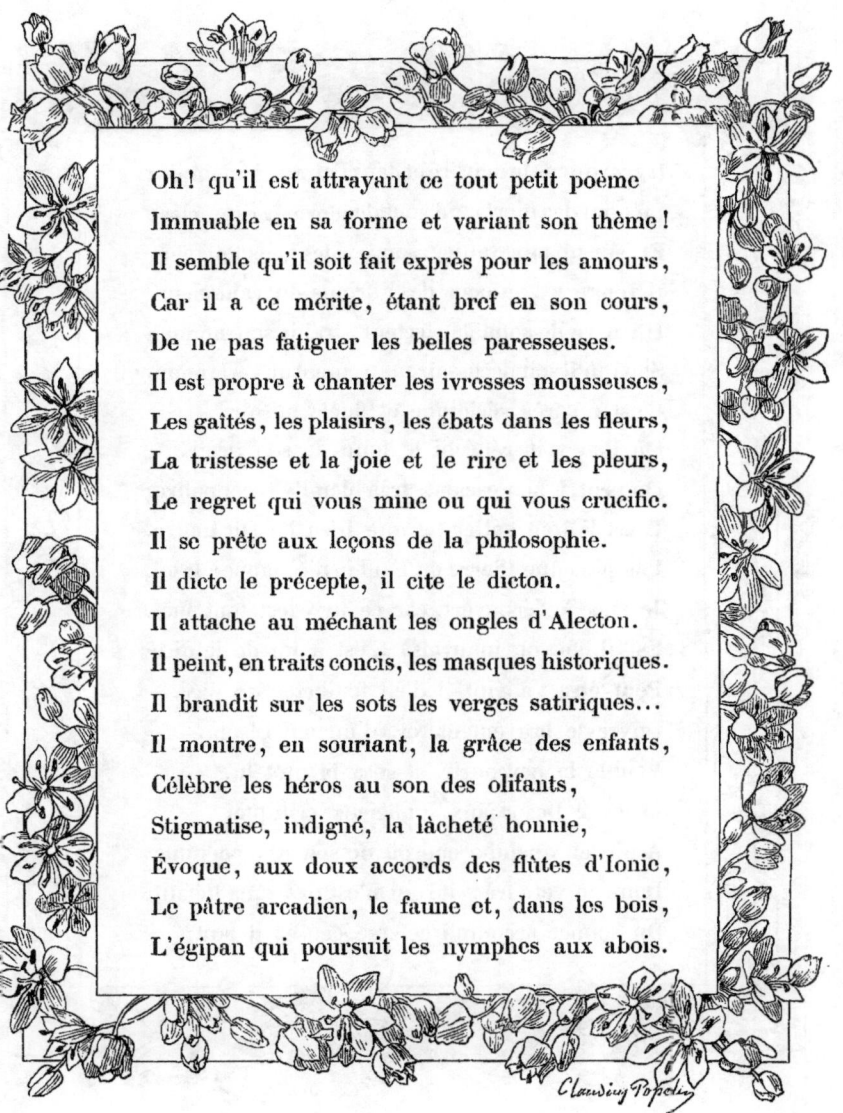

Oh! qu'il est attrayant ce tout petit poème
Immuable en sa forme et variant son thème !
Il semble qu'il soit fait exprès pour les amours,
Car il a ce mérite, étant bref en son cours,
De ne pas fatiguer les belles paresseuses.
Il est propre à chanter les ivresses mousseuses,
Les gaîtés, les plaisirs, les ébats dans les fleurs,
La tristesse et la joie et le rire et les pleurs,
Le regret qui vous mine ou qui vous crucifie.
Il se prête aux leçons de la philosophie.
Il dicte le précepte, il cite le dicton.
Il attache au méchant les ongles d'Alecton.
Il peint, en traits concis, les masques historiques.
Il brandit sur les sots les verges satiriques...
Il montre, en souriant, la grâce des enfants,
Célèbre les héros au son des olifants,
Stigmatise, indigné, la lâcheté honnie,
Évoque, aux doux accords des flûtes d'Ionie,
Le pâtre arcadien, le faune et, dans les bois,
L'égipan qui poursuit les nymphes aux abois.

Claudius Popelin

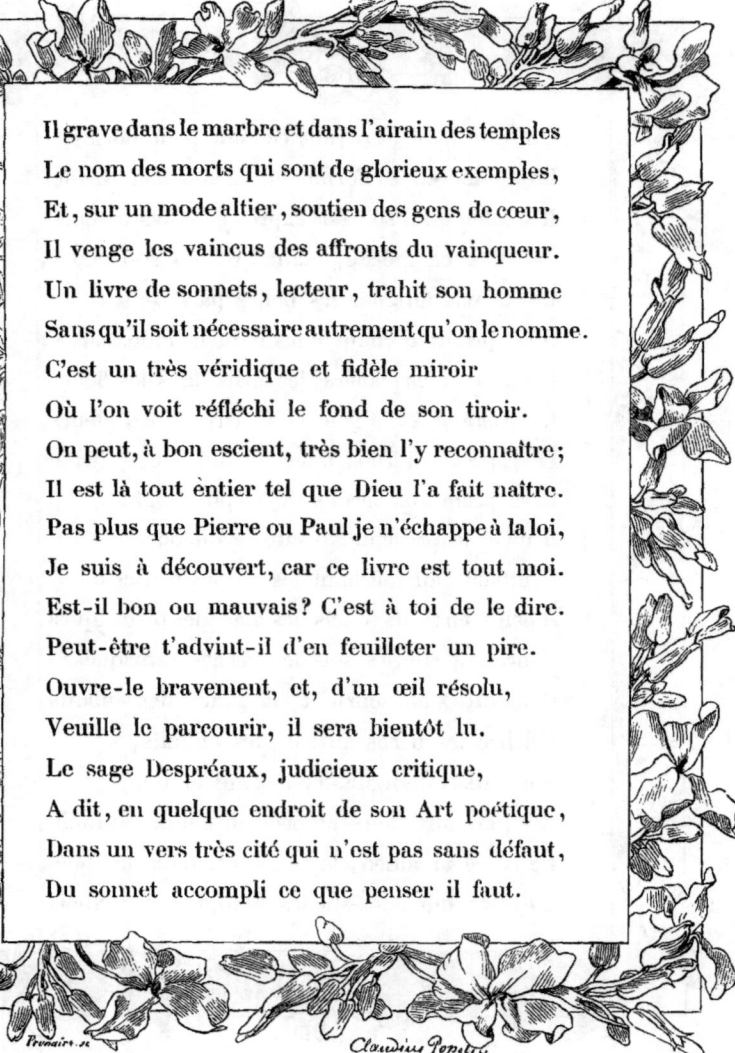

Il grave dans le marbre et dans l'airain des temples
Le nom des morts qui sont de glorieux exemples,
Et, sur un mode altier, soutien des gens de cœur,
Il venge les vaincus des affronts du vainqueur.

Un livre de sonnets, lecteur, trahit son homme
Sans qu'il soit nécessaire autrement qu'on le nomme.
C'est un très véridique et fidèle miroir
Où l'on voit réfléchi le fond de son tiroir.

On peut, à bon escient, très bien l'y reconnaître;
Il est là tout entier tel que Dieu l'a fait naître.
Pas plus que Pierre ou Paul je n'échappe à la loi,
Je suis à découvert, car ce livre est tout moi.

Est-il bon ou mauvais? C'est à toi de le dire.
Peut-être t'advint-il d'en feuilleter un pire.
Ouvre-le bravement, et, d'un œil résolu,
Veuille le parcourir, il sera bientôt lu.

Le sage Despréaux, judicieux critique,
A dit, en quelque endroit de son Art poétique,
Dans un vers très cité qui n'est pas sans défaut,
Du sonnet accompli ce que penser il faut.

Prenaire. sc   Claudius Popelin

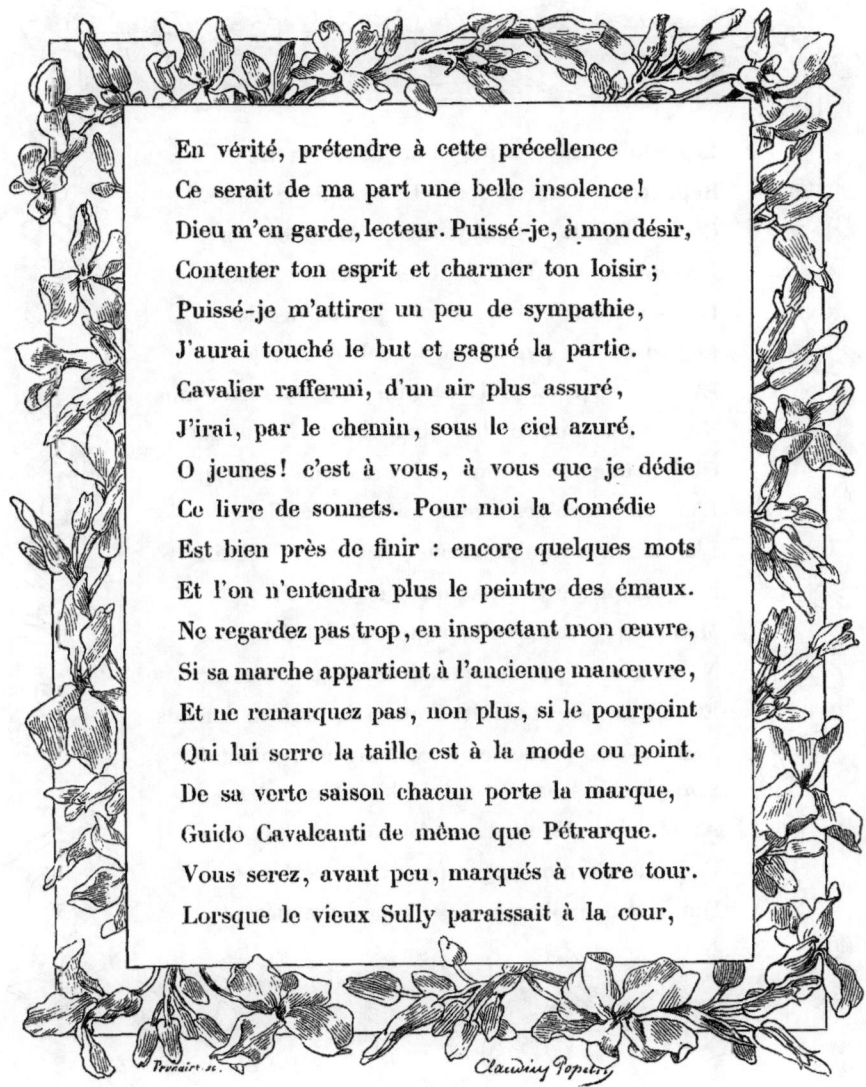

En vérité, prétendre à cette précellence
Ce serait de ma part une belle insolence!
Dieu m'en garde, lecteur. Puissé-je, à mon désir,
Contenter ton esprit et charmer ton loisir;
Puissé-je m'attirer un peu de sympathie,
J'aurai touché le but et gagné la partie.
Cavalier raffermi, d'un air plus assuré,
J'irai, par le chemin, sous le ciel azuré.
O jeunes! c'est à vous, à vous que je dédie
Ce livre de sonnets. Pour moi la Comédie
Est bien près de finir : encore quelques mots
Et l'on n'entendra plus le peintre des émaux.
Ne regardez pas trop, en inspectant mon œuvre,
Si sa marche appartient à l'ancienne manœuvre,
Et ne remarquez pas, non plus, si le pourpoint
Qui lui serre la taille est à la mode ou point.
De sa verte saison chacun porte la marque,
Guido Cavalcanti de même que Pétrarque.
Vous serez, avant peu, marqués à votre tour.
Lorsque le vieux Sully paraissait à la cour,

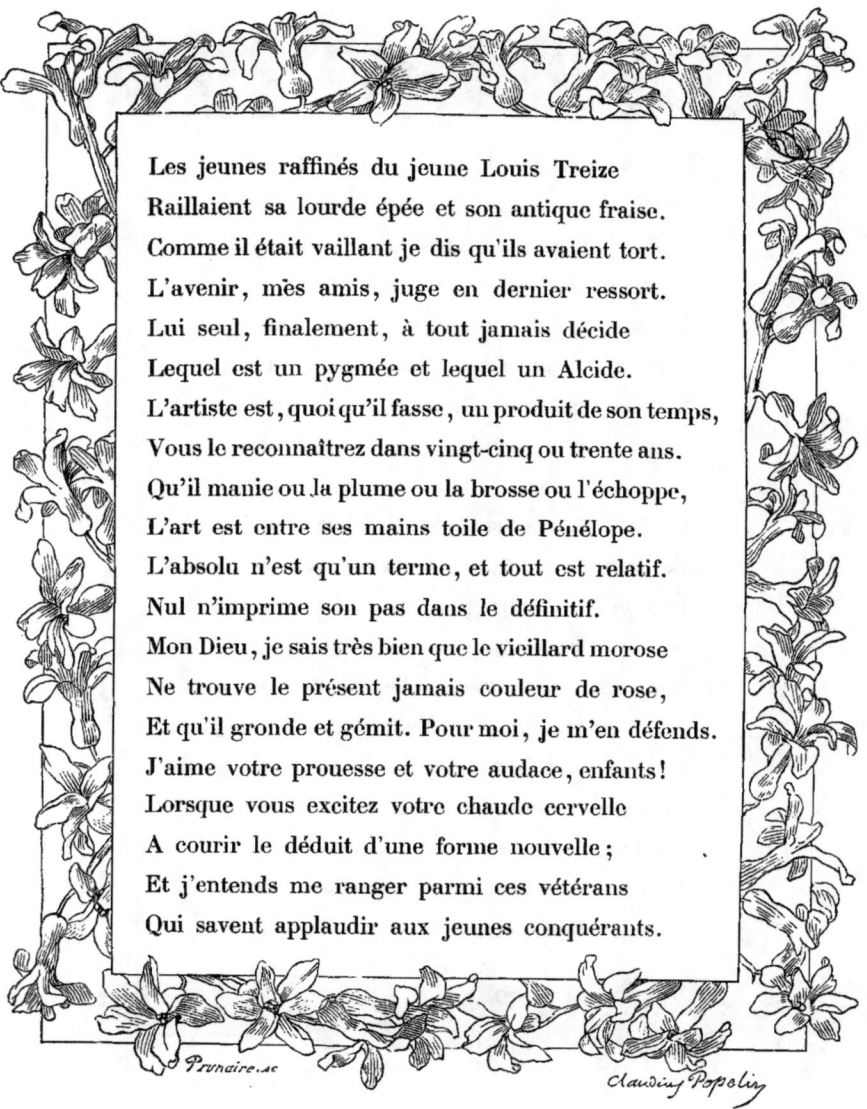

Les jeunes raffinés du jeune Louis Treize
Raillaient sa lourde épée et son antique fraise.
Comme il était vaillant je dis qu'ils avaient tort.
L'avenir, mès amis, juge en dernier ressort.
Lui seul, finalement, à tout jamais décide
Lequel est un pygmée et lequel un Alcide.
L'artiste est, quoi qu'il fasse, un produit de son temps,
Vous le reconnaîtrez dans vingt-cinq ou trente ans.
Qu'il manie ou la plume ou la brosse ou l'échoppe,
L'art est entre ses mains toile de Pénélope.
L'absolu n'est qu'un terme, et tout est relatif.
Nul n'imprime son pas dans le définitif.
Mon Dieu, je sais très bien que le vieillard morose
Ne trouve le présent jamais couleur de rose,
Et qu'il gronde et gémit. Pour moi, je m'en défends.
J'aime votre prouesse et votre audace, enfants!
Lorsque vous excitez votre chaude cervelle
A courir le déduit d'une forme nouvelle;
Et j'entends me ranger parmi ces vétérans
Qui savent applaudir aux jeunes conquérants.

Prunaire sc   Claudius Popelin

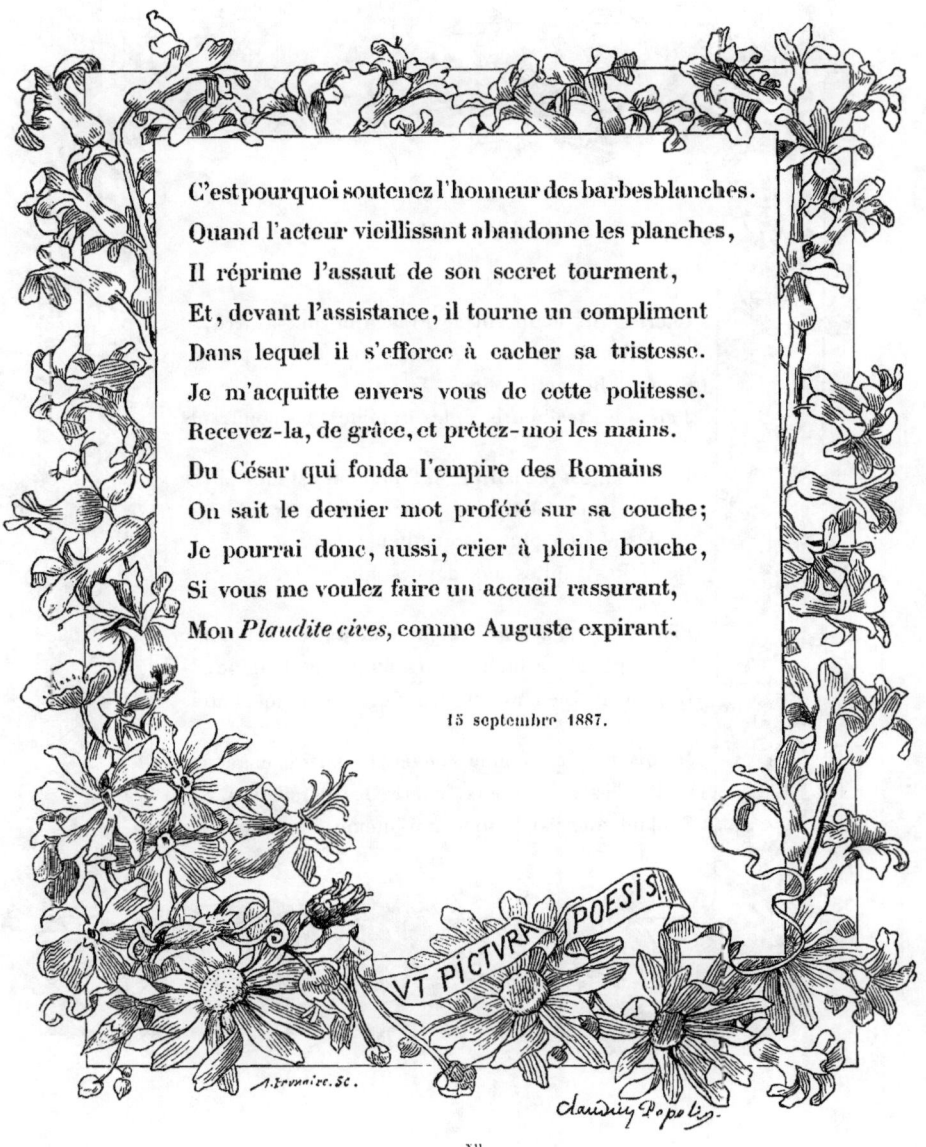

C'est pourquoi soutenez l'honneur des barbes blanches.

Quand l'acteur vieillissant abandonne les planches,

Il réprime l'assaut de son secret tourment,

Et, devant l'assistance, il tourne un compliment

Dans lequel il s'efforce à cacher sa tristesse.

Je m'acquitte envers vous de cette politesse.

Recevez-la, de grâce, et prêtez-moi les mains.

Du César qui fonda l'empire des Romains

On sait le dernier mot proféré sur sa couche;

Je pourrai donc, aussi, crier à pleine bouche,

Si vous me voulez faire un accueil rassurant,

Mon *Plaudite cives*, comme Auguste expirant.

15 septembre 1887.

VT PICTVRA POESIS

XII

A MES AMIS, SALUT

Charles Dix étant roi de France et de Navarre,
En mil huit cent vingt-cinq, je naquis de parents
Sensés, honnêtes, bons. Je ne suis pas avare,
J'aime les malheureux, les humbles, les souffrants.

Le travail est ma barque et l'honneur est mon phare.
Je n'ai jamais flatté les princes ni les grands,
Ni désiré non plus l'orgueilleuse fanfare
Des folles vanités aux dehors apparents.

Fils d'Adam, j'ai mordu comme un autre à la pomme.
Si j'ai péché ce fut toujours en galant homme,
Et je n'ai, Dieu merci, pas fait couler de pleurs.

Je suis pour les cléments envers l'humaine engeance,
Contre les dédaigneux, contre les persifleurs,
Sentant que j'ai besoin moi-même d'indulgence.

VIEUX MARIN, VIEIL ARTISTE

A l'amiral Charles Duperré.

Quand les vieux loups de mer, à bout de leurs voyages,
Reviennent au pays ployant un peu les reins,
Ils aiment à dresser, dans des sites marins,
Leur petite maison qu'ils ornent de treillages.

Là, devant l'Océan rayé par les sillages,
Tout à leur jardinet planté de romarins,
Un brûle-gueule aux dents, les braves mathurins
Cultivent des carrés bordés de coquillages.

Ainsi, lorsqu'il a fait son œuvre quarante ans,
L'artiste peut laisser à ceux d'un nouveau temps
Le péril de monter le vaisseau qu'on arrime.

Et c'est un grand bonheur si, pendant ses hivers,
Il est assez lettré pour cultiver la rime
Et tromper ses regrets dans le jardin des vers.

Claudius Popelin

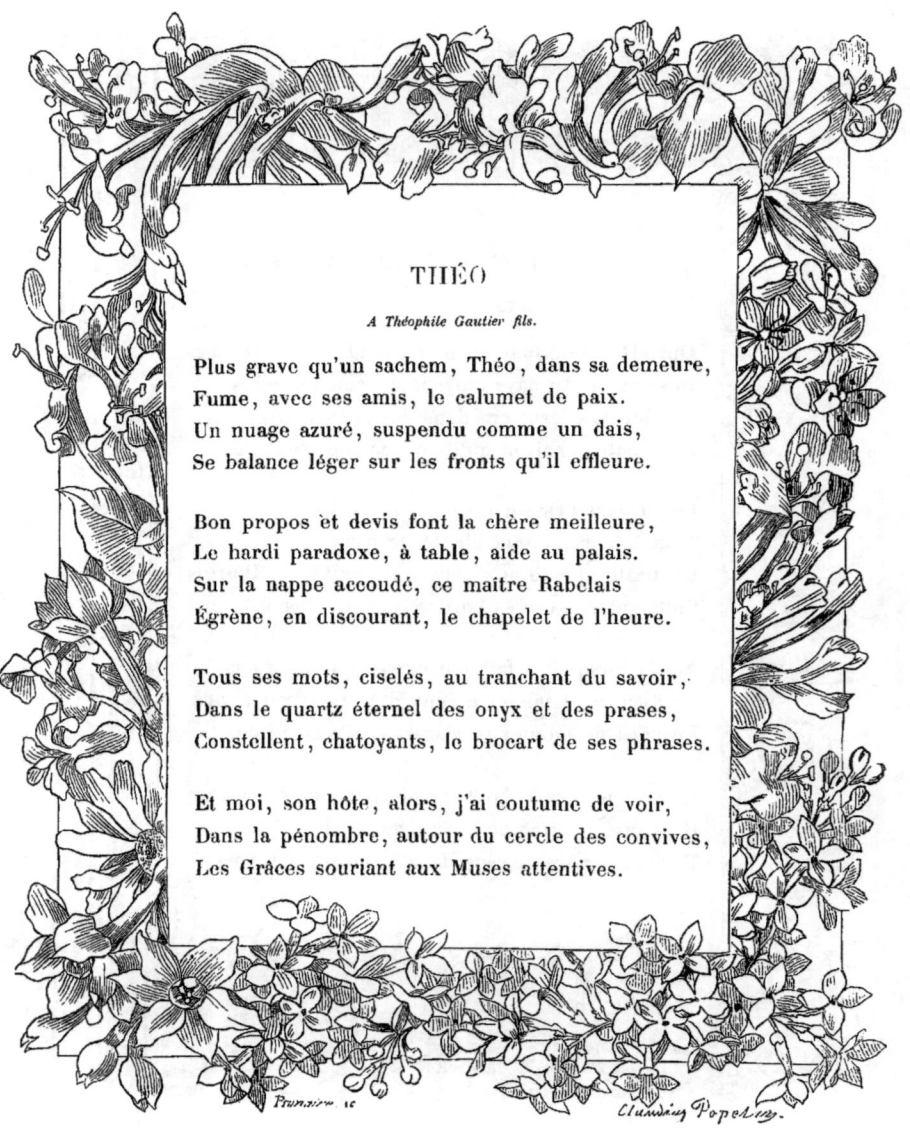

THÉO

A Théophile Gautier fils.

Plus grave qu'un sachem, Théo, dans sa demeure,
Fume, avec ses amis, le calumet de paix.
Un nuage azuré, suspendu comme un dais,
Se balance léger sur les fronts qu'il effleure.

Bon propos et devis font la chère meilleure,
Le hardi paradoxe, à table, aide au palais.
Sur la nappe accoudé, ce maître Rabelais
Égrène, en discourant, le chapelet de l'heure.

Tous ses mots, ciselés, au tranchant du savoir,
Dans le quartz éternel des onyx et des prases,
Constellent, chatoyants, le brocart de ses phrases.

Et moi, son hôte, alors, j'ai coutume de voir,
Dans la pénombre, autour du cercle des convives,
Les Grâces souriant aux Muses attentives.

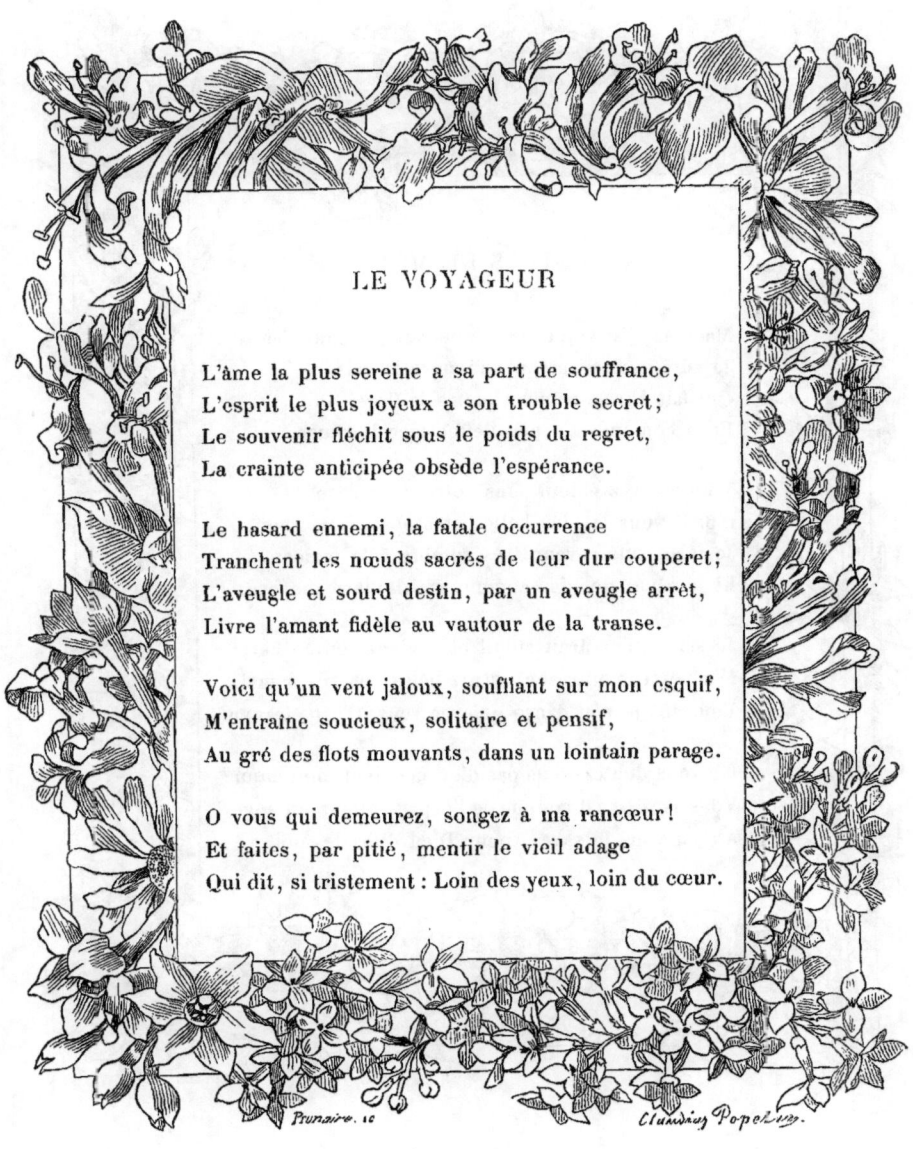

LE VOYAGEUR

L'âme la plus sereine a sa part de souffrance,
L'esprit le plus joyeux a son trouble secret;
Le souvenir fléchit sous le poids du regret,
La crainte anticipée obsède l'espérance.

Le hasard ennemi, la fatale occurrence
Tranchent les nœuds sacrés de leur dur couperet;
L'aveugle et sourd destin, par un aveugle arrêt,
Livre l'amant fidèle au vautour de la transe.

Voici qu'un vent jaloux, soufflant sur mon esquif,
M'entraîne soucieux, solitaire et pensif,
Au gré des flots mouvants, dans un lointain parage.

O vous qui demeurez, songez à ma rancœur!
Et faites, par pitié, mentir le vieil adage
Qui dit, si tristement : Loin des yeux, loin du cœur.

Prunaire. sc   Claudius Popelin.

DITES-LE-MOI

Madame, j'ai vingt ans, je ne sais pas grand'chose ;
Je suis novice en tout ; j'ignore la raison
Qui fait sur le rameau naître la floraison,
Et je confonds un peu l'effet avec la cause.

Vous m'avez ébloui sous votre robe rose.
C'était vous la plus belle, et sans comparaison.
Je m'en suis revenu très sombre à la maison,
Et je rêve, depuis, comme un vieillard morose.

Je sens qu'un trait subtil et brûlant, en ce bal,
M'a percé d'outre en outre, hélas ! et mis à mal.
Pourtant je n'ai dansé qu'avec vous. C'est étrange.

Ne vous doutez-vous pas d'où me vient mon émoi ?
Vous avez, c'est connu, de l'esprit comme un ange.
Ah ! si vous le savez, pour Dieu dites-le-moi.

Claudius Popelin

PENDANT L'ANDANTE

Quand de vos blanches mains, sur l'ivoire sonore
Dont elles effaçaient l'éclat immaculé,
Le son harmonieux, en notes modulé,
Coulait comme un nectar qui jaillit d'une amphore,

Mon ivresse, éployant l'aile multicolore
D'un subtil idéal, m'emportait, affolé,
Loin, bien loin de la Terre, au beau ciel étoilé
Du bonheur infini que l'illusion dore.

Parce que je rêvais dans les bleus firmaments
J'oubliai du réel les tristesses amères.
C'est ainsi qu'ils sont faits tous ces esprits d'amants !

Ils s'en vont, empoignant les longs crins des chimères,
Sans jamais se douter que l'ardeur de leur vol
Ne vise qu'à les voir se briser sur le sol.

Claudius Popelin

SUR UNE TÊTE A L'AQUARELLE

Amour, cruel archer, au-devant du pourtraict
Que de royales mains, d'amprès quelque Aspasie,
En un pourfil antique au naturel ont traict,
Las ! m'a l'esprit brouillé d'estrange frénésie ;

Si qu'il m'a tout mon heur et mon repos soustraict,
Et m'a rendu captif à cette phantasie
Dont je me vais dolent et chestif et défaict
En ce poinct qu'à me voir un chascun s'extasie.

Çà rends ma dame en vie, ou lève mes ennuis,
Me muant en ce clou qui pend l'imaige à l'huis,
Aussi bien je me sens mourir de ma blessure,

Amour ! cruel archer qui m'a faict tel excès
Que j'aime une pucelle à qui pas n'est d'accès,
Une chimère, un souffle, une ombre, une peincture !

Claudius Popelin

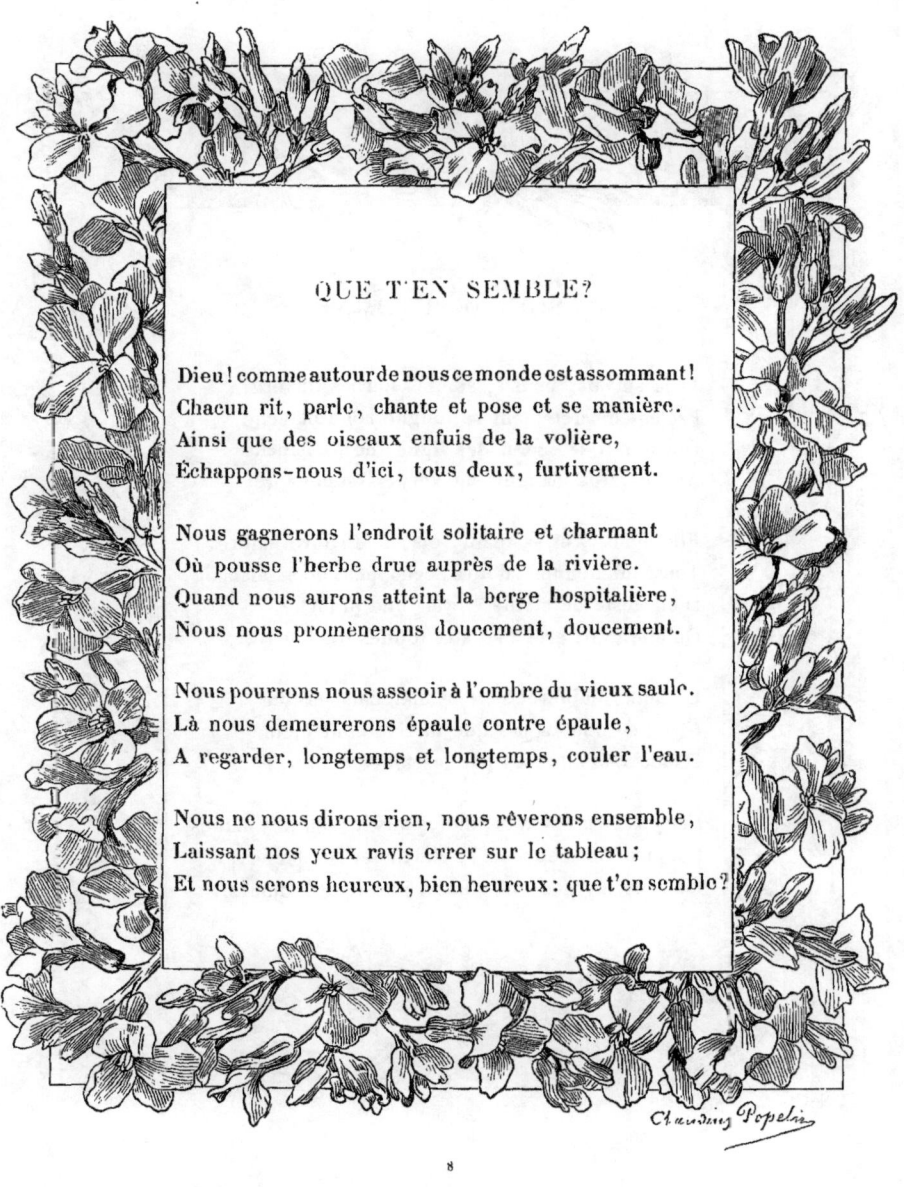

QUE T'EN SEMBLE?

Dieu! comme autour de nous ce monde est assommant!
Chacun rit, parle, chante et pose et se manière.
Ainsi que des oiseaux enfuis de la volière,
Échappons-nous d'ici, tous deux, furtivement.

Nous gagnerons l'endroit solitaire et charmant
Où pousse l'herbe drue auprès de la rivière.
Quand nous aurons atteint la berge hospitalière,
Nous nous promènerons doucement, doucement.

Nous pourrons nous asseoir à l'ombre du vieux saule.
Là nous demeurerons épaule contre épaule,
A regarder, longtemps et longtemps, couler l'eau.

Nous ne nous dirons rien, nous rêverons ensemble,
Laissant nos yeux ravis errer sur le tableau;
Et nous serons heureux, bien heureux: que t'en semble?

Claudius Popelin

SOIR D'AUTOMNE

Je la suivais, pensif, sur les herbes du pré,
Frôlant discrètement sa longue robe blanche
Qui livrait le secret des lignes de sa hanche
Aux regards alanguis de Vesper empourpré.

Elle allait... et sa main, oiseau d'ivoire ambré,
Toute mignonne et douce, échappant de sa manche,
D'un geste de statue élevait une branche
Qu'elle avait arrachée aux touffes du fourré.

La belle indifférente, elle marchait sereine
Et ne se doutait pas que la rive était pleine
D'effluves embrasés par les folles amours;

Car j'ai bien entendu, moi, sous les feuilles jaunes,
Soupirer le dieu Pan et chuchoter les faunes;
Mais ils n'y pensent plus et j'en rêve toujours.

Claudius Popelin

DUMAIRE SC

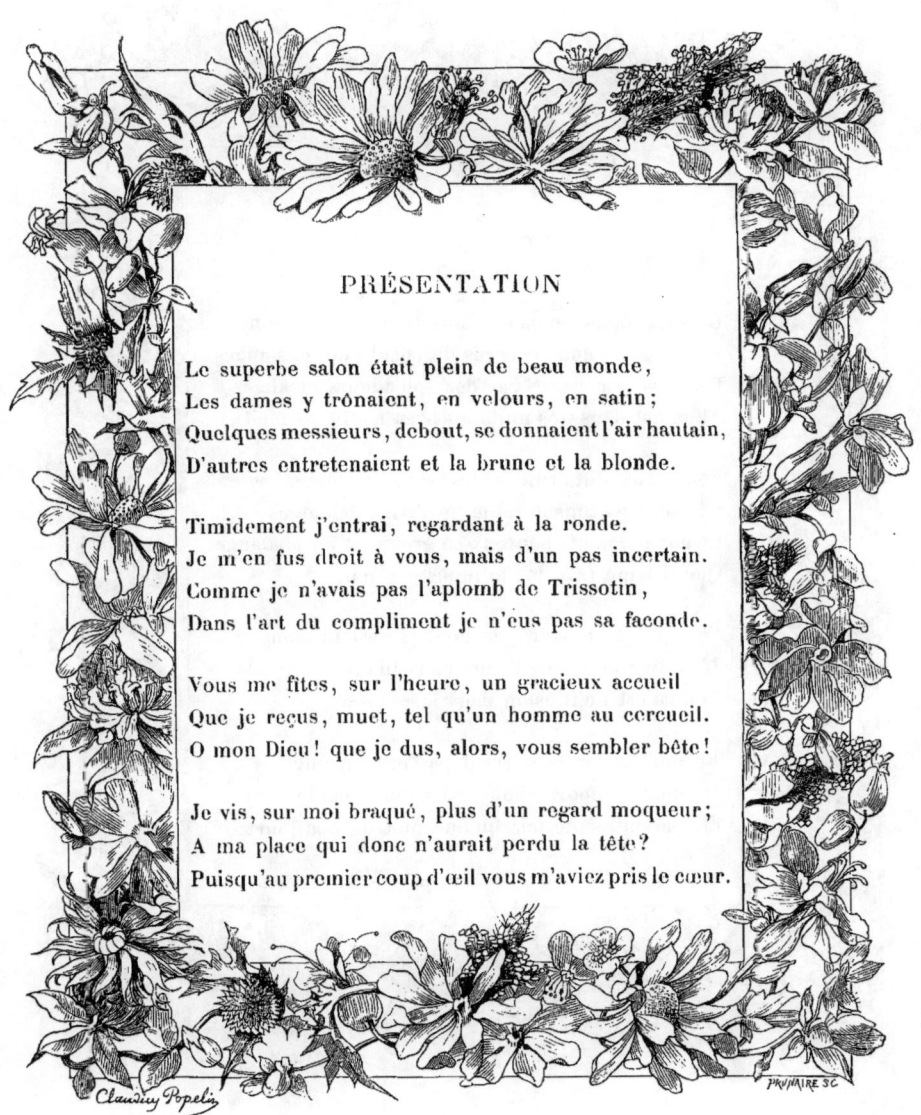

PRÉSENTATION

Le superbe salon était plein de beau monde,
Les dames y trônaient, en velours, en satin;
Quelques messieurs, debout, se donnaient l'air hautain,
D'autres entretenaient et la brune et la blonde.

Timidement j'entrai, regardant à la ronde.
Je m'en fus droit à vous, mais d'un pas incertain.
Comme je n'avais pas l'aplomb de Trissotin,
Dans l'art du compliment je n'eus pas sa faconde.

Vous me fîtes, sur l'heure, un gracieux accueil
Que je reçus, muet, tel qu'un homme au cercueil.
O mon Dieu! que je dus, alors, vous sembler bête!

Je vis, sur moi braqué, plus d'un regard moqueur;
A ma place qui donc n'aurait perdu la tête?
Puisqu'au premier coup d'œil vous m'aviez pris le cœur.

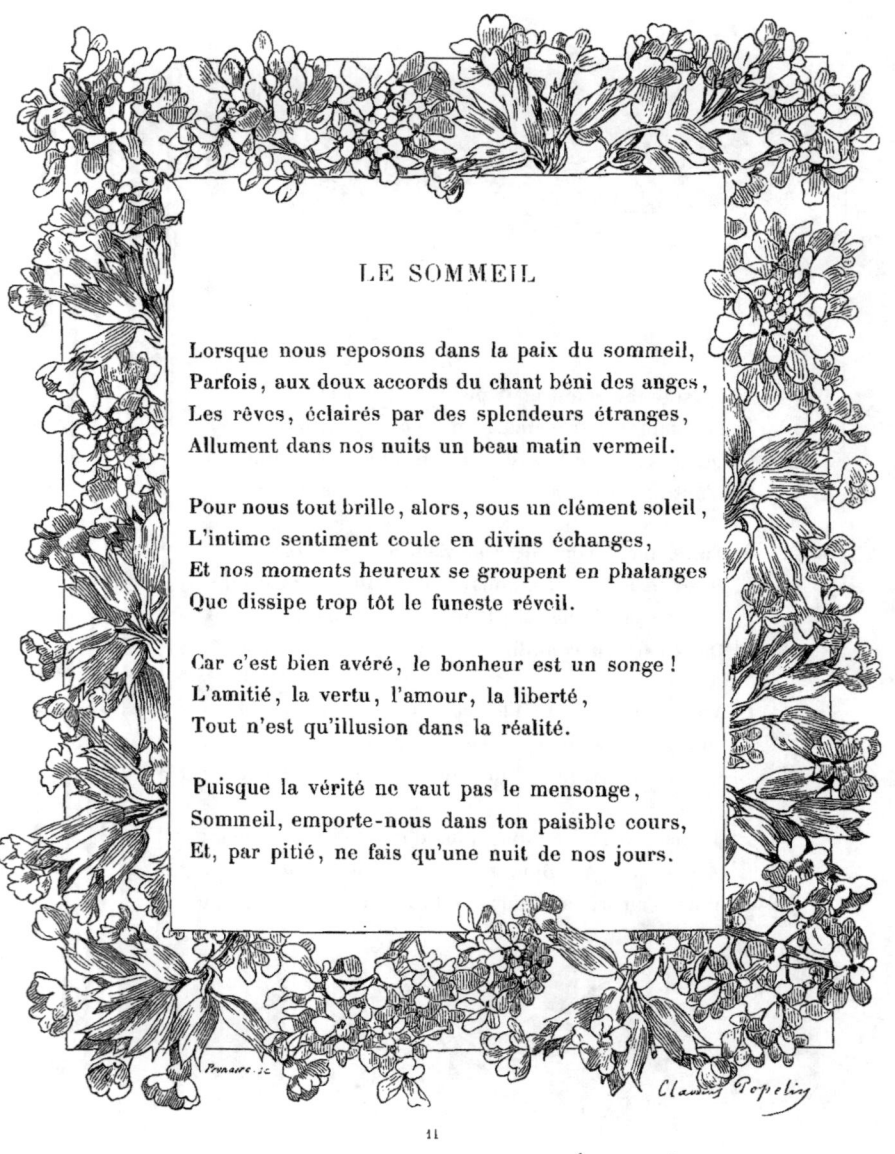

LE SOMMEIL

Lorsque nous reposons dans la paix du sommeil,
Parfois, aux doux accords du chant béni des anges,
Les rêves, éclairés par des splendeurs étranges,
Allument dans nos nuits un beau matin vermeil.

Pour nous tout brille, alors, sous un clément soleil,
L'intime sentiment coule en divins échanges,
Et nos moments heureux se groupent en phalanges
Que dissipe trop tôt le funeste réveil.

Car c'est bien avéré, le bonheur est un songe !
L'amitié, la vertu, l'amour, la liberté,
Tout n'est qu'illusion dans la réalité.

Puisque la vérité ne vaut pas le mensonge,
Sommeil, emporte-nous dans ton paisible cours,
Et, par pitié, ne fais qu'une nuit de nos jours.

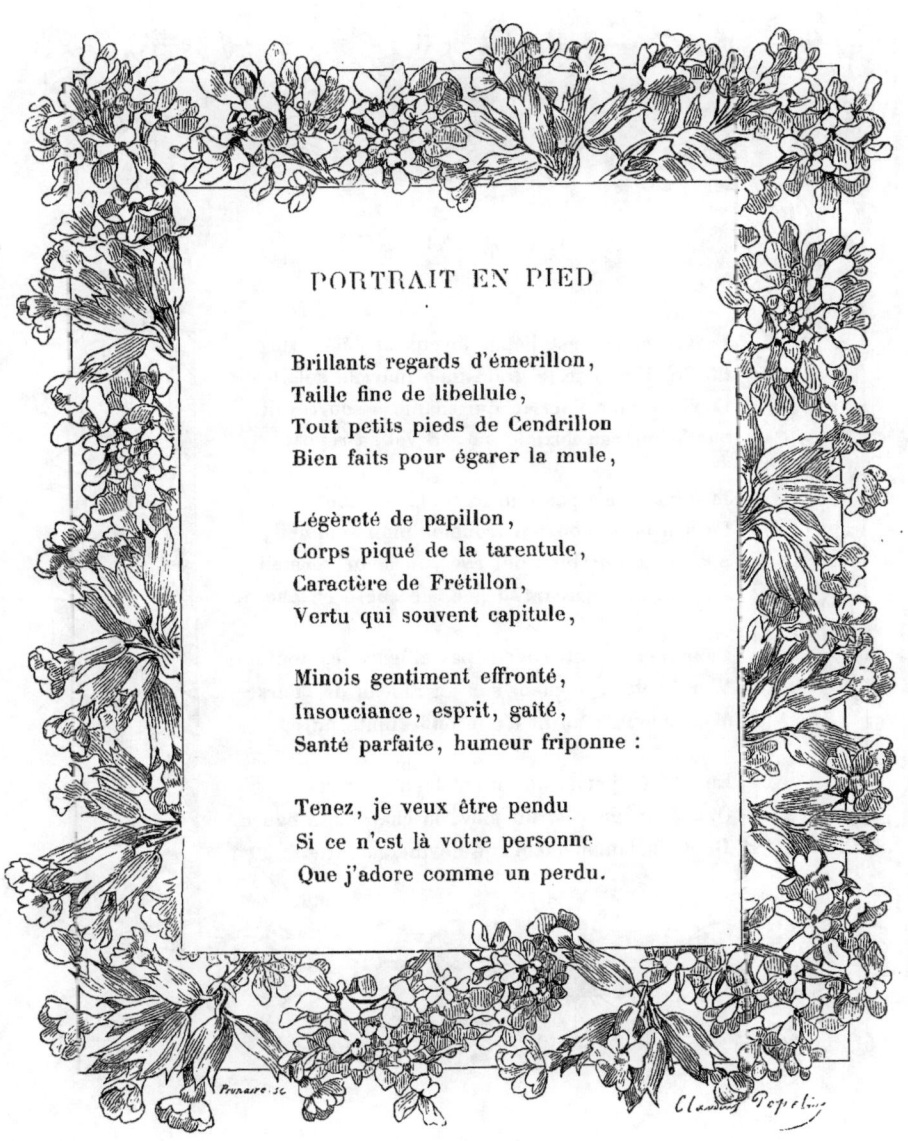

PORTRAIT EN PIED

Brillants regards d'émerillon,
Taille fine de libellule,
Tout petits pieds de Cendrillon
Bien faits pour égarer la mule,

Légèreté de papillon,
Corps piqué de la tarentule,
Caractère de Frétillon,
Vertu qui souvent capitule,

Minois gentiment effronté,
Insouciance, esprit, gaîté,
Santé parfaite, humeur friponne :

Tenez, je veux être pendu
Si ce n'est là votre personne
Que j'adore comme un perdu.

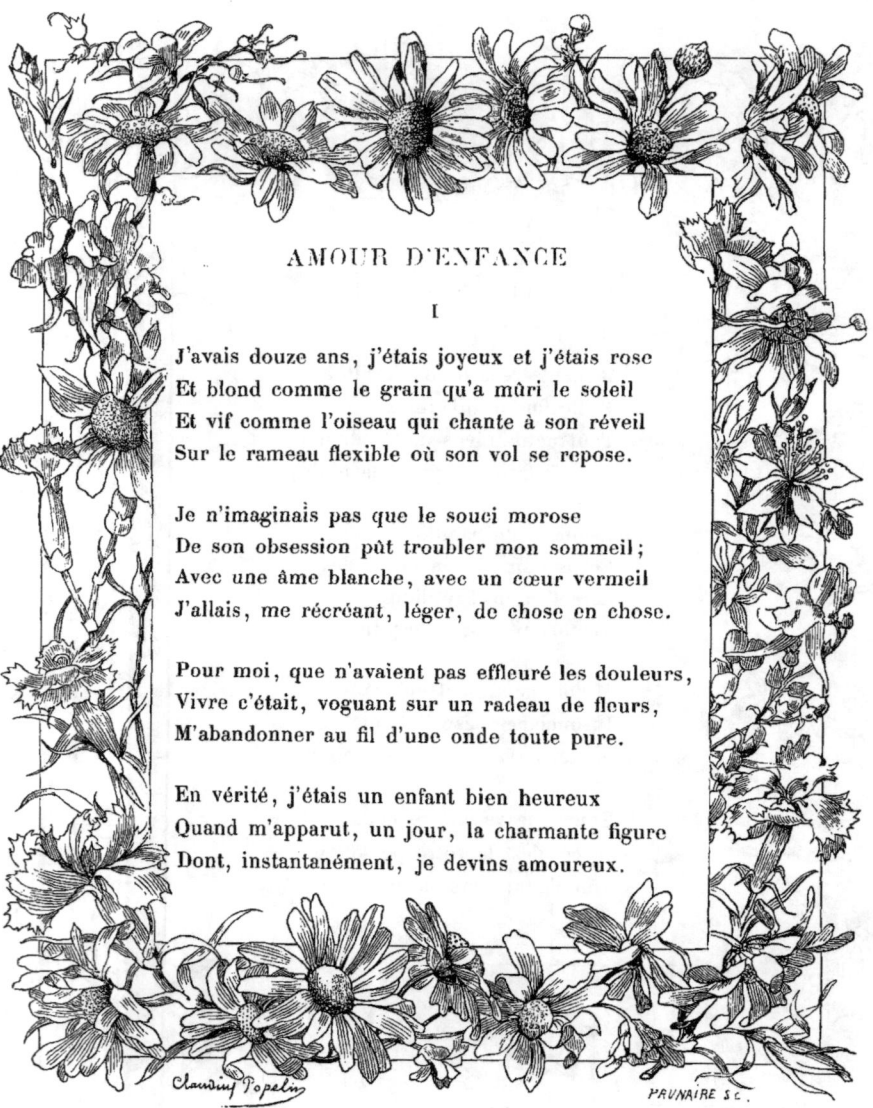

AMOUR D'ENFANCE

I

J'avais douze ans, j'étais joyeux et j'étais rose
Et blond comme le grain qu'a mûri le soleil
Et vif comme l'oiseau qui chante à son réveil
Sur le rameau flexible où son vol se repose.

Je n'imaginais pas que le souci morose
De son obsession pût troubler mon sommeil;
Avec une âme blanche, avec un cœur vermeil
J'allais, me récréant, léger, de chose en chose.

Pour moi, que n'avaient pas effleuré les douleurs,
Vivre c'était, voguant sur un radeau de fleurs,
M'abandonner au fil d'une onde toute pure.

En vérité, j'étais un enfant bien heureux
Quand m'apparut, un jour, la charmante figure
Dont, instantanément, je devins amoureux.

Claudius Popelin

PRUNAIRE SC.

II

Je l'aimais follement, la jeune demoiselle
Qui, le jeudi, venait au collège, où j'étais,
Pour voir son jeune frère avec qui je sautais
Et faisais mille jeux, uniquement pour elle.

Sitôt qu'elle arrivait, droite, mignonne, belle
Et svelte, dans la cour, soudain je m'arrêtais
Extasié, troublé, parce que je sentais
Dans mes veines passer une chaleur mortelle.

Tranquille, à son côté, lui, mordait un gâteau ;
Farouche, intimidé, le cœur dans un étau,
Moi, je me repaissais d'une autre nourriture.

N'en riez pas, allez ! c'était un fier amour
Que cet amour d'enfant. Oh l'étrange torture !
A me la rappeler mon sang ne fait qu'un tour.

Claudius Popelin

PRUNAIRE SC.

III

Quand la cloche sonnait la rentrée en étude
Ce m'était, à coup sûr, un grand soulagement;
Là je trouvais ce calme et cet apaisement
Qui font à l'âme en peine aimer la solitude.

Là je ressentais bien ma chère servitude.
Les yeux, dans le lexique ou dans le rudiment,
Cherchaient les mots, l'esprit évoquait constamment
La gracieuse image en sa noble attitude.

Et, lorsque, nous roulant dans son doux manteau noir,
La nuit, la bonne nuit nous ouvrait le dortoir,
Je m'endormais, ayant pour unique pensée,

Tel qu'un ange, aux accords des harpes de Sion,
De mener une vie entièrement passée
Devant elle, à genoux, en adoration.

IV

Alors je rêvais d'elle. En mon bienheureux somme
Je n'étais plus ce peu qu'on appelle un enfant.
Audacieux, j'allais superbe et triomphant,
Parce que j'étais grand, parce que j'étais homme.

J'étais un de ces hauts potentats qu'on renomme,
Un consul, un satrape, un émir, un infant,
Un rajah combattant sur un vaste éléphant,
Un rude dictateur des anciens temps de Rome.

Plus puissant qu'Alexandre et les douze Césars,
Renversant, brisant tout du timon de mes chars,
J'assiégeais mon idole en une citadelle;

Et rien ne résistait à mes efforts géants.
Vainqueur, je l'emportais, sur une caravelle,
Dans une île déserte au fond des océans.

V

Et constamment, ainsi, mon âme tributaire,
Surprise au guet-apens de son destin moqueur,
Se laissait aller toute au sentiment vainqueur
Dont absolument rien ne la pouvait distraire.

C'est souffrir doublement que souffrir solitaire.
Souvent, en confiant ce qu'on a dans le cœur,
On augmente sa joie, on réduit sa rancœur;
C'est pourquoi les amants ne savent pas se taire.

Candide, j'avais foi dans la sainte amitié.
Hélas! j'en ai, depuis, rabattu de moitié.
Aussi, pour confident je pris mon camarade.

On a de ces moments où l'on crie au secours!
Puis je croyais à lui comme Oreste à Pylade,
Il était mon ami, je lui dis mes amours.

VI

C'est qu'à la fin, aussi, ma pauvre âme était lasse
De porter toute seule un si pesant fardeau.
Le bruit s'en répandit plus promptement que l'eau
Ne s'échappe des flancs d'une urne que l'on casse.

Ce fut l'amusement de toute notre classe.
Il me fallut souffrir les brocards du troupeau,
Ses lazzis plus tranchants que lame de couteau ;
Je subis ces affronts, muet, la tête basse.

J'appris cruellement qu'on doit être discret.
Le moyen, après tout, de garder son secret
Quand le trop-plein du cœur déborde sur les lèvres !

Bientôt, de toutes parts, vingt gamins en rumeur
Me coururent dessus, faisant des bonds de chèvres
Et devant moi poussant une horrible clameur.

VII

« Cet âge est sans pitié. » Notre grand La Fontaine
L'a dit excellemment, entre autres vérités ;
Il advient que, parfois, il a de ces gaîtés
Qui, pour le plus souvent, ressemblent à la haine.

Se tenant par la main, chantant à perdre haleine,
Dansant autour de moi, par la ronde emportés,
Ils raillaient. Seul contre eux, en élans indomptés,
Vaillant, je me ruais et je rompais leur chaîne.

Mais, déchiré, meurtri, par le nombre vaincu,
Ainsi qu'un paladin tombé sur son écu,
Je me pris à pleurer... ils se prirent à rire.

Un vieux maître observait, silencieux, pensif.
D'un geste il dispersa cette horde en délire,
Puis il me dit tout bas : « Pleure, amoureux naïf. »

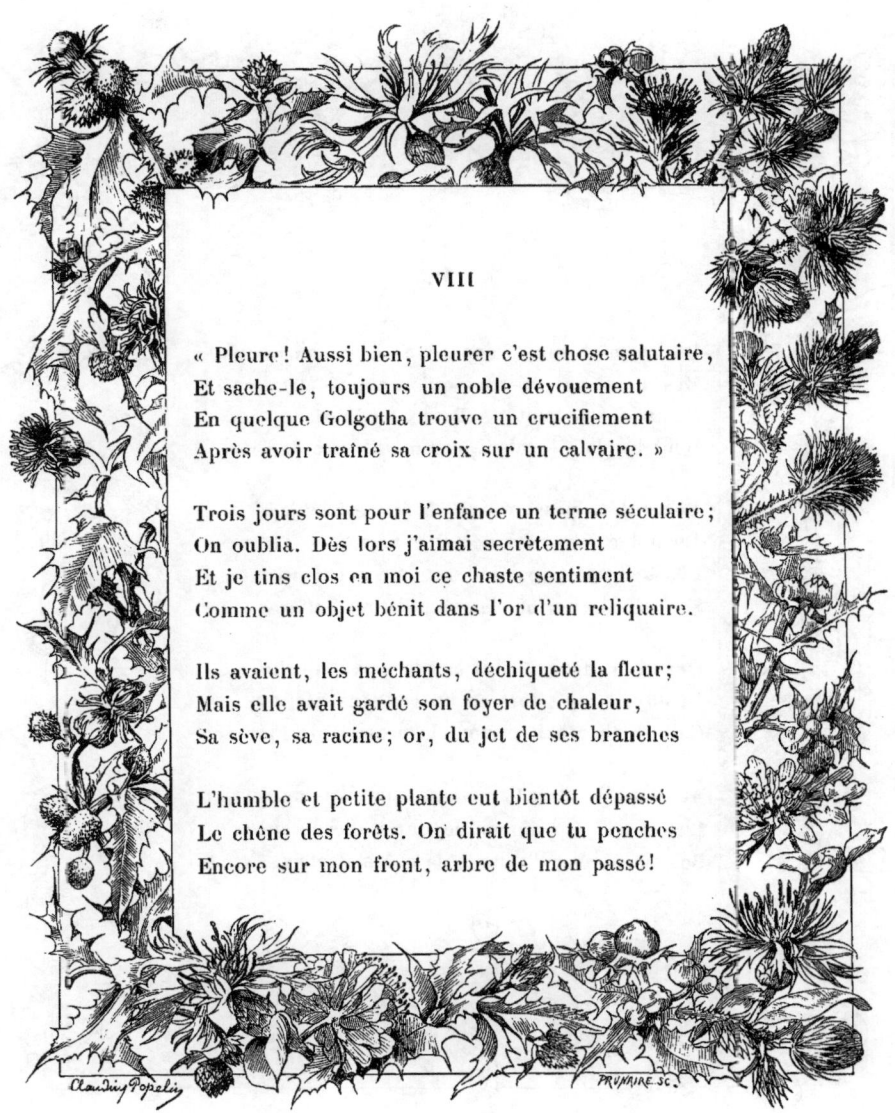

VIII

« Pleure ! Aussi bien, pleurer c'est chose salutaire,
Et sache-le, toujours un noble dévouement
En quelque Golgotha trouve un crucifiement
Après avoir traîné sa croix sur un calvaire. »

Trois jours sont pour l'enfance un terme séculaire ;
On oublia. Dès lors j'aimai secrètement
Et je tins clos en moi ce chaste sentiment
Comme un objet bénit dans l'or d'un reliquaire.

Ils avaient, les méchants, déchiqueté la fleur ;
Mais elle avait gardé son foyer de chaleur,
Sa sève, sa racine ; or, du jet de ses branches

L'humble et petite plante eut bientôt dépassé
Le chêne des forêts. On dirait que tu penches
Encore sur mon front, arbre de mon passé !

IX

Du premier coup frappé dans la saison première,
Mes amis, croyez-vous qu'on puisse être guéri?
Demandez-le plutôt à Dante Alighieri
Dont la plaie a saigné jusqu'à l'heure dernière.

Dès que sa passion pour la jeune héritière
Du noble citoyen Folco Portinari,
Chaste lis italique, en son âme eut fleuri,
Son céleste parfum la remplit tout entière.

Quand au décours des ans le grave Gibelin
Déployait son génie en un vol sans déclin,
Ce que cherchait partout le proscrit de Florence,

Au seuil du Paradis comme aux rives du Styx,
C'était son pur amour dépourvu d'espérance,
Son beau rêve d'enfant, sa chère Béatrix.

PAX NOBISCUM

Nous différons d'avis sur quelques incidents,
Nous avons entre nous certaine dissemblance;
Mais l'Amour est un dieu qui sait, dans sa balance,
Maintenir à niveau des cultes dissidents.

Vous vivez en dehors, moi je vis en dedans;
Votre vivacité sied à ma nonchalance
Et votre gai babil convient à mon silence
Quand, rêveur, j'ai grand'peine à desserrer les dents.

Si nous nous querellons sans rompre, j'en infère
Qu'à tout prendre, ma foi, ce n'est pas une affaire;
Car vous êtes charmante et je suis amoureux.

Cela pourra durer très longtemps, je suppose.
L'important, après tout, c'est que l'on soit heureux,
Et l'on brave l'épine alors qu'on veut la rose.

ÉPICTÈTE

Épictète est soumis au joug d'Épaphrodite !
Épictète est esclave, il est infirme et vieux
Et plus pauvre qu'Irus, mais il est cher aux Dieux.
Leur suprême sagesse en son esprit habite.

Il brave les tourments que le maître médite,
Et devant le supplice il garde un front joyeux.
Zeus lui-même, ordonnant l'effondrement des cieux,
N'ébranlerait pas l'orbe où sa raison gravite.

Le tyran, contre lui, s'épuise en vains efforts.
Il peut meurtrir sa chair, il peut lier son corps,
Il n'enchaînera pas son âme libre et fière,

Qui, pareille à l'encens dégagé des autels,
Aux parvis lumineux, victorieuse, altière,
S'envolera tout droit parmi les Immortels.

PRUNAIRE   Claudius Popelin

AU BOIS

La dame marche au bois; son cocher mène au pas
Les deux chevaux cambrés que cette allure irrite.
Un grand laquais, tout raide en sa longue lévite,
Suit, sans lever les yeux, sa traîne de lampas.

La promenade est saine et profite au repas!
Lui, seul en sa maison que le silence habite,
Rime, pour s'étourdir, le sonnet qu'il médite,
Et pense tristement qu'elle ne viendra pas.

Ils pourraient s'en aller ensemble par les plaines,
Cheminer en suivant les fraîches rives pleines
Des joyeuses clartés du printemps amoureux;

Ils pourraient échanger, rêve qui vous affole,
Les sentiments traduits par la douce parole...
Bah! l'existence est longue et les jours sont nombreux.

PETIT SONNET MERCI!

De ce fol amour qui m'opprime
J'ai subi les âpres leçons.
Hélas! j'ai vidé les arçons
Quand je galopais sur la cime.

Je me sens rouler dans l'abime.
Allons! soutenez-moi, chansons,
Dictez-moi des vers aux doux sons,
Et donnez essor à la rime.

Quatrains, tercets, venez à moi,
Abolissez mon triste émoi,
Endormez mon souci morose...

Petit sonnet, éclos ici,
Tu changes mon épine en rose;
Merci, petit sonnet, merci.

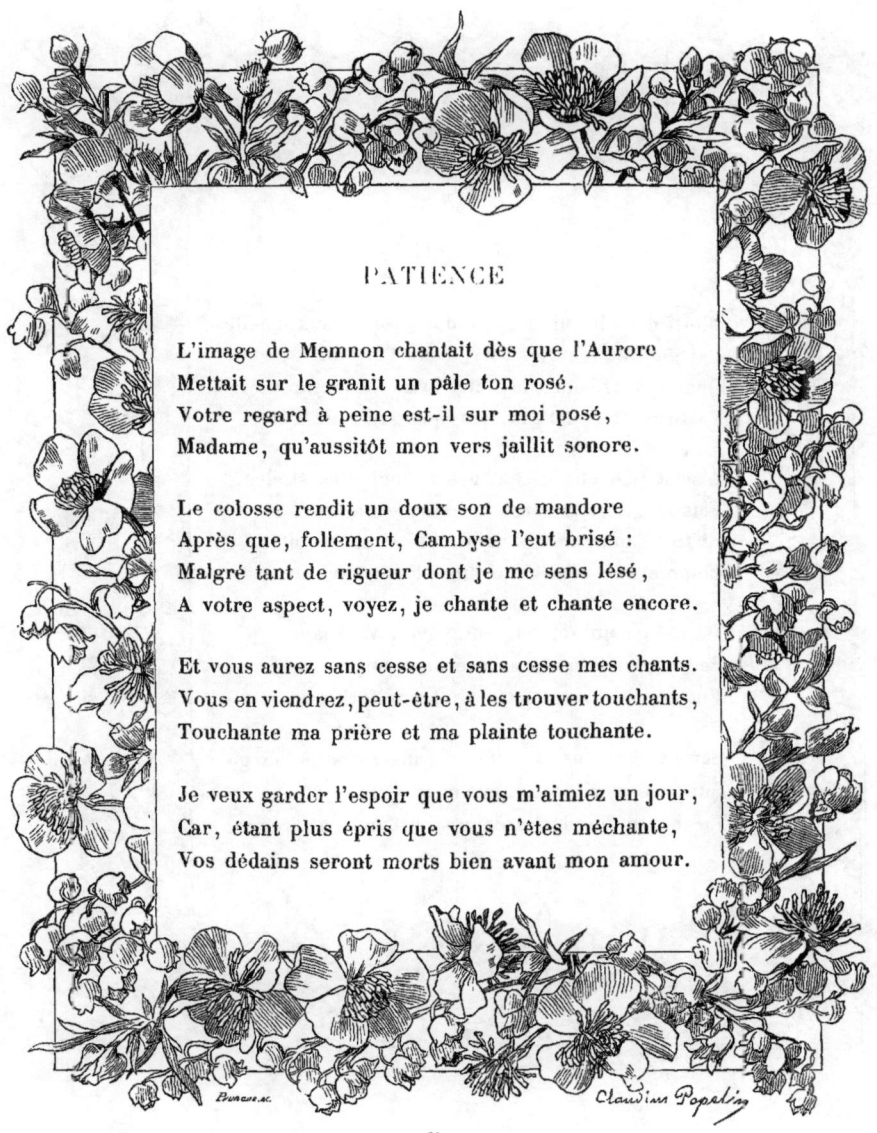

PATIENCE

L'image de Memnon chantait dès que l'Aurore
Mettait sur le granit un pâle ton rosé.
Votre regard à peine est-il sur moi posé,
Madame, qu'aussitôt mon vers jaillit sonore.

Le colosse rendit un doux son de mandore
Après que, follement, Cambyse l'eut brisé :
Malgré tant de rigueur dont je me sens lésé,
A votre aspect, voyez, je chante et chante encore.

Et vous aurez sans cesse et sans cesse mes chants.
Vous en viendrez, peut-être, à les trouver touchants,
Touchante ma prière et ma plainte touchante.

Je veux garder l'espoir que vous m'aimiez un jour,
Car, étant plus épris que vous n'êtes méchante,
Vos dédains seront morts bien avant mon amour.

LE BAIN

Blotti dans les ajoncs, trempé jusques aux moelles,
J'ai guetté, maintes fois, dans l'endroit écarté,
Quand, dès l'heure où le ciel étend ses sombres toiles,
Tu te mettais à l'eau, par quelque nuit d'été.

L'éclat phosphorescent des tremblantes étoiles
Éclairait de ton corps la blanche nudité,
Et tu m'apparaissais admirable et sans voiles,
Comme aux yeux d'un mortel une divinité.

De même qu'Actéon, pour avoir vu Diane
Se baigner dans la source où trempait la liane,
Fut dévoré vivant par ses chiens furieux,

Sans trêve dans la veille et sans repos en songe,
Supplice mérité des amants curieux,
La meute des désirs depuis ce temps me ronge.

27

MERCI PETITE

Tu n'ouvres plus ta porte, au fond du corridor,
Rien qu'au bruit de mes pas, quand je te fais visite,
Et tu frétilles d'aise, alors que je te quitte,
Comme un moineau captif qui va reprendre essor.

Je ne suis pas certain que tu m'aimes encor.
Ton regard se détourne et ton sourire hésite.
Eh bien! Tu ne dis mot? Allons! merci, petite;
On sait, à n'en douter, que le silence est d'or.

Tu parles, à la fin, et tu me réponds : Certes.
Je ne puis te cacher que tu me déconcertes :
Si le proverbe est vrai, la parole est d'argent.

C'est toujours quelque chose, après tout, quand j'y songe.
Il ne faut point par trop se montrer exigeant,
Et dure vérité vaut moins que doux mensonge.

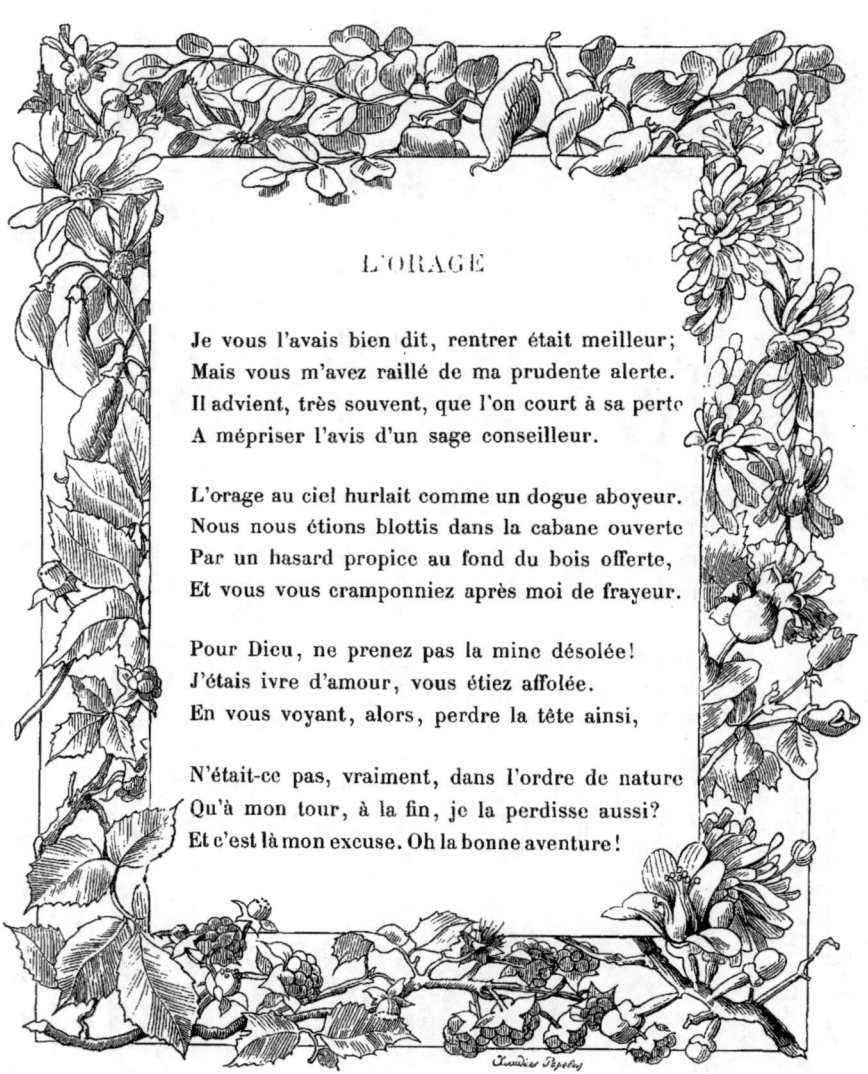

L'ORAGE

Je vous l'avais bien dit, rentrer était meilleur ;
Mais vous m'avez raillé de ma prudente alerte.
Il advient, très souvent, que l'on court à sa perte
A mépriser l'avis d'un sage conseilleur.

L'orage au ciel hurlait comme un dogue aboyeur.
Nous nous étions blottis dans la cabane ouverte
Par un hasard propice au fond du bois offerte,
Et vous vous cramponniez après moi de frayeur.

Pour Dieu, ne prenez pas la mine désolée !
J'étais ivre d'amour, vous étiez affolée.
En vous voyant, alors, perdre la tête ainsi,

N'était-ce pas, vraiment, dans l'ordre de nature
Qu'à mon tour, à la fin, je la perdisse aussi ?
Et c'est là mon excuse. Oh la bonne aventure !

VERS D'AMOUR

Vous exigez que je chante,
Il vous faut des vers d'amour.
Vous ignorez donc, méchante,
Que je souffre nuit et jour?

Soit. Dans la serre tranchante
De l'implacable vautour,
Philomèle, plus touchante,
Émeut l'écho d'alentour.

Vous voyez que je vous aime
Mille fois comme moi-même,
Que je meurs à vos genoux!

Ce n'est pas chose nouvelle.
Si vous le savez, cruelle,
Pourquoi le demandez-vous?

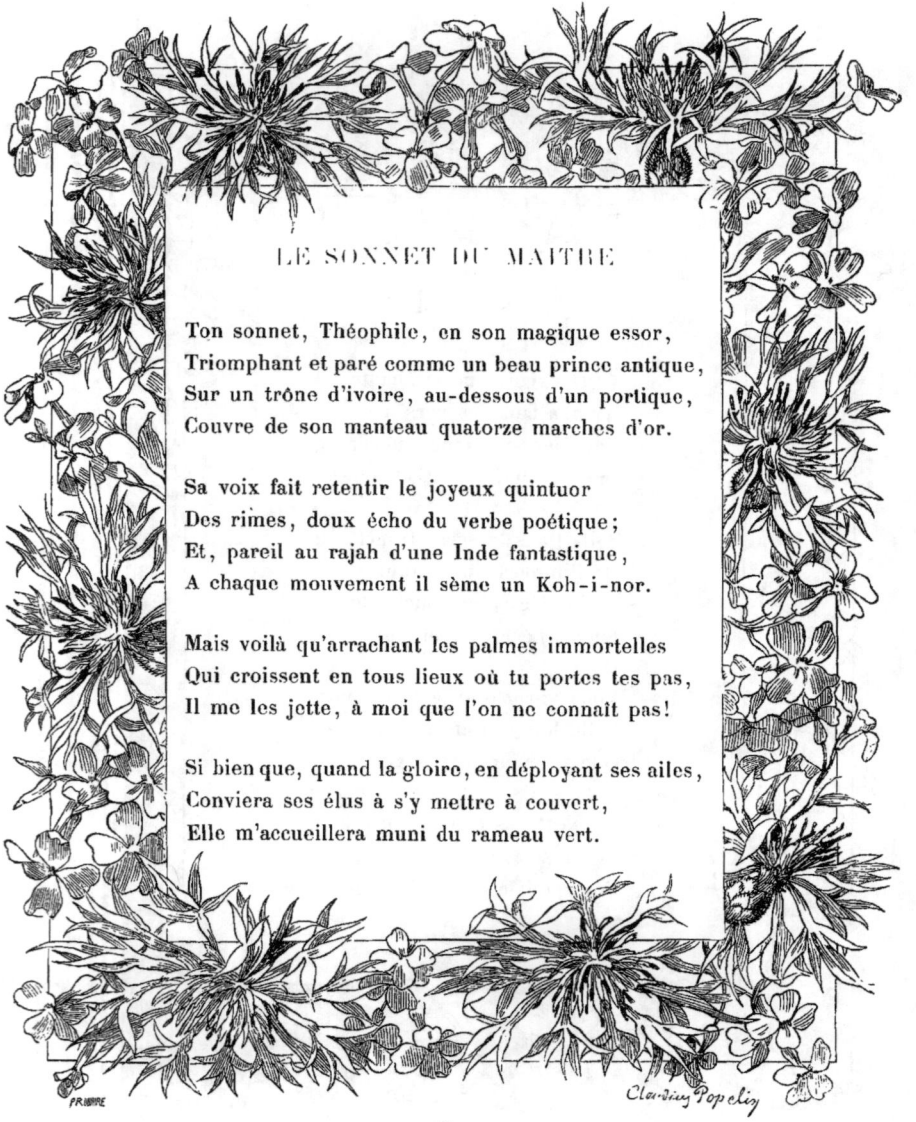

LE SONNET DU MAITRE

Ton sonnet, Théophile, en son magique essor,
Triomphant et paré comme un beau prince antique,
Sur un trône d'ivoire, au-dessous d'un portique,
Couvre de son manteau quatorze marches d'or.

Sa voix fait retentir le joyeux quintuor
Des rimes, doux écho du verbe poétique ;
Et, pareil au rajah d'une Inde fantastique,
A chaque mouvement il sème un Koh-i-nor.

Mais voilà qu'arrachant les palmes immortelles
Qui croissent en tous lieux où tu portes tes pas,
Il me les jette, à moi que l'on ne connaît pas !

Si bien que, quand la gloire, en déployant ses ailes,
Conviera ses élus à s'y mettre à couvert,
Elle m'accueillera muni du rameau vert.

ROUE DE FORTUNE

A Léon Dierx.

On vit les descendants de proconsuls romains
Mener à l'abreuvoir, esclaves de corvée,
Les chevaux d'un sicambre issu de Mérowée,
Ou broyer du grain mûr pour des maîtres germains.

Vouée à l'ergastule, au dur labeur des mains,
Sans merci, sans repos à la glèbe rivée,
Des antiques aïeux leur race dérivée
A fait souche au long cours des sombres lendemains ;

Mais souche de manants : on naît comme on doit naître.
Sans un très grand effort nous en pouvons, peut-être,
Tirer cet argument qui n'est pas sans raison :

C'est qu'en plus d'un village il est plus d'un pauvre homme
Mordant à son pain noir, en sa pauvre maison,
Sans se douter qu'il a des ancêtres à Rome.

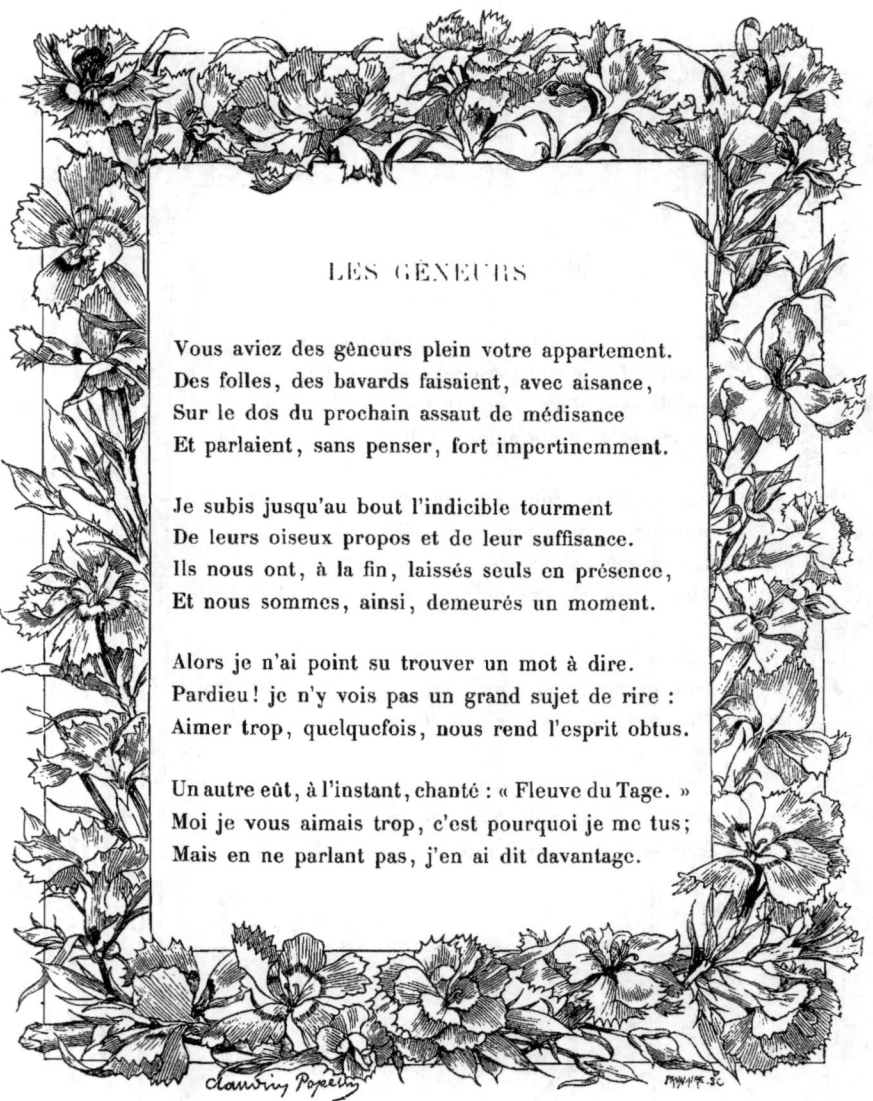

LES GÊNEURS

Vous aviez des gêneurs plein votre appartement.
Des folles, des bavards faisaient, avec aisance,
Sur le dos du prochain assaut de médisance
Et parlaient, sans penser, fort impertinemment.

Je subis jusqu'au bout l'indicible tourment
De leurs oiseux propos et de leur suffisance.
Ils nous ont, à la fin, laissés seuls en présence,
Et nous sommes, ainsi, demeurés un moment.

Alors je n'ai point su trouver un mot à dire.
Pardieu ! je n'y vois pas un grand sujet de rire :
Aimer trop, quelquefois, nous rend l'esprit obtus.

Un autre eût, à l'instant, chanté : « Fleuve du Tage. »
Moi je vous aimais trop, c'est pourquoi je me tus ;
Mais en ne parlant pas, j'en ai dit davantage.

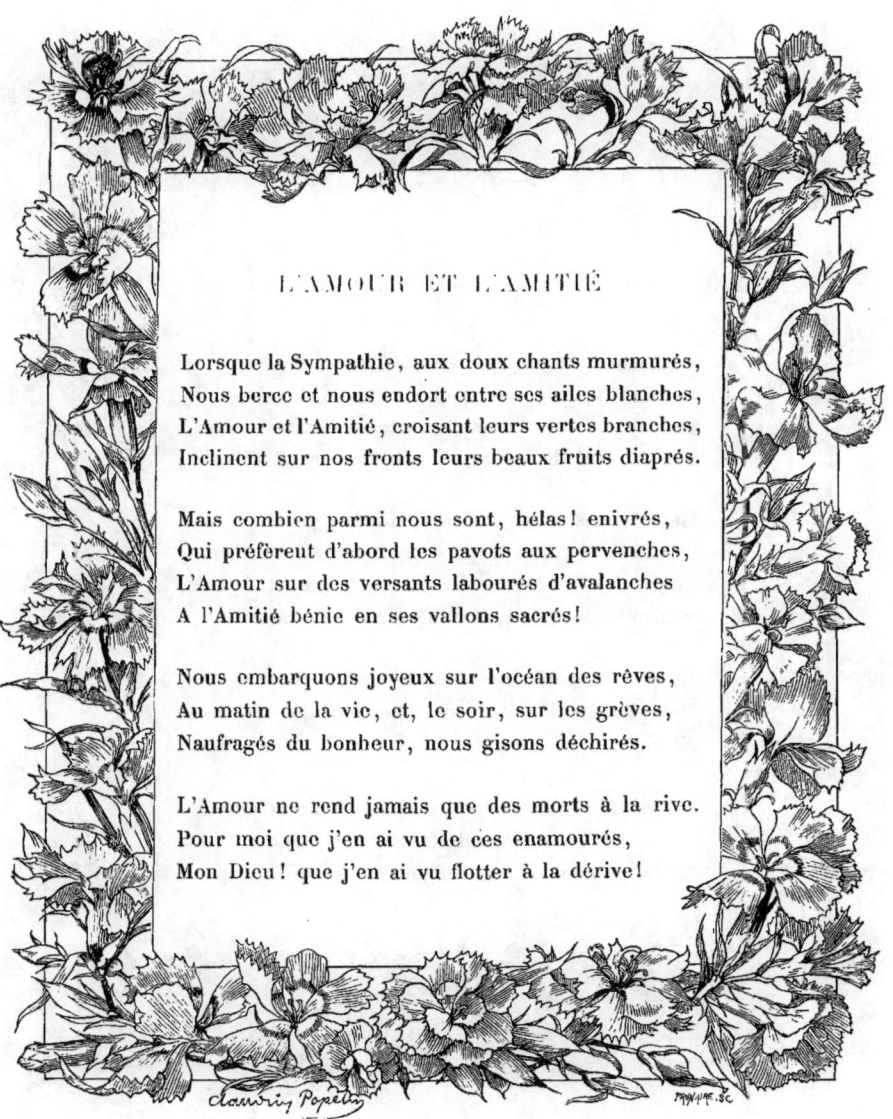

L'AMOUR ET L'AMITIÉ

Lorsque la Sympathie, aux doux chants murmurés,
Nous berce et nous endort entre ses ailes blanches,
L'Amour et l'Amitié, croisant leurs vertes branches,
Inclinent sur nos fronts leurs beaux fruits diaprés.

Mais combien parmi nous sont, hélas! enivrés,
Qui préfèrent d'abord les pavots aux pervenches,
L'Amour sur des versants labourés d'avalanches
A l'Amitié bénie en ses vallons sacrés!

Nous embarquons joyeux sur l'océan des rêves,
Au matin de la vie, et, le soir, sur les grèves,
Naufragés du bonheur, nous gisons déchirés.

L'Amour ne rend jamais que des morts à la rive.
Pour moi que j'en ai vu de ces enamourés,
Mon Dieu! que j'en ai vu flotter à la dérive!

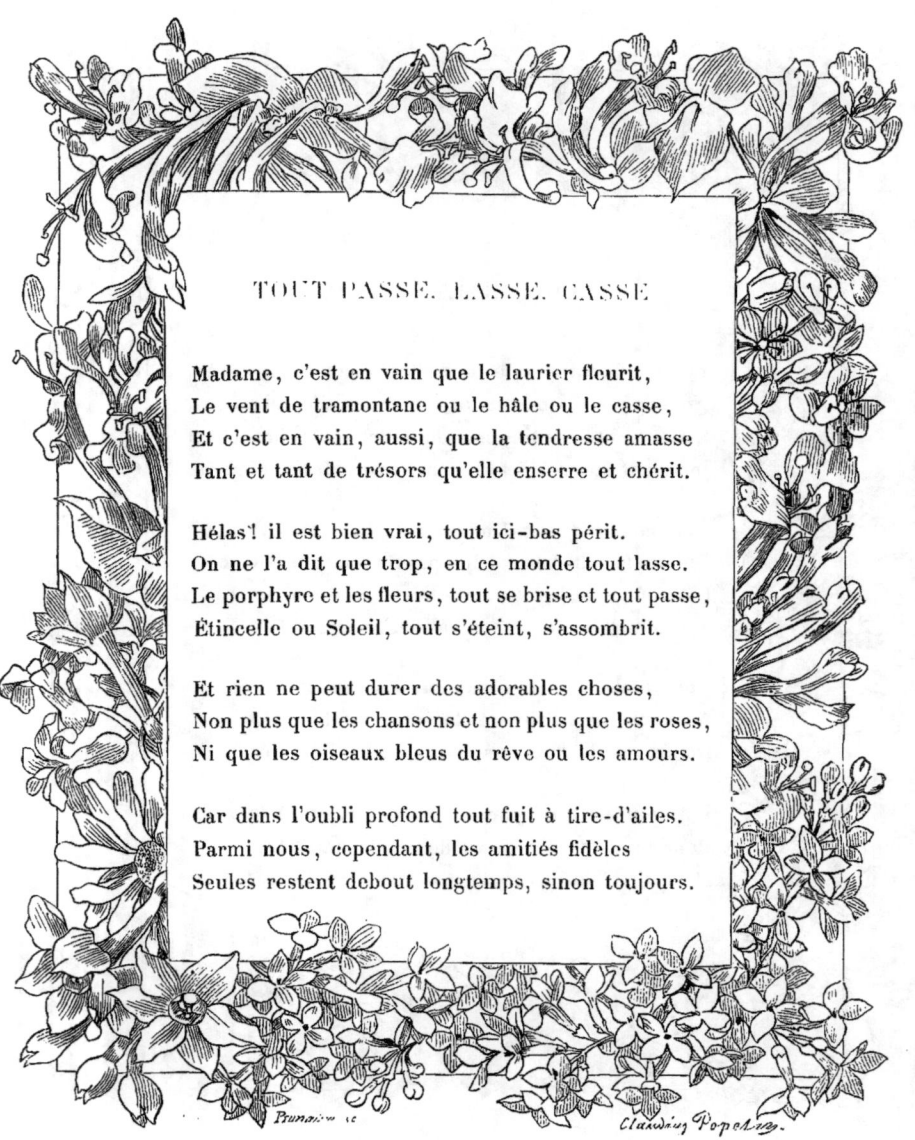

TOUT PASSE, LASSE, CASSE

Madame, c'est en vain que le laurier fleurit,
Le vent de tramontane ou le hâle ou le casse,
Et c'est en vain, aussi, que la tendresse amasse
Tant et tant de trésors qu'elle enserre et chérit.

Hélas ! il est bien vrai, tout ici-bas périt.
On ne l'a dit que trop, en ce monde tout lasse.
Le porphyre et les fleurs, tout se brise et tout passe,
Étincelle ou Soleil, tout s'éteint, s'assombrit.

Et rien ne peut durer des adorables choses,
Non plus que les chansons et non plus que les roses,
Ni que les oiseaux bleus du rêve ou les amours.

Car dans l'oubli profond tout fuit à tire-d'ailes.
Parmi nous, cependant, les amitiés fidèles
Seules restent debout longtemps, sinon toujours.

Prunaire sc   Claudius Popelin

CUIQUE SUUM

Il faut au laboureur les blés de Messidor.
Il faut au nautonier des rames et des voiles;
Au chasseur des épieux, des meutes et des toiles;
Au vigneron la vigne avec ses grappes d'or.

A l'aile des oiseaux il faut le libre essor.
Il faut aux belles nuits des couronnes d'étoiles.
A l'âme des croyants il faut que tu dévoiles,
Tout-puissant Jéhovah, les clartés du Thabor.

Il faut au noble esprit la noble fantaisie;
Au poète rêveur il faut la poésie,
Aux grandes charités l'élan des grands secours;

Le glaive au conquérant, au roi le diadème;
A toute chose, enfin, autre chose toujours;
A l'être aimant, surtout, un être aimant qui l'aime.

LES OISEAUX DE VINCI

Au comte Joseph Primoli.

Quand, pour se délasser de ses travaux sublimes,
Il allait contempler Sainte-Marie-aux-Fleurs
Et son beau campanile aux multiples couleurs,
Vers le déclin du jour qui dore au loin les cimes,

Il marchait, combinant des accords et des rimes.
Parfois il s'arrêtait devant les oiseleurs.
Là, de leurs prisonniers ressentant les douleurs,
Le grand peintre payait la rançon des victimes.

Léonard de Vinci, l'artiste universel,
Le docte, le lettré, le sage entre les sages
A tous ces doux captifs lui-même ouvrait les cages,

Et, de sa noble main, les lâchant par le ciel,
Ivres de liberté, chantant leur délivrance,
Il donnait à penser au peuple de Florence.

Claudius Popelin

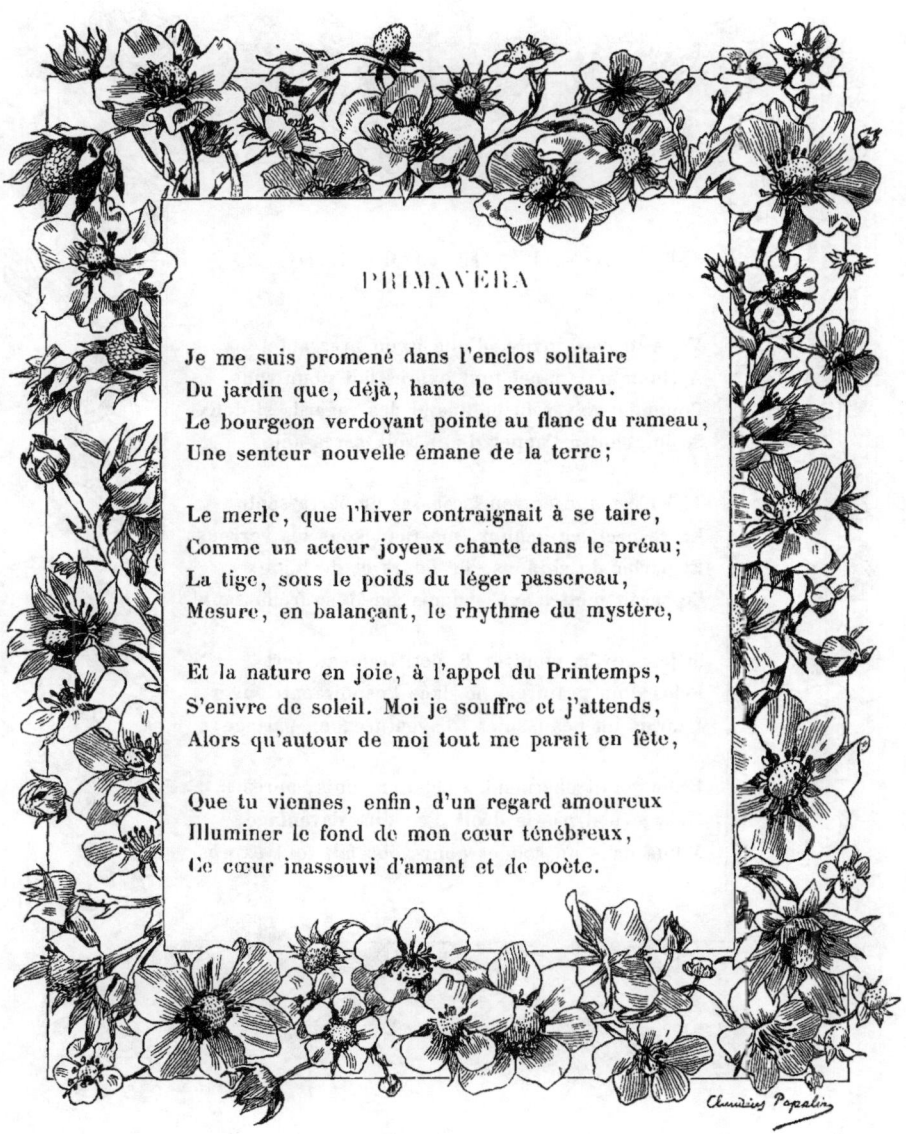

PRIMAVERA

Je me suis promené dans l'enclos solitaire
Du jardin que, déjà, hante le renouveau.
Le bourgeon verdoyant pointe au flanc du rameau,
Une senteur nouvelle émane de la terre;

Le merle, que l'hiver contraignait à se taire,
Comme un acteur joyeux chante dans le préau;
La tige, sous le poids du léger passereau,
Mesure, en balançant, le rhythme du mystère,

Et la nature en joie, à l'appel du Printemps,
S'enivre de soleil. Moi je souffre et j'attends,
Alors qu'autour de moi tout me parait en fête,

Que tu viennes, enfin, d'un regard amoureux
Illuminer le fond de mon cœur ténébreux,
Ce cœur inassouvi d'amant et de poète.

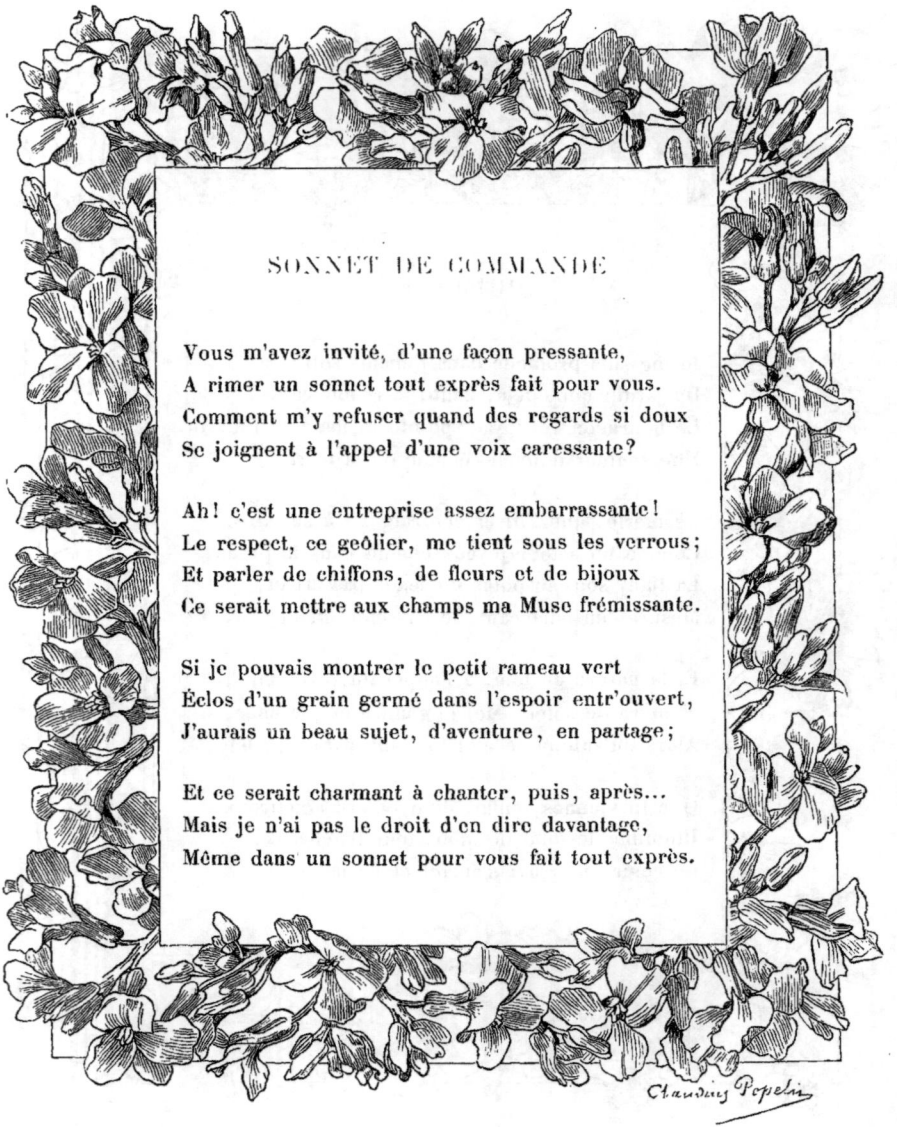

SONNET DE COMMANDE

Vous m'avez invité, d'une façon pressante,
A rimer un sonnet tout exprès fait pour vous.
Comment m'y refuser quand des regards si doux
Se joignent à l'appel d'une voix caressante?

Ah! c'est une entreprise assez embarrassante!
Le respect, ce geôlier, me tient sous les verrous;
Et parler de chiffons, de fleurs et de bijoux
Ce serait mettre aux champs ma Muse frémissante.

Si je pouvais montrer le petit rameau vert
Éclos d'un grain germé dans l'espoir entr'ouvert,
J'aurais un beau sujet, d'aventure, en partage;

Et ce serait charmant à chanter, puis, après...
Mais je n'ai pas le droit d'en dire davantage,
Même dans un sonnet pour vous fait tout exprès.

Claudius Popelin

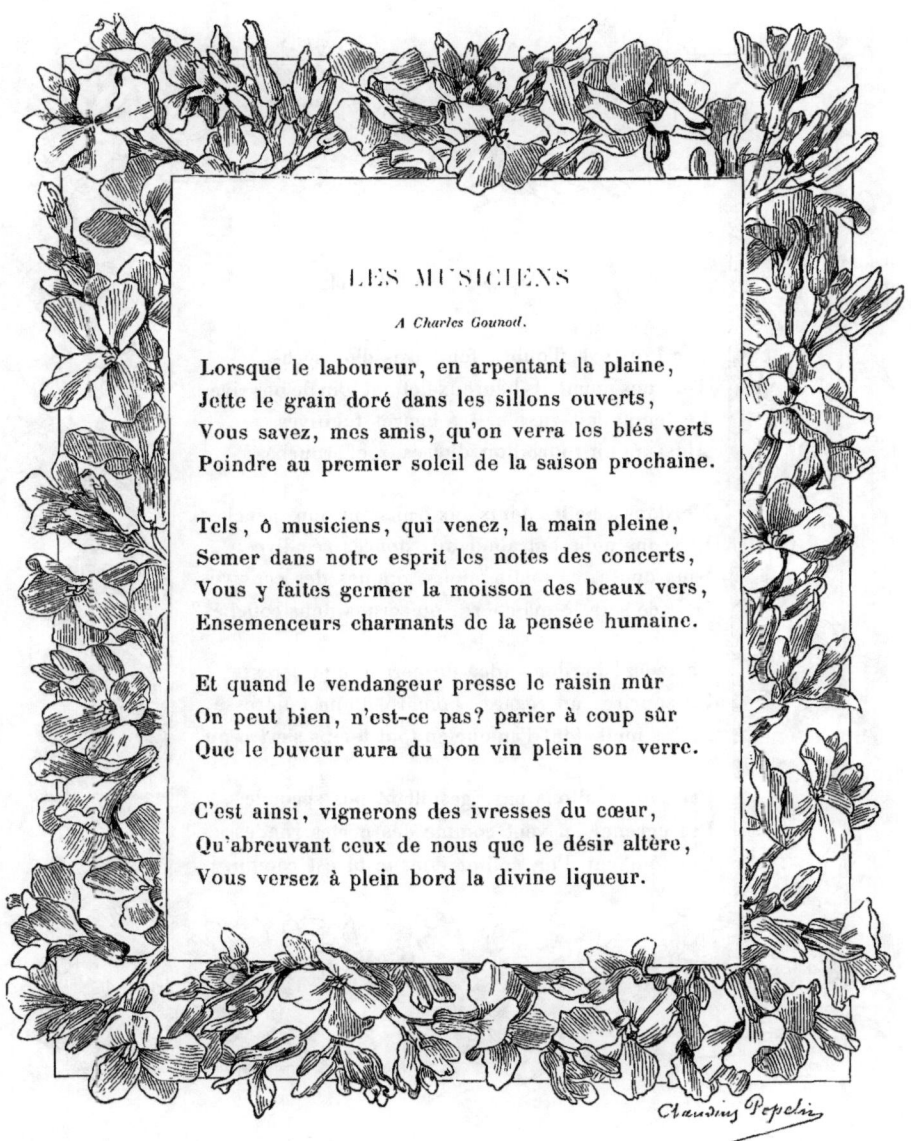

LES MUSICIENS

A Charles Gounod.

Lorsque le laboureur, en arpentant la plaine,
Jette le grain doré dans les sillons ouverts,
Vous savez, mes amis, qu'on verra les blés verts
Poindre au premier soleil de la saison prochaine.

Tels, ô musiciens, qui venez, la main pleine,
Semer dans notre esprit les notes des concerts,
Vous y faites germer la moisson des beaux vers,
Ensemenceurs charmants de la pensée humaine.

Et quand le vendangeur presse le raisin mûr
On peut bien, n'est-ce pas? parier à coup sûr
Que le buveur aura du bon vin plein son verre.

C'est ainsi, vignerons des ivresses du cœur,
Qu'abreuvant ceux de nous que le désir altère,
Vous versez à plein bord la divine liqueur.

Claudius Popelin

MEMENTO VIVERE

Sur le fleuve d'oubli, feuillages d'or séchés,
Tous nos moments heureux flottent loin de nos rives;
Le temps fait envoler les heures fugitives
Ainsi qu'un tourbillon d'oiseaux effarouchés.

Mordons à belles dents aux fruits sur nous penchés,
Laissons-nous entraîner aux douces récidives.
Sans doute, ce matin, nous sommes des convives,
Mais ce soir, ô ma chère, où serons-nous couchés?

Ah tenez! gardons-nous de perdre une caresse,
Un sourire, un regard, l'ombre d'une tendresse,
Divins mets dont l'amour en tout temps s'est repu;

Par pitié n'allons pas, gaspillant nos secondes,
Les égrener au vent comme des perles rondes
Qui tombent d'un collier dont le fil est rompu.

LE TOUR DU POÈTE

Quand il a bien conduit sa besogne du jour,
S'il a bien employé sa verve dépensée,
Et, sur un rhythme ferme appuyant sa pensée,
Bien entamé son chant de morale ou d'amour,

Comme l'agriculteur qui suspend son labour,
Ou quitte, vers le soir, la plaine ensemencée,
Le poète, laissant la strophe commencée,
Abandonne son œuvre et s'en va faire un tour.

Tel qu'un amant heureux sort de chez sa maîtresse,
Il marche, tête haute et gonflé d'allégresse,
Dans la fraîcheur de l'air, plus léger qu'un enfant,

Et, sur l'asphalte blanc, il rime et scande encore
Les vers harmonieux de la stance sonore
Au retentissement de son pas triomphant.

NOBLESSE SPONTANÉE

Contemplez ce maraud qui passe dans la rue :
Il prend un air superbe et se carre en marchant;
Son père était fermier, peut-être bien marchand,
Son grand-père maçon ou valet de charrue.

La fortune, par eux péniblement accrue,
A fait litière d'or au sot qui va crachant
Sur le berceau qu'il tient pour opprobre entachant
Et qu'il brise du pied comme un âne qui rue.

Son vieux nom plébéien, qui sent trop la sueur,
Sous le clinquant d'un titre à la fausse lueur
Disparaît allongé par une particule,

Et tel qu'un La Trémoïlle ou qu'un Montmorency,
Son fils pourra porter, sans être ridicule,
Un blason qu'il dira dans les combats noirci.

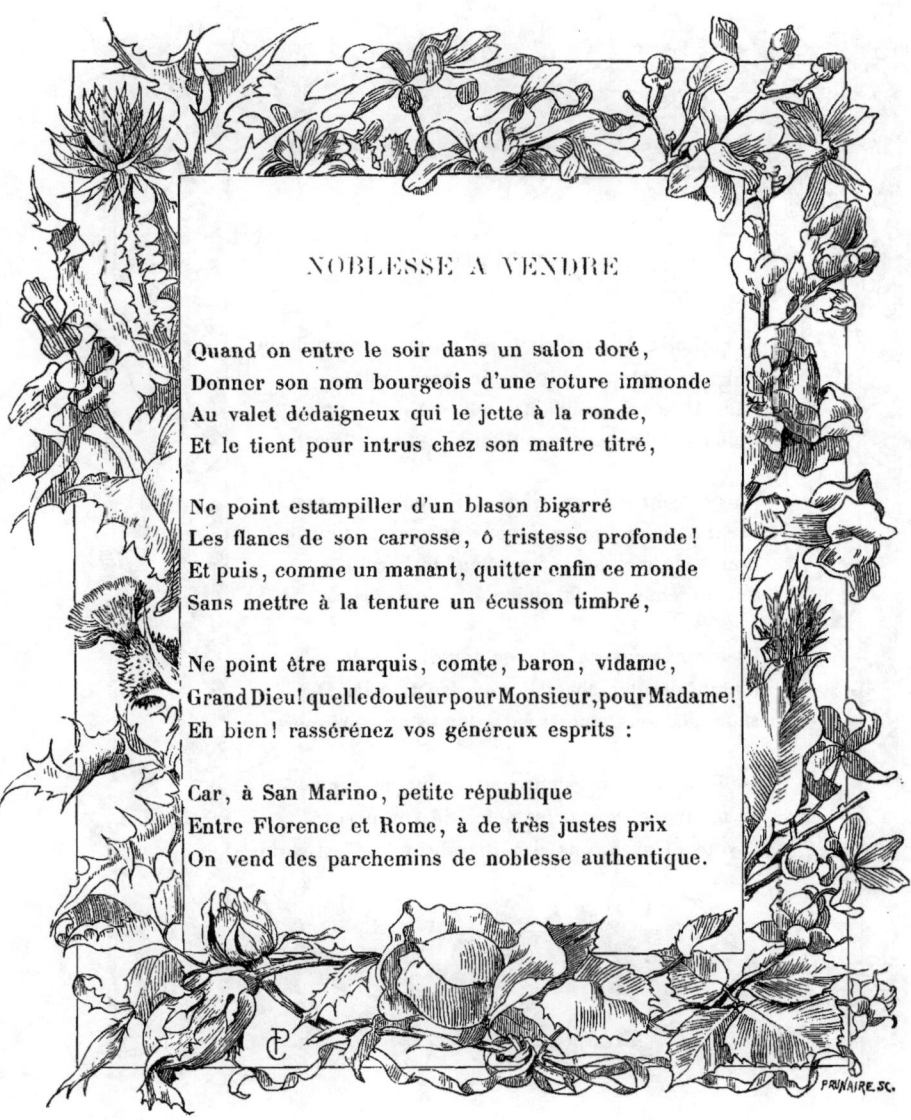

NOBLESSE A VENDRE

Quand on entre le soir dans un salon doré,
Donner son nom bourgeois d'une roture immonde
Au valet dédaigneux qui le jette à la ronde,
Et le tient pour intrus chez son maître titré,

Ne point estampiller d'un blason bigarré
Les flancs de son carrosse, ô tristesse profonde!
Et puis, comme un manant, quitter enfin ce monde
Sans mettre à la tenture un écusson timbré,

Ne point être marquis, comte, baron, vidame,
Grand Dieu! quelle douleur pour Monsieur, pour Madame!
Eh bien! rassérénez vos généreux esprits :

Car, à San Marino, petite république
Entre Florence et Rome, à de très justes prix
On vend des parchemins de noblesse authentique.

L'HÉRITIER

Le premier de mon nom fut un guerrier superbe
Qui, sous Alep, occit l'émir sarrasinois;
L'un de ses descendants, au côté de Dunois,
D'un coup d'estramaçon tomba navré sur l'herbe.

Plus de cent ans après, un autre, encore imberbe,
Parut et demeura vainqueur en maints tournois;
Trente de mes aïeux, revêtant le harnois,
Récoltèrent ainsi la gloire à pleine gerbe.

Ils furent gens de cour et pourvus, cadédis!
L'avant-dernier chassait avec feu Charles Dix.
Mais cela nous reporte à des temps plus prospères.

— J'estime à sa valeur votre race, marquis,
Je m'incline devant les actes de vos pères;
Et vous, qu'avez-vous fait?—Rien du tout.—C'est exquis!

Claudius Popelin

PRUNAIRE SC.

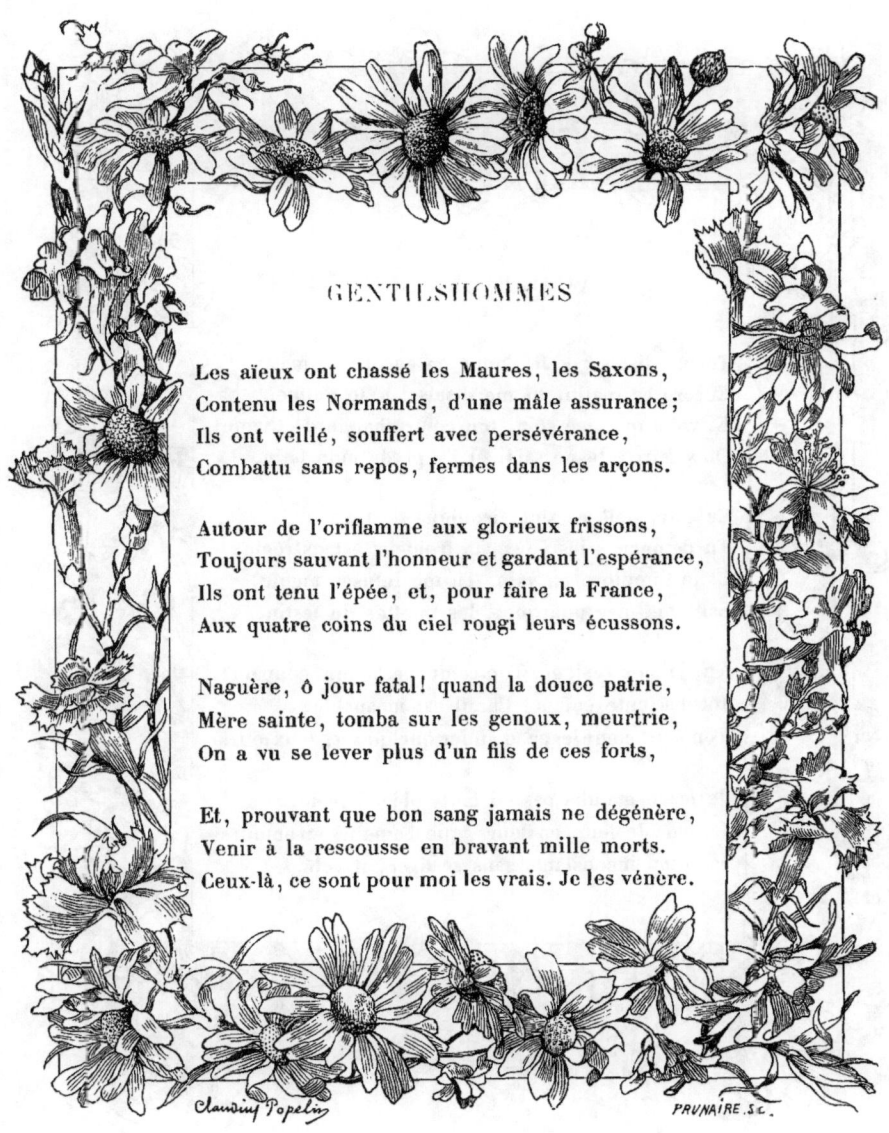

GENTILSHOMMES

Les aïeux ont chassé les Maures, les Saxons,
Contenu les Normands, d'une mâle assurance;
Ils ont veillé, souffert avec persévérance,
Combattu sans repos, fermes dans les arçons.

Autour de l'oriflamme aux glorieux frissons,
Toujours sauvant l'honneur et gardant l'espérance,
Ils ont tenu l'épée, et, pour faire la France,
Aux quatre coins du ciel rougi leurs écussons.

Naguère, ô jour fatal! quand la douce patrie,
Mère sainte, tomba sur les genoux, meurtrie,
On a vu se lever plus d'un fils de ces forts,

Et, prouvant que bon sang jamais ne dégénère,
Venir à la rescousse en bravant mille morts.
Ceux-là, ce sont pour moi les vrais. Je les vénère.

Claudius Popelin

PRUNAIRE, SC.

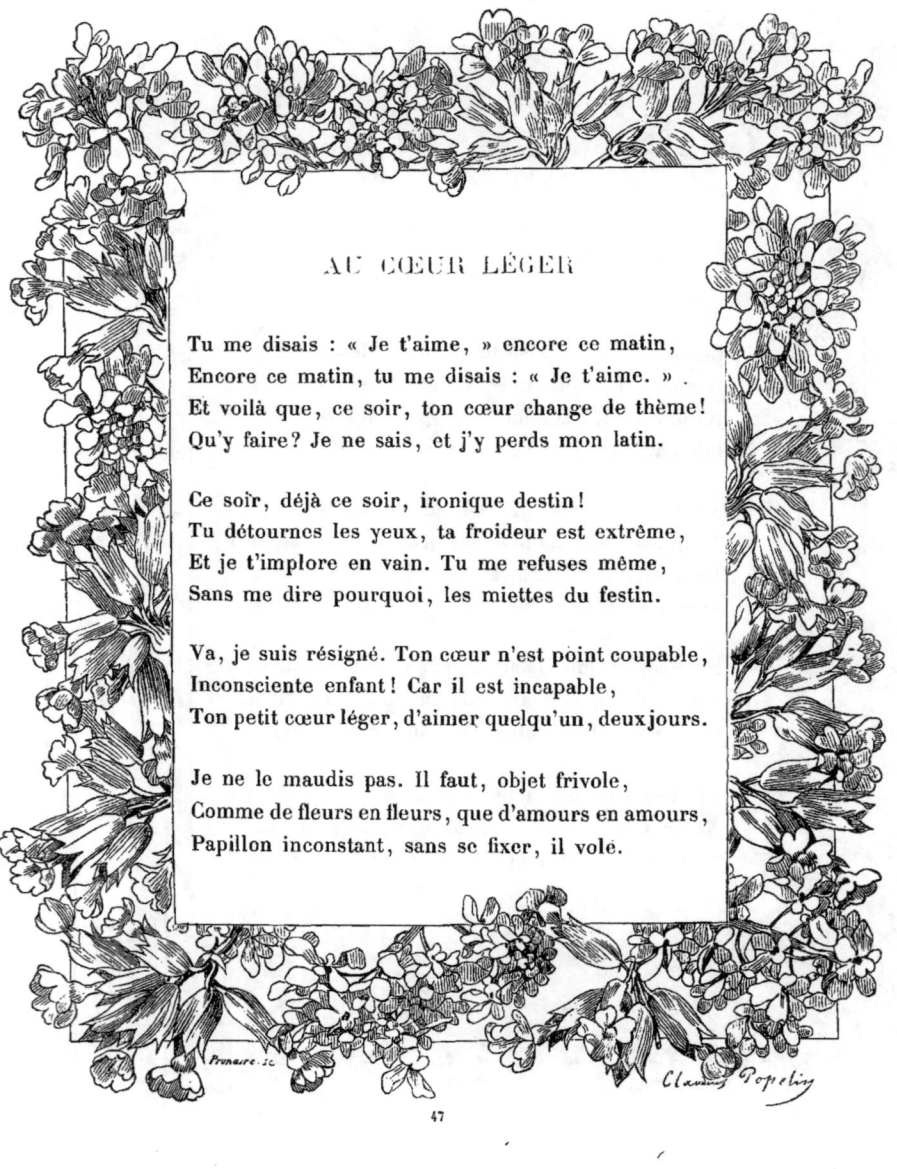

AU CŒUR LÉGER

Tu me disais : « Je t'aime, » encore ce matin,
Encore ce matin, tu me disais : « Je t'aime. »
Et voilà que, ce soir, ton cœur change de thème!
Qu'y faire? Je ne sais, et j'y perds mon latin.

Ce soir, déjà ce soir, ironique destin!
Tu détournes les yeux, ta froideur est extrême,
Et je t'implore en vain. Tu me refuses même,
Sans me dire pourquoi, les miettes du festin.

Va, je suis résigné. Ton cœur n'est point coupable,
Inconsciente enfant! Car il est incapable,
Ton petit cœur léger, d'aimer quelqu'un, deux jours.

Je ne le maudis pas. Il faut, objet frivole,
Comme de fleurs en fleurs, que d'amours en amours,
Papillon inconstant, sans se fixer, il vole.

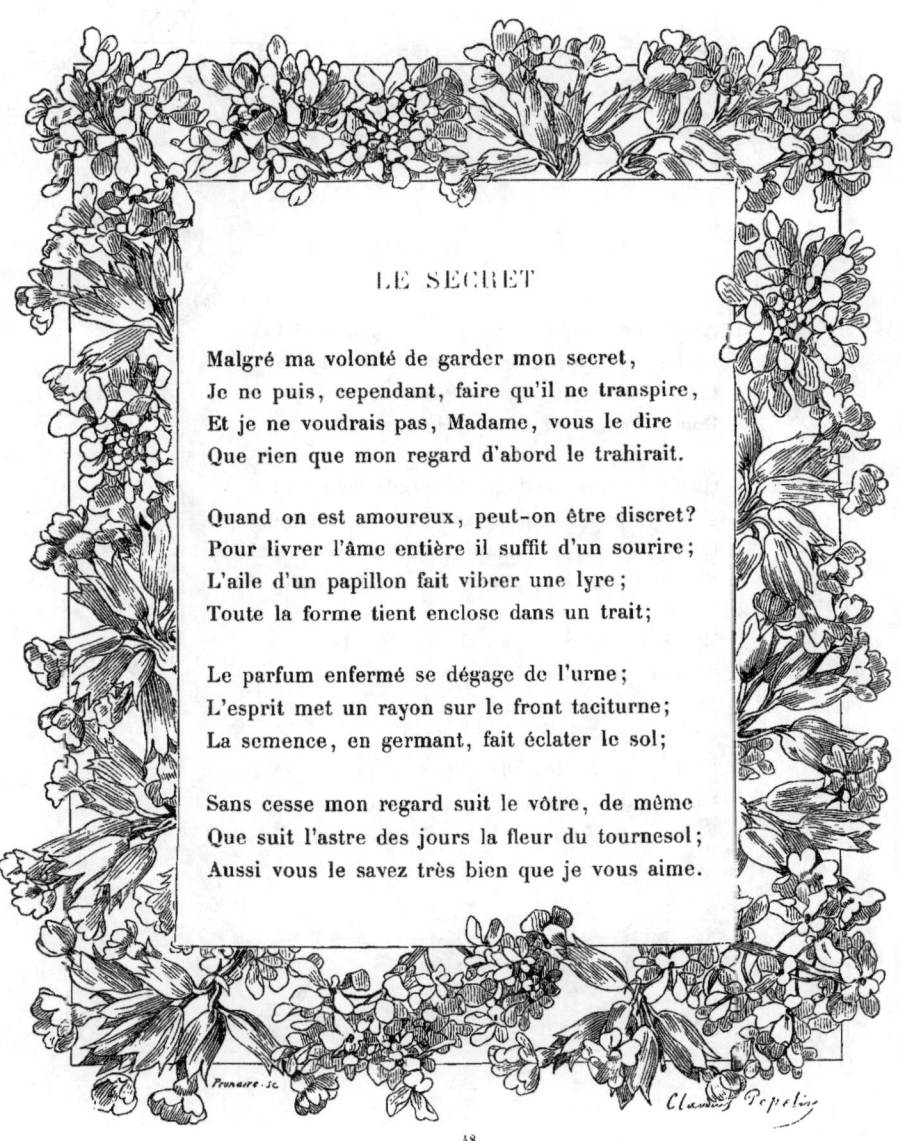

LE SECRET

Malgré ma volonté de garder mon secret,
Je ne puis, cependant, faire qu'il ne transpire,
Et je ne voudrais pas, Madame, vous le dire
Que rien que mon regard d'abord le trahirait.

Quand on est amoureux, peut-on être discret?
Pour livrer l'âme entière il suffit d'un sourire;
L'aile d'un papillon fait vibrer une lyre;
Toute la forme tient enclose dans un trait;

Le parfum enfermé se dégage de l'urne;
L'esprit met un rayon sur le front taciturne;
La semence, en germant, fait éclater le sol;

Sans cesse mon regard suit le vôtre, de même
Que suit l'astre des jours la fleur du tournesol;
Aussi vous le savez très bien que je vous aime.

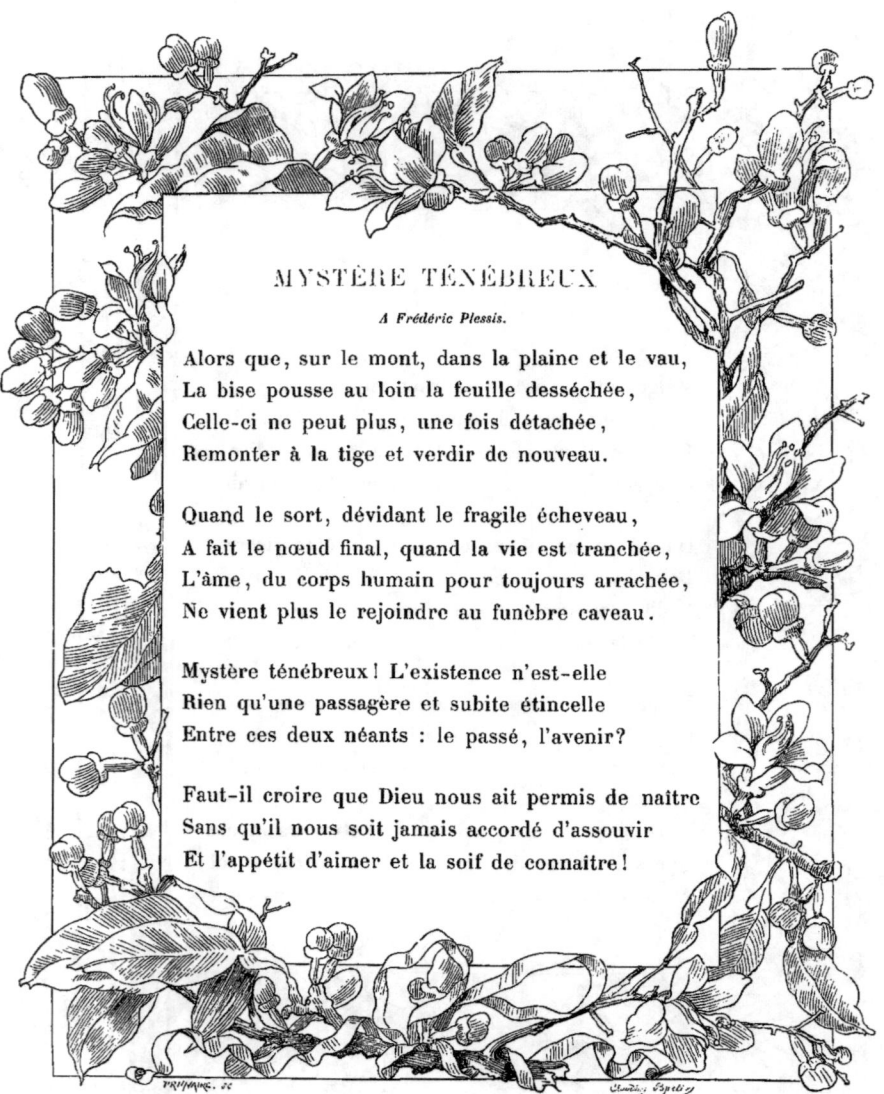

MYSTÈRE TÉNÉBREUX

A Frédéric Plessis.

Alors que, sur le mont, dans la plaine et le vau,
La bise pousse au loin la feuille desséchée,
Celle-ci ne peut plus, une fois détachée,
Remonter à la tige et verdir de nouveau.

Quand le sort, dévidant le fragile écheveau,
A fait le nœud final, quand la vie est tranchée,
L'âme, du corps humain pour toujours arrachée,
Ne vient plus le rejoindre au funèbre caveau.

Mystère ténébreux ! L'existence n'est-elle
Rien qu'une passagère et subite étincelle
Entre ces deux néants : le passé, l'avenir?

Faut-il croire que Dieu nous ait permis de naître
Sans qu'il nous soit jamais accordé d'assouvir
Et l'appétit d'aimer et la soif de connaitre !

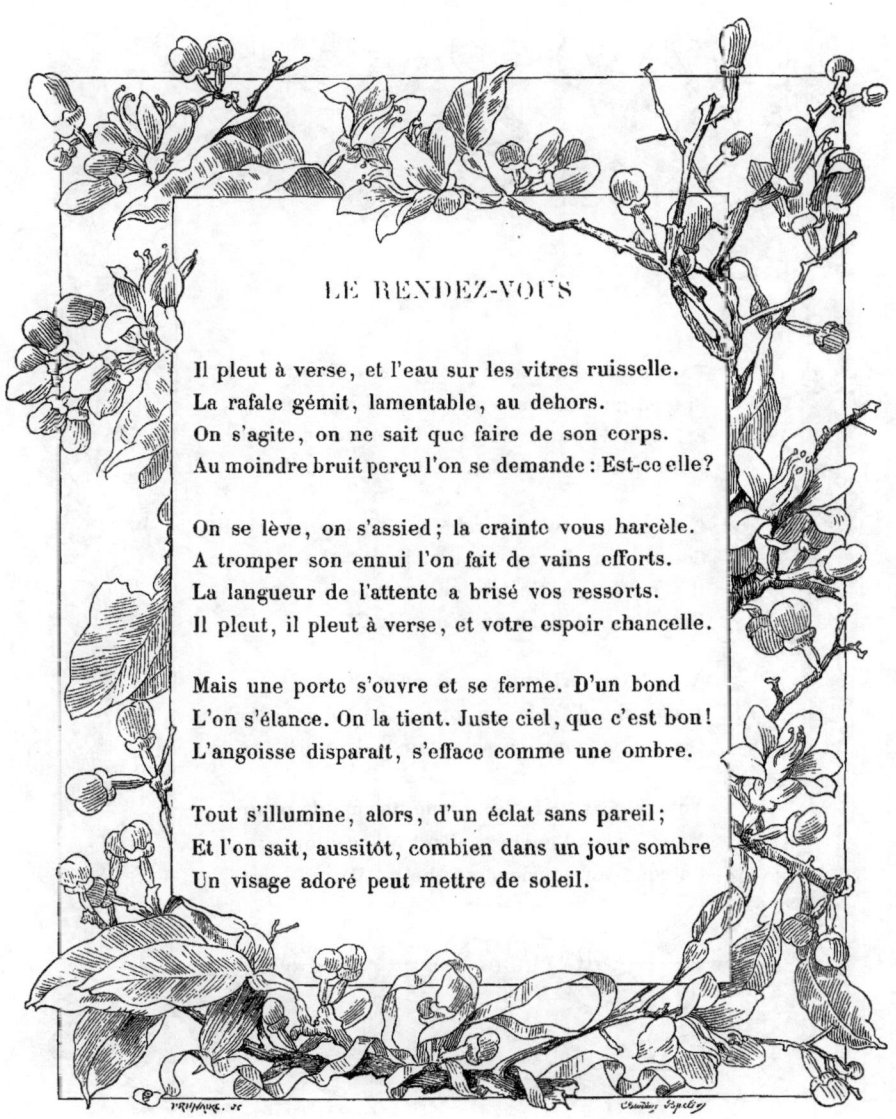

LE RENDEZ-VOUS

Il pleut à verse, et l'eau sur les vitres ruisselle.
La rafale gémit, lamentable, au dehors.
On s'agite, on ne sait que faire de son corps.
Au moindre bruit perçu l'on se demande : Est-ce elle?

On se lève, on s'assied ; la crainte vous harcèle.
A tromper son ennui l'on fait de vains efforts.
La langueur de l'attente a brisé vos ressorts.
Il pleut, il pleut à verse, et votre espoir chancelle.

Mais une porte s'ouvre et se ferme. D'un bond
L'on s'élance. On la tient. Juste ciel, que c'est bon!
L'angoisse disparaît, s'efface comme une ombre.

Tout s'illumine, alors, d'un éclat sans pareil ;
Et l'on sait, aussitôt, combien dans un jour sombre
Un visage adoré peut mettre de soleil.

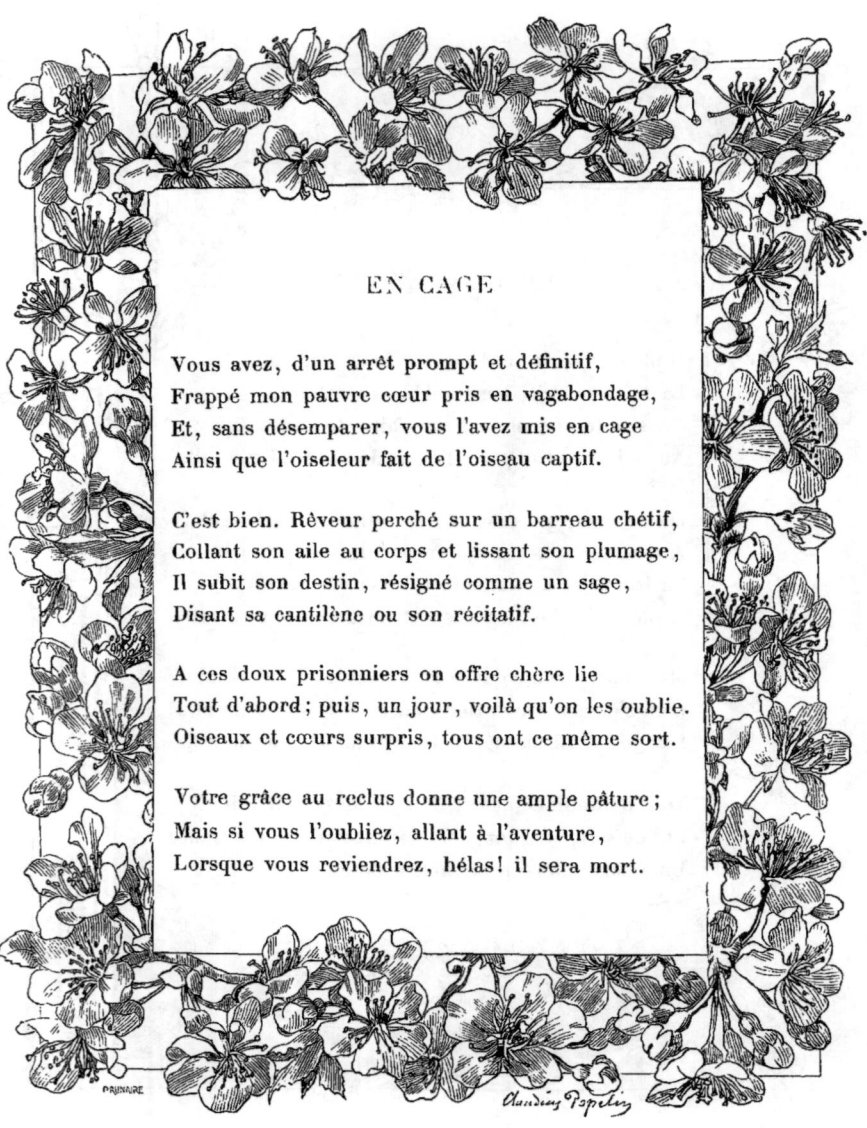

EN CAGE

Vous avez, d'un arrêt prompt et définitif,
Frappé mon pauvre cœur pris en vagabondage,
Et, sans désemparer, vous l'avez mis en cage
Ainsi que l'oiseleur fait de l'oiseau captif.

C'est bien. Rêveur perché sur un barreau chétif,
Collant son aile au corps et lissant son plumage,
Il subit son destin, résigné comme un sage,
Disant sa cantilène ou son récitatif.

A ces doux prisonniers on offre chère lie
Tout d'abord ; puis, un jour, voilà qu'on les oublie.
Oiseaux et cœurs surpris, tous ont ce même sort.

Votre grâce au reclus donne une ample pâture ;
Mais si vous l'oubliez, allant à l'aventure,
Lorsque vous reviendrez, hélas! il sera mort.

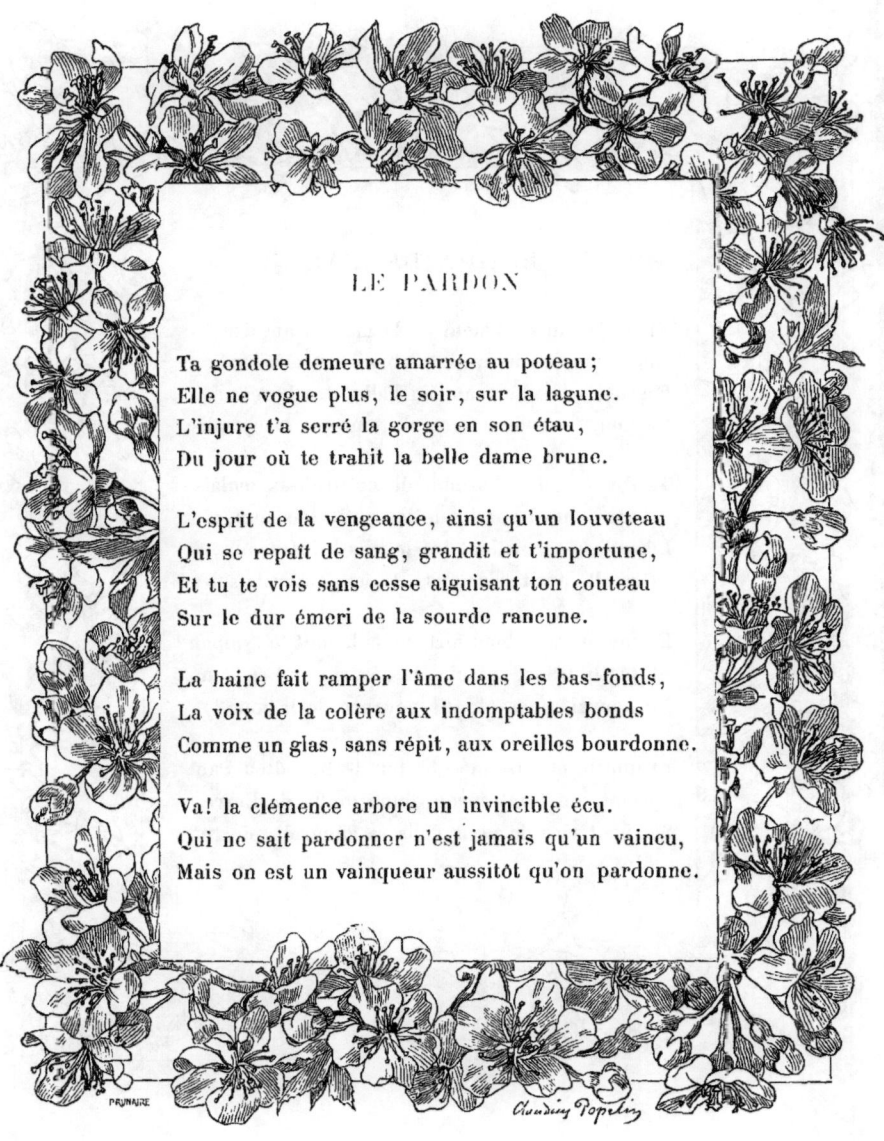

LE PARDON

Ta gondole demeure amarrée au poteau ;
Elle ne vogue plus, le soir, sur la lagune.
L'injure t'a serré la gorge en son étau,
Du jour où te trahit la belle dame brune.

L'esprit de la vengeance, ainsi qu'un louveteau
Qui se repaît de sang, grandit et t'importune,
Et tu te vois sans cesse aiguisant ton couteau
Sur le dur émeri de la sourde rancune.

La haine fait ramper l'âme dans les bas-fonds,
La voix de la colère aux indomptables bonds
Comme un glas, sans répit, aux oreilles bourdonne.

Va ! la clémence arbore un invincible écu.
Qui ne sait pardonner n'est jamais qu'un vaincu,
Mais on est un vainqueur aussitôt qu'on pardonne.

LE JARDIN DE L'AÏEUL

Vieux jardin de l'aïeul, à la mode française,
Où la souple charmille arrondie en arceaux
Faisait, se conformant au galbe des berceaux,
De longs corridors verts du cintre à la cymaise,

Te souviens-tu, dis-moi, de notre doux malaise?
Te souvient-il aussi que les petits oiseaux,
Libertins, secouaient les jeunes arbrisseaux,
Et qu'elle avait seize ans, et que j'en avais seize!

Et que le sang, bien fort, nous battait le tympan?
Et que la brise, au soir plus fraîche qui se joue,
Ne pouvait nous ôter la pourpre de la joue?

Et que le chèvre-pied barbu, le bon dieu Pan,
Sortant son front cornu d'une touffe de lierre,
Semblait rire de nous dans sa gaine de pierre?

LA SOIRÉE

L'autre soir la diva chantait *con amore,*
Modulant avec art ses phrases gracieuses
Devant le cercle ému des femmes radieuses
Dont le sein palpitait sous le satin lustré.

En spirales sans fin, par l'espace éthéré,
Vers des bords inconnus, les lois mystérieuses
Des rhythmes cadencés, ondes mélodieuses,
Faisaient flotter l'esprit dans un rêve azuré;

Et, comme un sombre essaim de noires tourterelles,
Lorsque le chant cessait, les feux de vos prunelles
S'abattaient caressants sur quelque beau parleur.

Cependant, qu'avait-il de si bon à vous dire,
Que vous ne m'avez pas donné même un sourire,
Que vous n'avez pas vu quelle était ma pâleur?

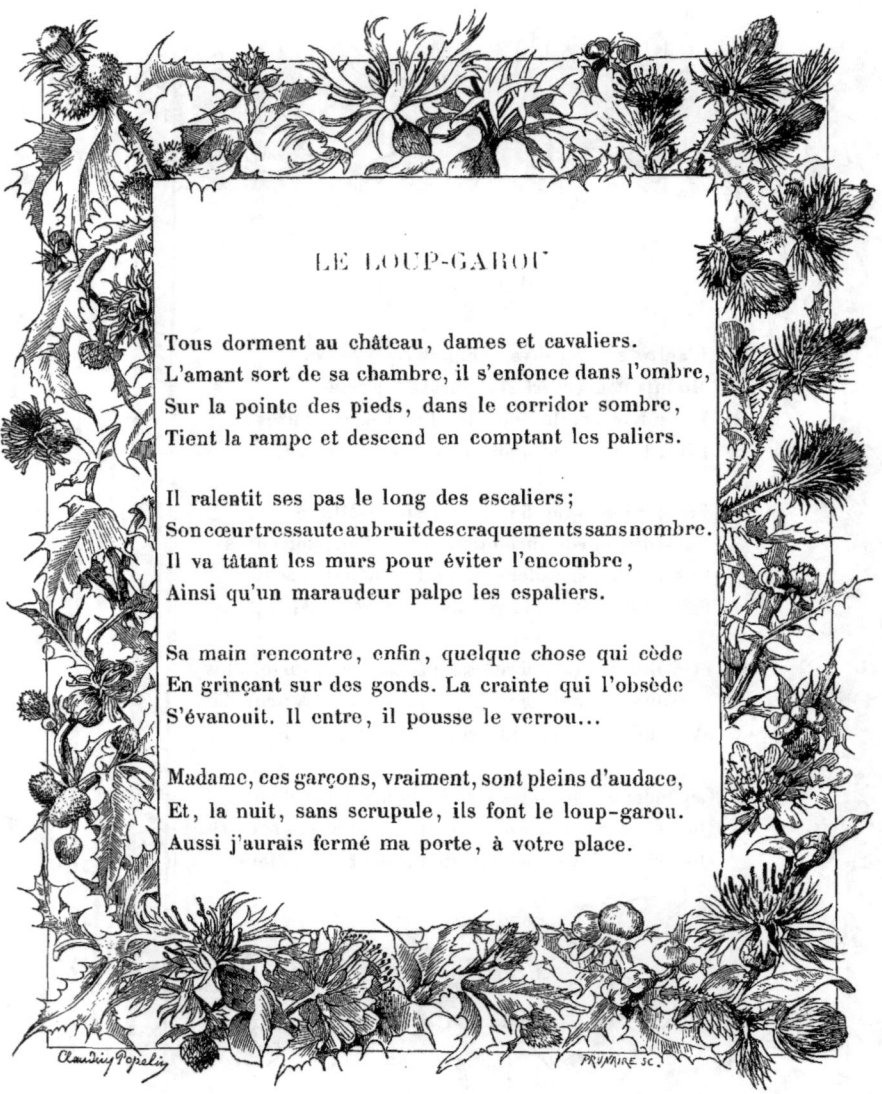

LE LOUP-GAROU

Tous dorment au château, dames et cavaliers.
L'amant sort de sa chambre, il s'enfonce dans l'ombre,
Sur la pointe des pieds, dans le corridor sombre,
Tient la rampe et descend en comptant les paliers.

Il ralentit ses pas le long des escaliers ;
Son cœur tressaute au bruit des craquements sans nombre.
Il va tâtant les murs pour éviter l'encombre,
Ainsi qu'un maraudeur palpe les espaliers.

Sa main rencontre, enfin, quelque chose qui cède
En grinçant sur des gonds. La crainte qui l'obsède
S'évanouit. Il entre, il pousse le verrou...

Madame, ces garçons, vraiment, sont pleins d'audace,
Et, la nuit, sans scrupule, ils font le loup-garou.
Aussi j'aurais fermé ma porte, à votre place.

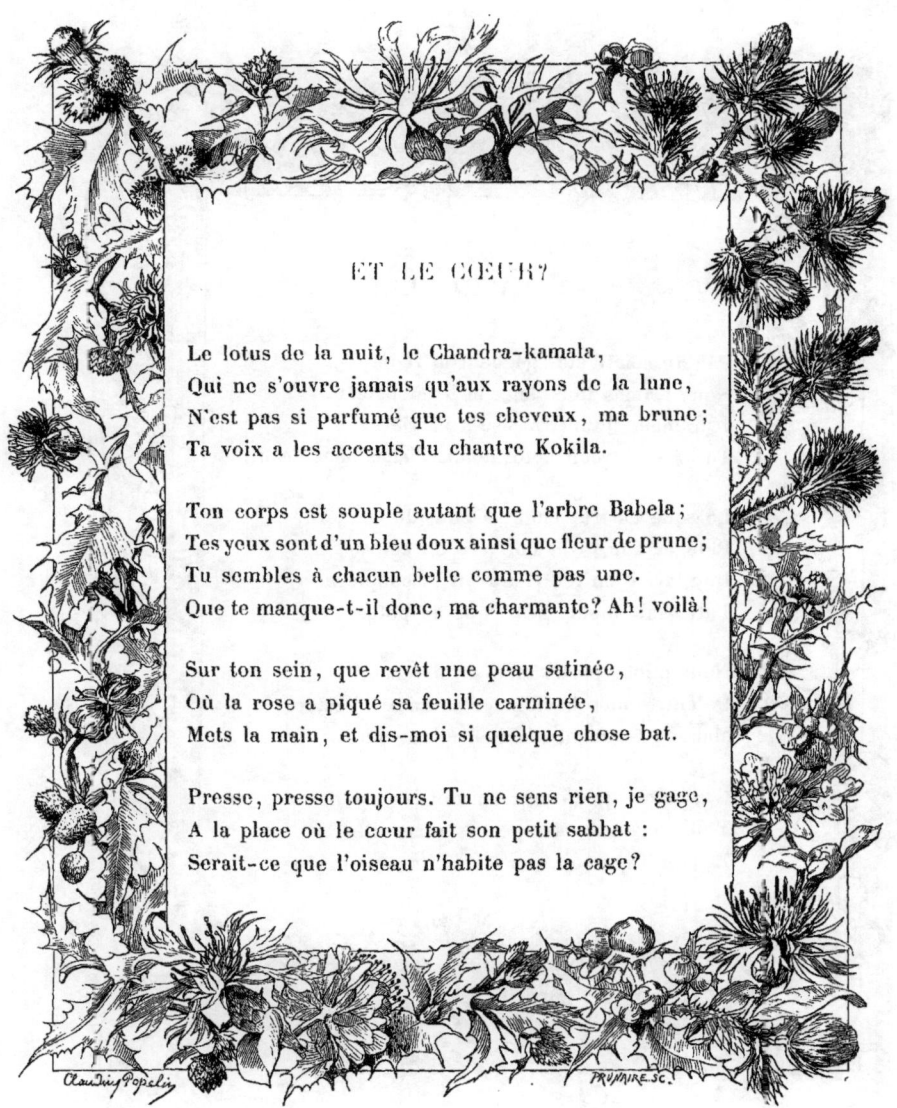

ET LE CŒUR?

Le lotus de la nuit, le Chandra-kamala,
Qui ne s'ouvre jamais qu'aux rayons de la lune,
N'est pas si parfumé que tes cheveux, ma brune;
Ta voix a les accents du chantre Kokila.

Ton corps est souple autant que l'arbre Babela;
Tes yeux sont d'un bleu doux ainsi que fleur de prune;
Tu sembles à chacun belle comme pas une.
Que te manque-t-il donc, ma charmante? Ah! voilà!

Sur ton sein, que revêt une peau satinée,
Où la rose a piqué sa feuille carminée,
Mets la main, et dis-moi si quelque chose bat.

Presse, presse toujours. Tu ne sens rien, je gage,
A la place où le cœur fait son petit sabbat :
Serait-ce que l'oiseau n'habite pas la cage?

SUR LA RIVIÈRE

Par un soir d'été, gagnant la rivière,
Nous prîmes tous deux le léger bateau.
Je ramais devant. Assise à l'arrière,
Tu laissais tremper tes doigts blancs dans l'eau...

Lorsque l'astre, enfin, à bout de carrière,
Plongea son foyer derrière un coteau,
Une larme en feu chargeait ta paupière.
J'attachai, muet, la barque au poteau.

Nous étions partis sans savoir encore
Qu'entre nous l'amour commençait d'éclore ;
Mais en revenant nous en étions sûrs.

C'est ainsi qu'un jour on voit les abeilles
Voltiger auprès des pêches vermeilles,
Et l'on s'aperçoit que les fruits sont mûrs.

Brunane.sc.

Claudius Popelin

8

SOUVENIR D'ANTAN

En mil huit cent quarante, un jour de carnaval,
J'avais près de quinze ans, vous quatorze, peut-être,
Dans une maison tierce, à la même fenêtre,
Nous regardions passer le joyeux festival.

Les masques défilaient en voiture, à cheval.
Vous tressautiez de joie en les voyant paraître,
Et vos regards suivaient, sans pouvoir s'en repaître,
La foule se mouvant en amont, en aval.

Mais je contemplais, moi, sous votre tresse noire,
Votre cou virginal en sa blancheur d'ivoire,
Et mes naissants désirs s'y tordaient en collier.

Depuis, la belle enfant, qu'êtes-vous devenue?
Vous ne saurez jamais combien, chère inconnue,
Vous hantâtes longtemps mes rêves d'écolier.

Bureau. sc.   *Claudius Popelin*

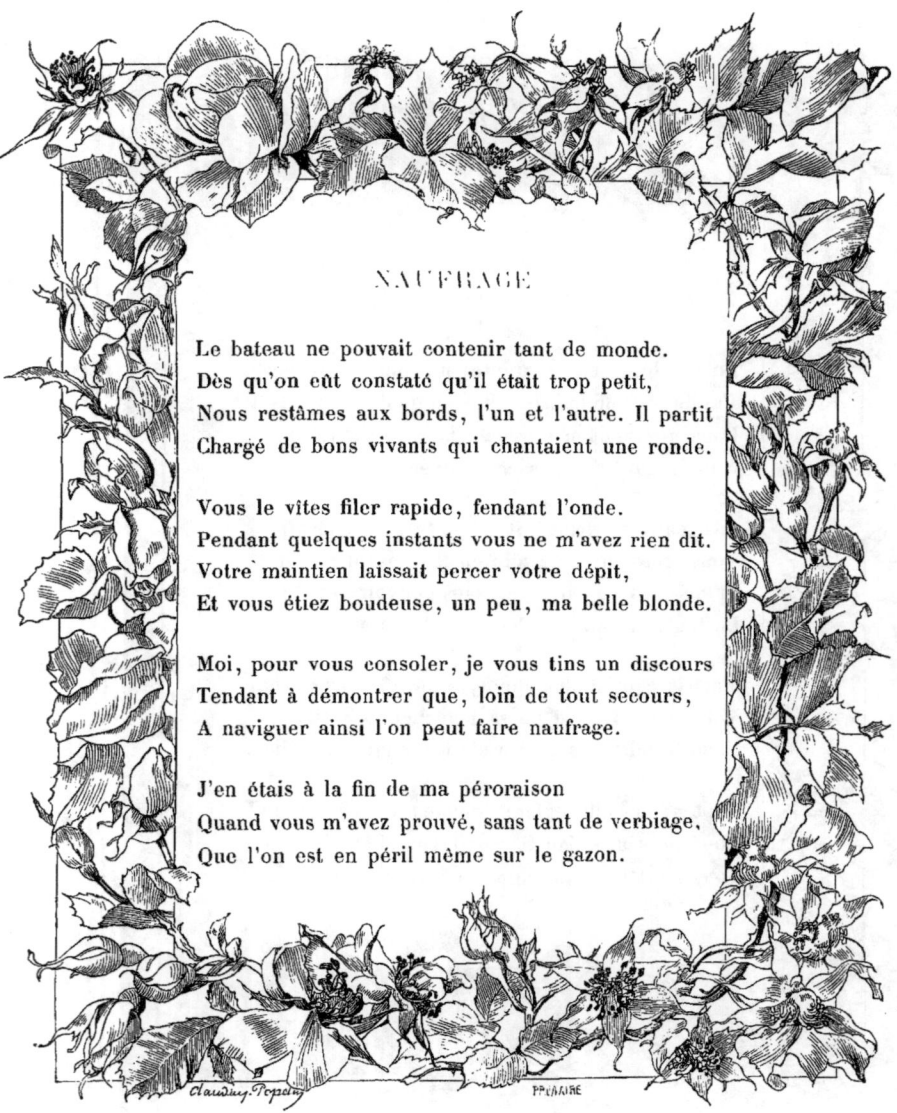

NAUFRAGE

Le bateau ne pouvait contenir tant de monde.
Dès qu'on eût constaté qu'il était trop petit,
Nous restâmes aux bords, l'un et l'autre. Il partit
Chargé de bons vivants qui chantaient une ronde.

Vous le vîtes filer rapide, fendant l'onde.
Pendant quelques instants vous ne m'avez rien dit.
Votre maintien laissait percer votre dépit,
Et vous étiez boudeuse, un peu, ma belle blonde.

Moi, pour vous consoler, je vous tins un discours
Tendant à démontrer que, loin de tout secours,
A naviguer ainsi l'on peut faire naufrage.

J'en étais à la fin de ma péroraison
Quand vous m'avez prouvé, sans tant de verbiage,
Que l'on est en péril même sur le gazon.

QUAND TU M'ES APPARUE

Dans le cadre embaumant de tes cheveux d'ébène
Ton visage est un lis en sa prime saison,
Ta bouche purpurine, à la suave haleine,
Est la fleur de grenade en pleine floraison.

Quand tu m'es apparue, avec ton port de reine,
Dans la douce fraîcheur de l'aube à l'horizon,
Ton candide regard a mis mon âme en peine
Et ton divin sourire a troublé ma raison.

Tiens, vois-tu, si jamais les grandes bonnes fées,
Par un acte authentique aux clauses paraphées,
Me sacraient, d'aventure, empereur quelque part,

Je ferais, aussitôt, deux moitiés de l'empire :
La première serait pour payer ton regard,
Et la seconde, après, pour payer ton sourire.

LA MUSIQUE

A Eugène Sauzay.

Sous les crins de l'archet, sur le clavier d'ivoire,
Par le rhythme précis assouplissant le son,
Les maîtres font parler la divine chanson,
Et la sirène, alors, vient charmer l'auditoire.

Car, suivant son désir ou suivant sa mémoire,
Chacun, selon son goût, chacun, à sa façon,
Du souffle harmonieux subit le doux frisson,
Et du musicien c'est ce qui fait la gloire.

Dans ma main, cependant, posant mon front lassé,
Moi, recueilli, j'écoute, et du profond passé
Je cherche à dégager les minutes heureuses;

Mais au fil des regrets je livre mon bateau
Et j'évoque l'essaim des pâles amoureuses
Que le Temps, ce jaloux, cache sous son manteau.

61

CRUEL PROBLÈME

Vous m'avez subjugué dès le premier propos
Que vous m'avez tenu de votre voix si tendre,
Et je n'ai su vous voir, je n'ai su vous entendre
Sans perdre en même temps l'esprit et le repos.

Pareil à l'oiselet qui s'englue aux pipeaux,
Faible cœur imprudent je me suis laissé prendre ;
Et je me suis trouvé, sans pouvoir m'en défendre,
Privé de ma raison qui s'est donné campos.

Vous m'emplissez, parfois, d'une telle folie,
Tant vous m'apparaissez charmeresse et jolie,
Que je voudrais baiser la trace de vos pas ;

Vous me jetez aussi, parfois, cruel problème,
Dans un trouble si grand qu'alors je ne sais pas
Si je vous hais, Madame, ou bien si je vous aime.

EN VOYAGE

On songe, en courant l'aventure,
A l'être cher là-bas resté;
Et l'on se démène, attristé,
L'inquiétude vous torture.

Décidément l'absence est dure.
A l'auberge on rentre agité;
On y trouve un pli cacheté
Dont on reconnaît l'écriture.

C'est du bonheur pour un moment.
Le lendemain même tourment
Vient assaillir le cœur fidèle.

Pour voyager se désunir?
Le jeu n'en vaut pas la chandelle.
Le meilleur est de revenir.

Claudius Popelin

LES CHÂTAIGNES

Il m'en souvient encore : un dimanche, à nous trois,
Par un beau jour d'automne, au sortir de l'église,
Ma cousine Marie et ma cousine Lise,
Nous fûmes récolter les châtaignes au bois.

J'étais un écolier. J'avais treize ans, je crois.
Vous vous scandalisiez de ma fainéantise.
Que m'importaient les fruits ! S'il faut que je le dise,
J'étais plus occupé de vos jolis minois.

Couché sur le gazon je vous regardais faire
Et prendre, avec des gants, la gousse spinifère
Que vous jetiez, après, dans votre tablier.

Vous souleviez un peu vos courtes jupes blanches ;
Et je suivais des yeux, à ne pas l'oublier,
La ligne juvénile et pure de vos hanches.

LA BELLE ET LA BÊTE

Elle est grande, elle est svelte, et l'éclat de ses yeux,
Auprès duquel celui des matins semble terne,
Comme une eau de saphir au creux d'une citerne
Est d'un azur plus tendre encore que les cieux.

Sa blonde chevelure, en doux reflets soyeux,
Resplendit tout autour de son front qu'elle cerne.
Paraît-elle? Aussitôt mon être se prosterne
Devant tant de beauté, don suprême des Dieux.

Cependant mon courage, en la voyant, chancelle.
Je n'ose l'approcher, je reste éloigné d'elle;
Mais j'envie à mourir un fat très résolu

Qui s'assied, qui se penche et prend toutes ses aises,
Et lui parle de près... Sans doute qu'il a plu,
Car un sourire d'or s'entr'ouvre à ses fadaises !

DEMEURONS

Tu rêves le ciel bleu, la Méditerranée
Et la tiédeur de l'air sous les bois d'orangers.
Tu veux partir, braver la mer et ses dangers !
Vers un plus doux rivage, au loin, être emmenée.

Ainsi tu veux quitter la chère maisonnée,
Et tu crois vivre mieux sur des bords étrangers.
Charmants sont nos coteaux, nos bois et nos vergers.
C'est ici qu'entre nous la sympathie est née.

La meilleure patrie est au nid des amours.
Ce coin de terre est bon ; demeurons-y toujours.
Cet intime logis plaît à l'amant fidèle.

J'y reçus tes aveux que ton baiser scella.
Le cadre est assez beau quand la peinture est belle,
Qu'importe le milieu si le bonheur est là.

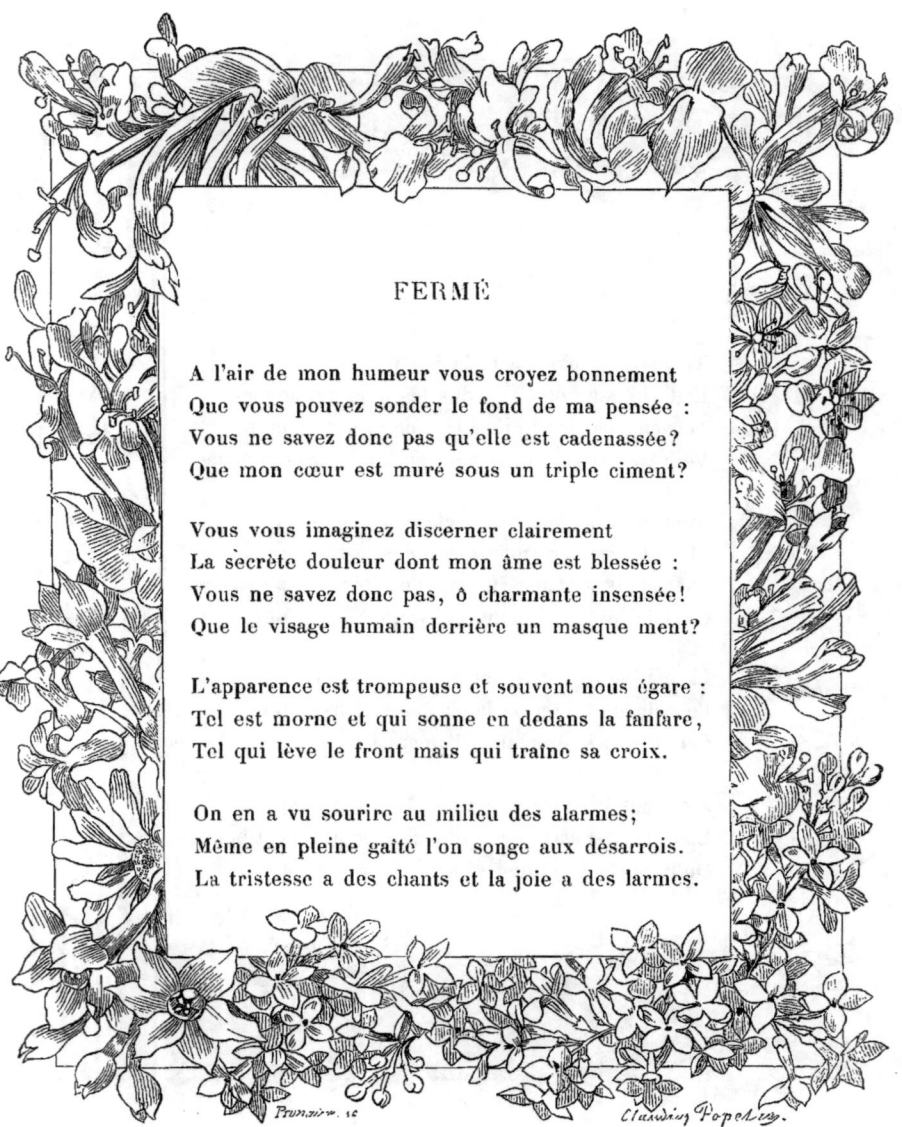

FERMÉ

A l'air de mon humeur vous croyez bonnement
Que vous pouvez sonder le fond de ma pensée :
Vous ne savez donc pas qu'elle est cadenassée?
Que mon cœur est muré sous un triple ciment?

Vous vous imaginez discerner clairement
La secrète douleur dont mon âme est blessée :
Vous ne savez donc pas, ô charmante insensée!
Que le visage humain derrière un masque ment?

L'apparence est trompeuse et souvent nous égare :
Tel est morne et qui sonne en dedans la fanfare,
Tel qui lève le front mais qui traîne sa croix.

On en a vu sourire au milieu des alarmes;
Même en pleine gaîté l'on songe aux désarrois.
La tristesse a des chants et la joie a des larmes.

A THÉODORE DE BANVILLE

Alors que la Muse aux yeux pers,
Ta maîtresse, ton adorée,
Des plis de sa robe dorée
Laisse échapper l'essaim des vers,

Ami, que celle que je sers
En tes beaux chants soit célébrée,
Pour que, triomphante et laurée,
Elle marche par l'univers.

Sur l'or, sur l'argent, sur le cuivre
Je connais l'art de faire vivre
Le galbe ceint du trait subtil;

Et, dans le pigment perdurable
Du sombre émail inaltérable
Moi j'inscrirai ton fin profil.

LA LECTURE

Ils s'en étaient allés voir la fête foraine,
Les hôtes du château. Là, tout seuls demeurés,
Nous nous tenions pensifs, muets et désœuvrés.
J'avais l'amour au cœur, vous aviez la migraine.

« Lisez », me dites-vous, d'un doux air de sirène,
Et les yeux languissants d'un feu sombre éclairés,
« Lisez », ils ne seront de bien longtemps rentrés. »
J'obéis comme on fait à l'ordre d'une reine.

Cependant j'éprouvais un je ne savais quoi,
Tantôt baissant le ton et prêt à rester coi,
Tantôt le relevant d'une voix raffermie.

Vos lèvres, à la fin, murmurèrent : « Je dors... »
N'est-ce pas qu'en ce jour vous fîtes l'endormie?
Mais jeunesse ne sait! J'étais si jeune alors.

CONVALESCENCE

Viens près de moi, tout près, tout près, plus près encor,
Viens, je veux respirer ton haleine fleurie,
Et je veux appuyer ma tête endolorie
Sur le soyeux tissu de tes beaux cheveux d'or.

Je veux, comme un avare enserre son trésor,
Tenir ta douce main dans ma main amaigrie,
Et je veux me bercer en une rêverie
Où mon âme se livre à son nouvel essor.

Car de l'être alangui, plus subtile et plus pure
Elle s'envolera, d'une plus libre allure,
Vers le ressouvenir d'un paradis perdu.

J'en saurai goûter mieux les suprèmes délices
Quand la santé, m'ayant fait boire à ses calices,
Me l'aura, dans la force et la gaité, rendu.

Claudius Popelin

DÉCEPTION

Nous avons échangé mainte douce parole ;
Vous avez pris mon bras à moitié du chemin,
Et je vous ai pressé très tendrement la main.
Avais-je ma raison ou bien étiez-vous folle ?

Mon front semblait baigner dans l'or d'une auréole,
Mon être était gonflé d'un orgueil surhumain ;
Et quand vous m'avez dit, en rentrant : « A demain , »
Je suis parti léger comme un oiseau qui vole.

Aujourd'hui je reviens, d'espoir tout palpitant,
Avec le souvenir de la veille, et, pourtant,
Vos regards sont glacés, votre aspect est sévère.

Ai-je rêvé ? mais non ! c'est la réalité.
Hier vous avez mis vos lèvres à mon verre ;
Hélas ! n'était-il plein que de l'eau du Léthé ?

Claudius Popelin

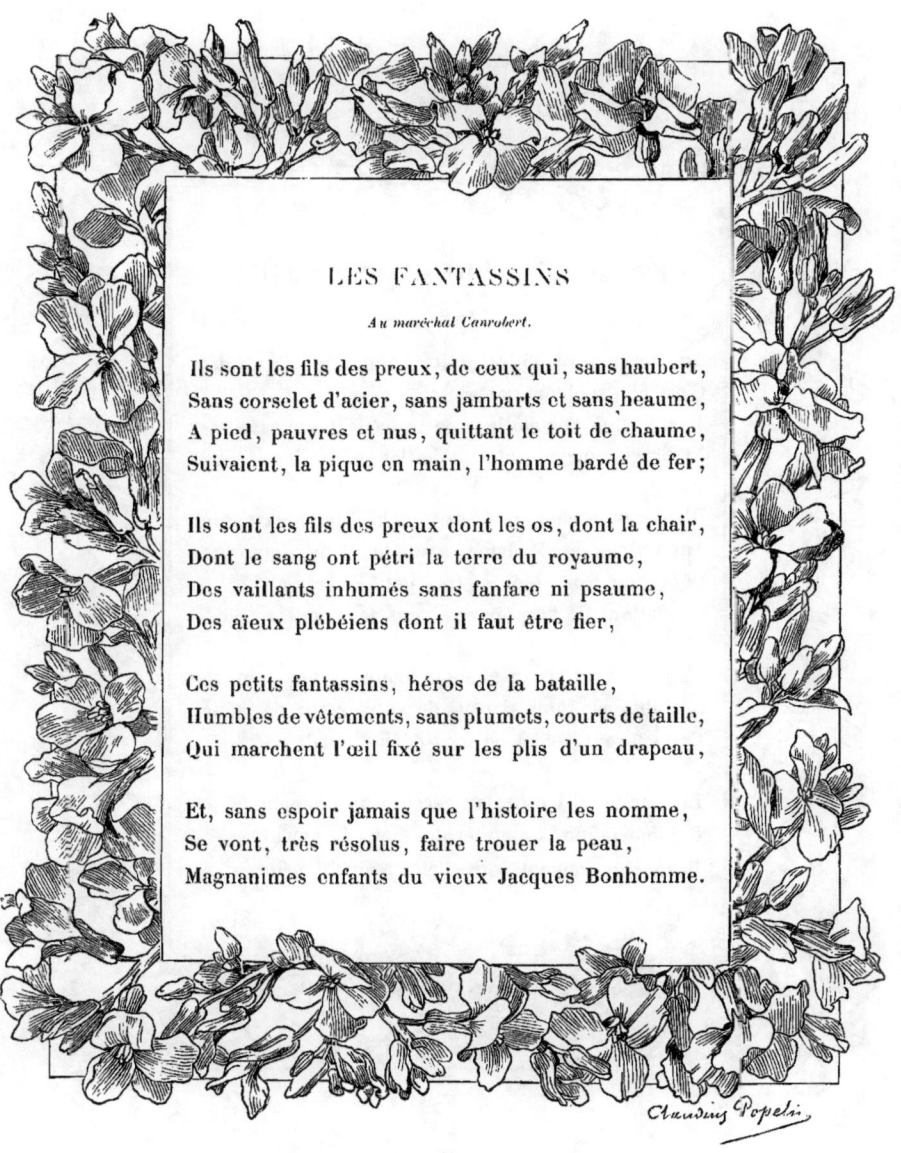

LES FANTASSINS

Au maréchal Canrobert.

Ils sont les fils des preux, de ceux qui, sans haubert,
Sans corselet d'acier, sans jambarts et sans heaume,
A pied, pauvres et nus, quittant le toit de chaume,
Suivaient, la pique en main, l'homme bardé de fer;

Ils sont les fils des preux dont les os, dont la chair,
Dont le sang ont pétri la terre du royaume,
Des vaillants inhumés sans fanfare ni psaume,
Des aïeux plébéiens dont il faut être fier,

Ces petits fantassins, héros de la bataille,
Humbles de vêtements, sans plumets, courts de taille,
Qui marchent l'œil fixé sur les plis d'un drapeau,

Et, sans espoir jamais que l'histoire les nomme,
Se vont, très résolus, faire trouer la peau,
Magnanimes enfants du vieux Jacques Bonhomme.

Claudius Popelin

SUR LE LIVRE DE L'ÉMAIL

Envoi.

Aux grands quand les petits viennent offrir un don
C'est afin d'obtenir en retour davantage.
Par ma foi je maintiens ce procédé pour sage,
Et brave, sur ce point, tous les qu'en dira-t-on.

D'ailleurs je n'entends pas trancher du vieux Caton.
Aussi viens-je, Madame, assemblant mon courage,
Déposer à vos pieds ce très petit ouvrage,
Me flattant de l'espoir que vous le trouviez bon.

Or je n'aurai perdu ni mon temps ni ma peine
Si j'obtiens, pour si peu, de votre cœur de reine,
Cette faveur, objet de mes désirs constants :

Être admis à baiser, au cercle du dimanche,
Comme font vos amis et des gens importants,
Respectueusement votre belle main blanche.

Claudius Popelin

PRUNAIRE SC.

SUR LE LIVRE DE L'ÉMAIL

Envoi.

Tandis que vous alliez, chevauchant par l'Espagne,
Chercher si, d'aventure, on y saurait encor
Découvrir quelque part l'armet de Galaor
Ou l'épée à deux mains d'un comte de Saldagne,

Ou bien des olifants du temps de Charlemagne,
Ou la rondache arabe au damasquiné d'or,
Ou les grands éperons du Cid Campeador
Dans le donjon muré d'un château de campagne,

Moi, comme un clerc, jadis en l'étude vieilli,
Au jardin doctrinal, promeneur, j'ai cueilli
Un humble ramuscule à l'arbre de science ;

Et puis j'ai composé ce livre, que j'ai mis,
Tout exprès, sous le nom de l'un de vos amis,
Pour vous en faire hommage en signe d'alliance.

JE LE SAIS

Je le sais trop, parbleu ! que vous êtes fort belle,
Que votre fin visage est ravissant à voir,
Que vos cheveux sont d'or et que votre œil est noir
Comme un grenat foncé qu'allume une étincelle.

Je sais que votre cœur volontiers se rebelle
Et traite d'insolent un amoureux espoir ;
Je sais qu'il ne faut pas tenter de l'émouvoir ;
Je sais qu'il est fermé comme une citadelle.

Tout cela je le sais. Ne sais-je point, aussi,
Que le plus grand malheur pour un amant transi
Consiste à ne pouvoir posséder ce qu'il aime ?

Je sais qu'on doit subir son destin ici-bas ;
Mais ce que je sais mieux, et sachez-le vous-même,
C'est que rien ne défend d'aimer ce qu'on n'a pas.

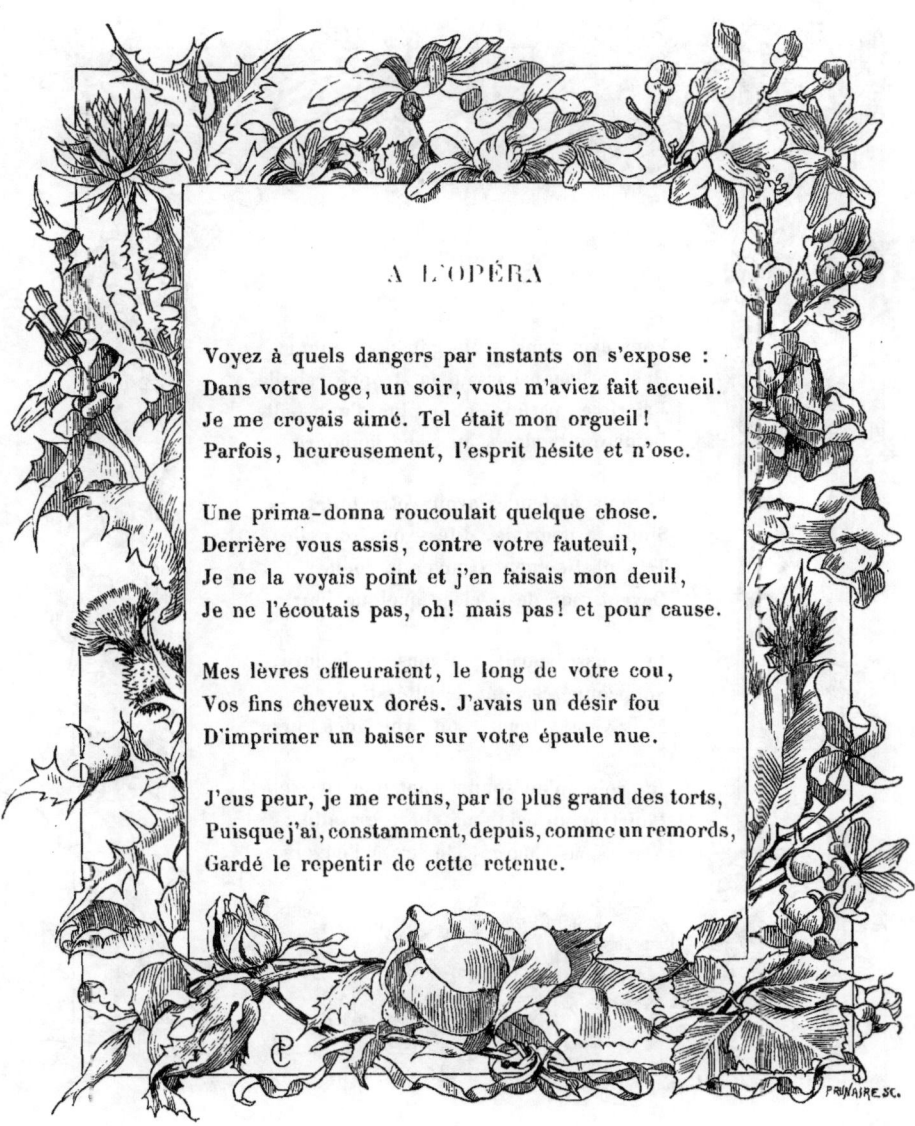

A L'OPÉRA

Voyez à quels dangers par instants on s'expose :
Dans votre loge, un soir, vous m'aviez fait accueil.
Je me croyais aimé. Tel était mon orgueil !
Parfois, heureusement, l'esprit hésite et n'ose.

Une prima-donna roucoulait quelque chose.
Derrière vous assis, contre votre fauteuil,
Je ne la voyais point et j'en faisais mon deuil,
Je ne l'écoutais pas, oh! mais pas! et pour cause.

Mes lèvres effleuraient, le long de votre cou,
Vos fins cheveux dorés. J'avais un désir fou
D'imprimer un baiser sur votre épaule nue.

J'eus peur, je me retins, par le plus grand des torts,
Puisque j'ai, constamment, depuis, comme un remords,
Gardé le repentir de cette retenue.

A MARGOT

Vous avez appris, Margot mon amour,
Que, prenant d'assaut la strophe rebelle,
J'ai rimé, parfois, pour plus d'une belle
Demeurant, alors, au riche faubourg.

Et vous prétendez avoir votre tour,
Sinon je pourrais, dites-vous, cruelle,
Très obstinément trouver la ruelle
Devant mon désir close quelque jour.

Je n'eusse jamais, en vous, je le jure,
Soupçonné ce goût de littérature;
Mais vous y tenez, soit, voici des vers.

Je crois qu'un sonnet vaut une risette.
Pourtant un avis, ma chère grisette :
N'allez pas, Margot, le lire à l'envers.

Claudius Popelin

PRUNAIRE SC.

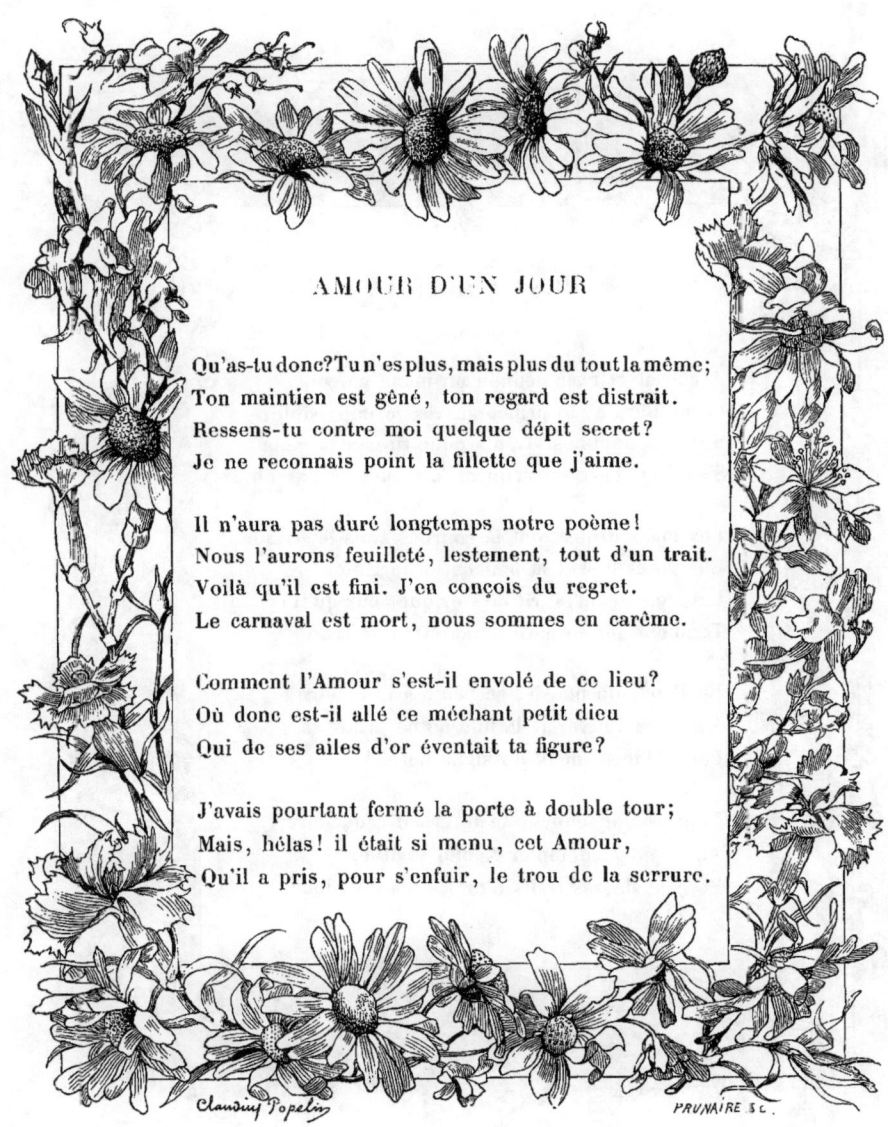

AMOUR D'UN JOUR

Qu'as-tu donc? Tu n'es plus, mais plus du tout la même;
Ton maintien est gêné, ton regard est distrait.
Ressens-tu contre moi quelque dépit secret?
Je ne reconnais point la fillette que j'aime.

Il n'aura pas duré longtemps notre poème!
Nous l'aurons feuilleté, lestement, tout d'un trait.
Voilà qu'il est fini. J'en conçois du regret.
Le carnaval est mort, nous sommes en carême.

Comment l'Amour s'est-il envolé de ce lieu?
Où donc est-il allé ce méchant petit dieu
Qui de ses ailes d'or éventait ta figure?

J'avais pourtant fermé la porte à double tour;
Mais, hélas! il était si menu, cet Amour,
Qu'il a pris, pour s'enfuir, le trou de la serrure.

Claudius Popelin

PRUNAIRE S.C.

78

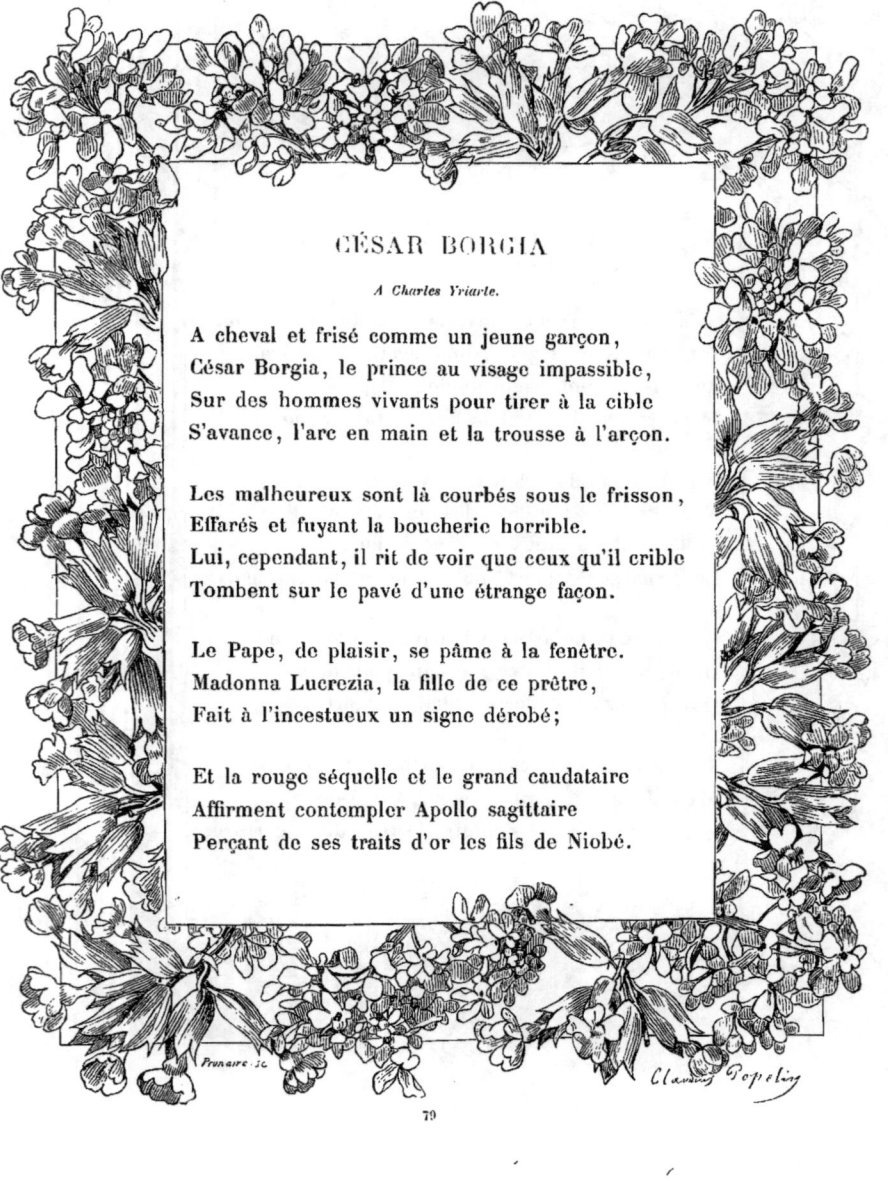

CÉSAR BORGIA

A Charles Yriarte.

A cheval et frisé comme un jeune garçon,
César Borgia, le prince au visage impassible,
Sur des hommes vivants pour tirer à la cible
S'avance, l'arc en main et la trousse à l'arçon.

Les malheureux sont là courbés sous le frisson,
Effarés et fuyant la boucherie horrible.
Lui, cependant, il rit de voir que ceux qu'il crible
Tombent sur le pavé d'une étrange façon.

Le Pape, de plaisir, se pâme à la fenêtre.
Madonna Lucrezia, la fille de ce prêtre,
Fait à l'incestueux un signe dérobé;

Et la rouge séquelle et le grand caudataire
Affirment contempler Apollo sagittaire
Perçant de ses traits d'or les fils de Niobé.

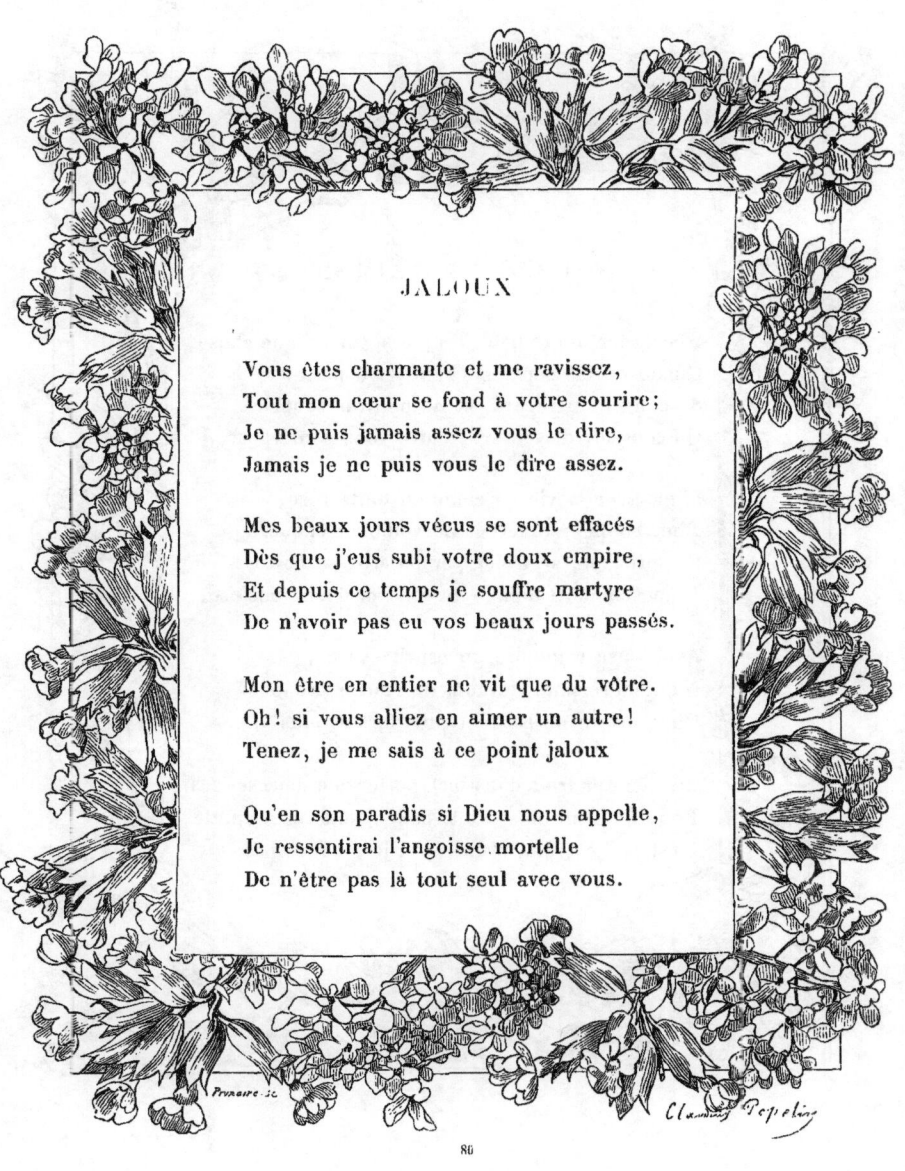

JALOUX

Vous êtes charmante et me ravissez,
Tout mon cœur se fond à votre sourire;
Je ne puis jamais assez vous le dire,
Jamais je ne puis vous le dire assez.

Mes beaux jours vécus se sont effacés
Dès que j'eus subi votre doux empire,
Et depuis ce temps je souffre martyre
De n'avoir pas eu vos beaux jours passés.

Mon être en entier ne vit que du vôtre.
Oh! si vous alliez en aimer un autre!
Tenez, je me sais à ce point jaloux

Qu'en son paradis si Dieu nous appelle,
Je ressentirai l'angoisse mortelle
De n'être pas là tout seul avec vous.

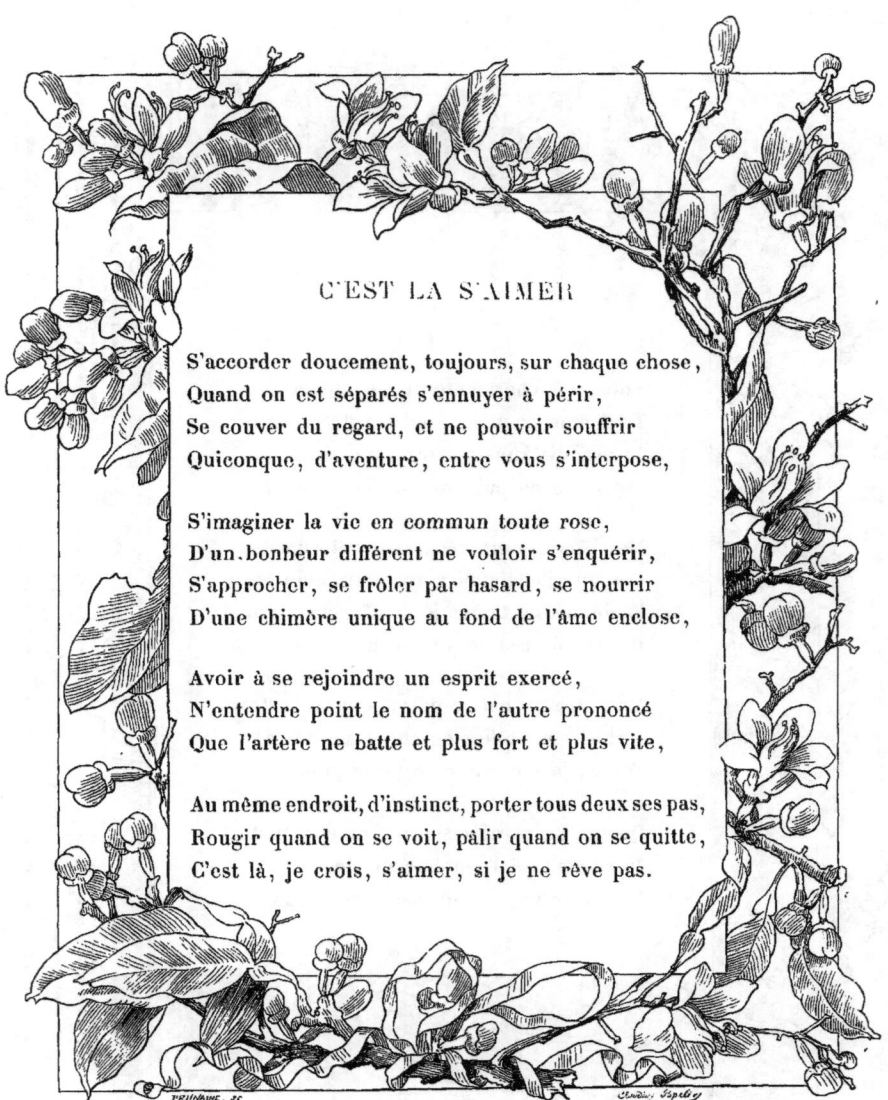

C'EST LA S'AIMER

S'accorder doucement, toujours, sur chaque chose,
Quand on est séparés s'ennuyer à périr,
Se couver du regard, et ne pouvoir souffrir
Quiconque, d'aventure, entre vous s'interpose,

S'imaginer la vie en commun toute rose,
D'un bonheur différent ne vouloir s'enquérir,
S'approcher, se frôler par hasard, se nourrir
D'une chimère unique au fond de l'âme enclose,

Avoir à se rejoindre un esprit exercé,
N'entendre point le nom de l'autre prononcé
Que l'artère ne batte et plus fort et plus vite,

Au même endroit, d'instinct, porter tous deux ses pas,
Rougir quand on se voit, pâlir quand on se quitte,
C'est là, je crois, s'aimer, si je ne rêve pas.

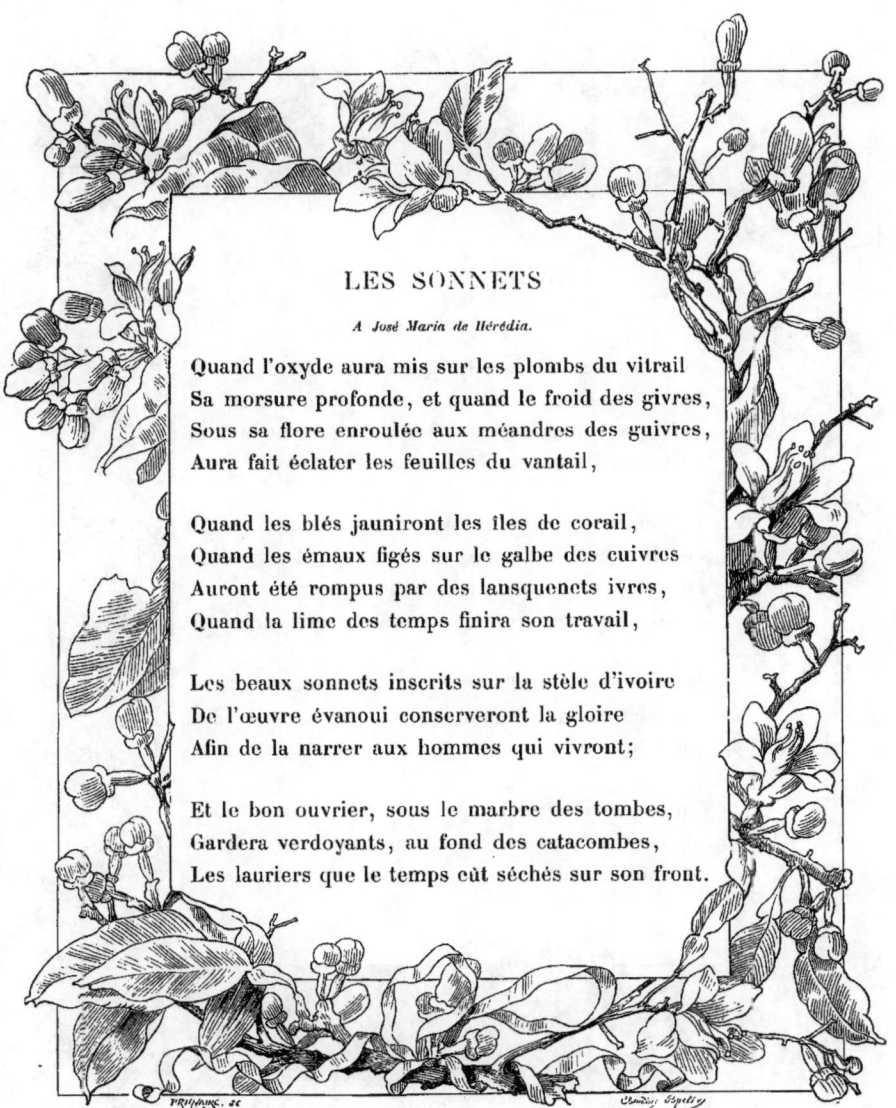

LES SONNETS

A José Maria de Hérédia.

Quand l'oxyde aura mis sur les plombs du vitrail
Sa morsure profonde, et quand le froid des givres,
Sous sa flore enroulée aux méandres des guivres,
Aura fait éclater les feuilles du vantail,

Quand les blés jauniront les îles de corail,
Quand les émaux figés sur le galbe des cuivres
Auront été rompus par des lansquenets ivres,
Quand la lime des temps finira son travail,

Les beaux sonnets inscrits sur la stèle d'ivoire
De l'œuvre évanoui conserveront la gloire
Afin de la narrer aux hommes qui vivront;

Et le bon ouvrier, sous le marbre des tombes,
Gardera verdoyants, au fond des catacombes,
Les lauriers que le temps eût séchés sur son front.

LES DEUX BAISERS

A la princesse C. de Sayn-Wittgenstein.

Au mont des Oliviers lorsque Judas vendit,
Par un lâche baiser, son doux et divin maître,
Bien que jamais docteur ne nous l'ait fait connaître,
Ce baiser de Judas, Jésus le lui rendit.

Le pontife clément, ainsi, n'a pas maudit
Qui le livrait aux mains du tétrarque et du prêtre.
Or voici ce que fit le baiser de ce traître :
Le Juste fut en croix cloué comme un bandit.

Mais quand le malheureux, qui se sentait infâme,
Eut plongé dans la mort les noirceurs de son âme,
Tous les esprits malins demeurèrent déçus,

En voyant du pendu, que balançait la branche,
Monter au Saint des Saints une âme toute blanche.
Et voilà ce que fit le baiser de Jésus.

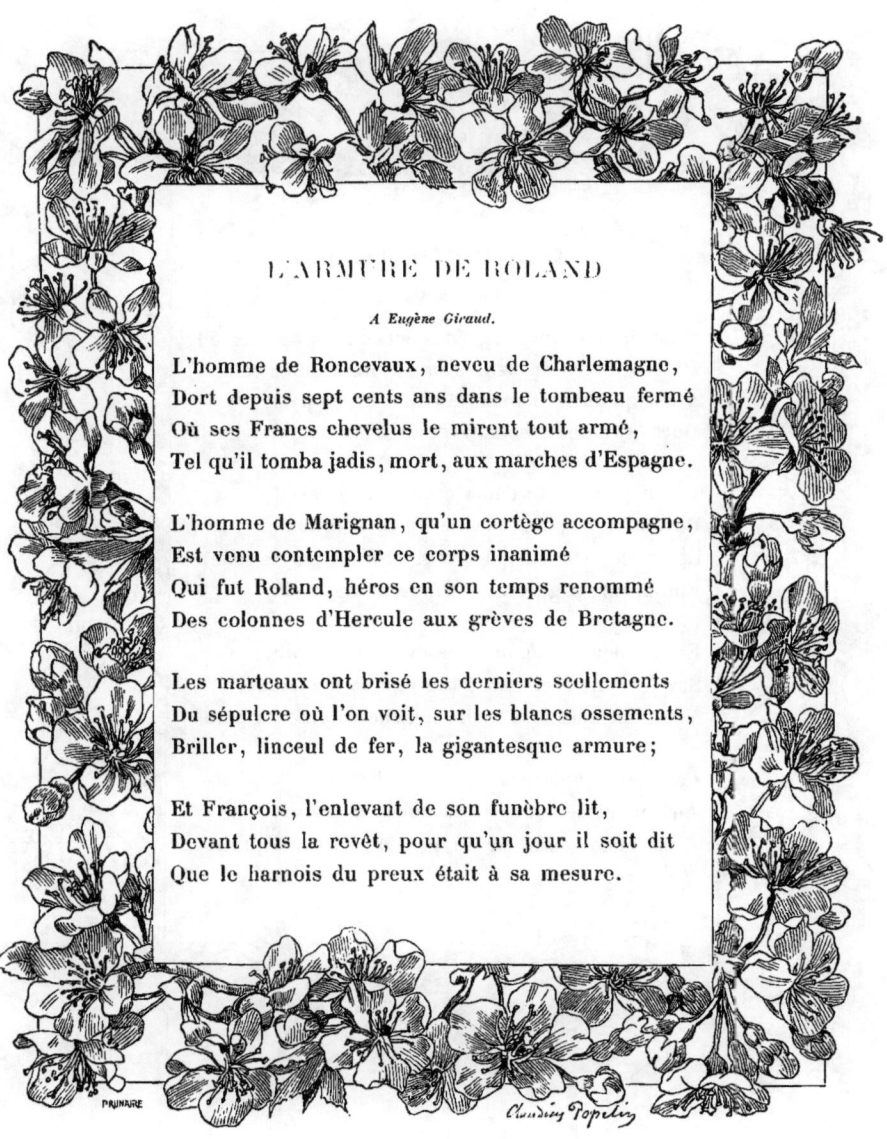

L'ARMURE DE ROLAND

A Eugène Giraud.

L'homme de Roncevaux, neveu de Charlemagne,
Dort depuis sept cents ans dans le tombeau fermé
Où ses Francs chevelus le mirent tout armé,
Tel qu'il tomba jadis, mort, aux marches d'Espagne.

L'homme de Marignan, qu'un cortège accompagne,
Est venu contempler ce corps inanimé
Qui fut Roland, héros en son temps renommé
Des colonnes d'Hercule aux grèves de Bretagne.

Les marteaux ont brisé les derniers scellements
Du sépulcre où l'on voit, sur les blancs ossements,
Briller, linceul de fer, la gigantesque armure;

Et François, l'enlevant de son funèbre lit,
Devant tous la revêt, pour qu'un jour il soit dit
Que le harnois du preux était à sa mesure.

GASTON DE FOIX

A Gustave Moreau.

Ses cheveux sont rougis des flots d'un sang vermeil ;
De ses lèvres en fleur s'envole un dernier râle.
Ainsi qu'un lis fauché le jeune héros pâle
Dort, sur des étendards, son éternel sommeil.

Le chapelain, de l'âme évoquant le réveil,
Devant le trépassé chante de sa voix mâle.
Les rudes lansquenets, tout bronzés par le hâle,
Entourent, à genoux, le funèbre appareil.

Et, de deuil suffoqués, les vaillants capitaines,
Sur le mort inclinant leurs figures hautaines,
Viennent baiser sa main blanche comme un paros.

Car celui qu'ils ont vu se coucher dans la gloire,
Au retentissement des clairons de victoire,
C'est Gaston de Nemours, prince plus beau qu'Éros.

SÉRÉNADE

Vous avez un regard si tendre,
Vous avez un accent si doux
Qu'on se rend aussitôt à vous
Sans penser même à se défendre.

Rien qu'à vous voir, à vous entendre,
Mon cœur est plein de désirs fous ;
Et je vous l'offre à deux genoux
Pour que vous puissiez mieux le prendre.

Tenez, je l'abandonne, ici,
Tout entier à votre merci.
Veuillez le réduire en servage.

Croyez-moi, c'est la vérité,
Il mourrait de sa liberté,
Il vivra de son esclavage.

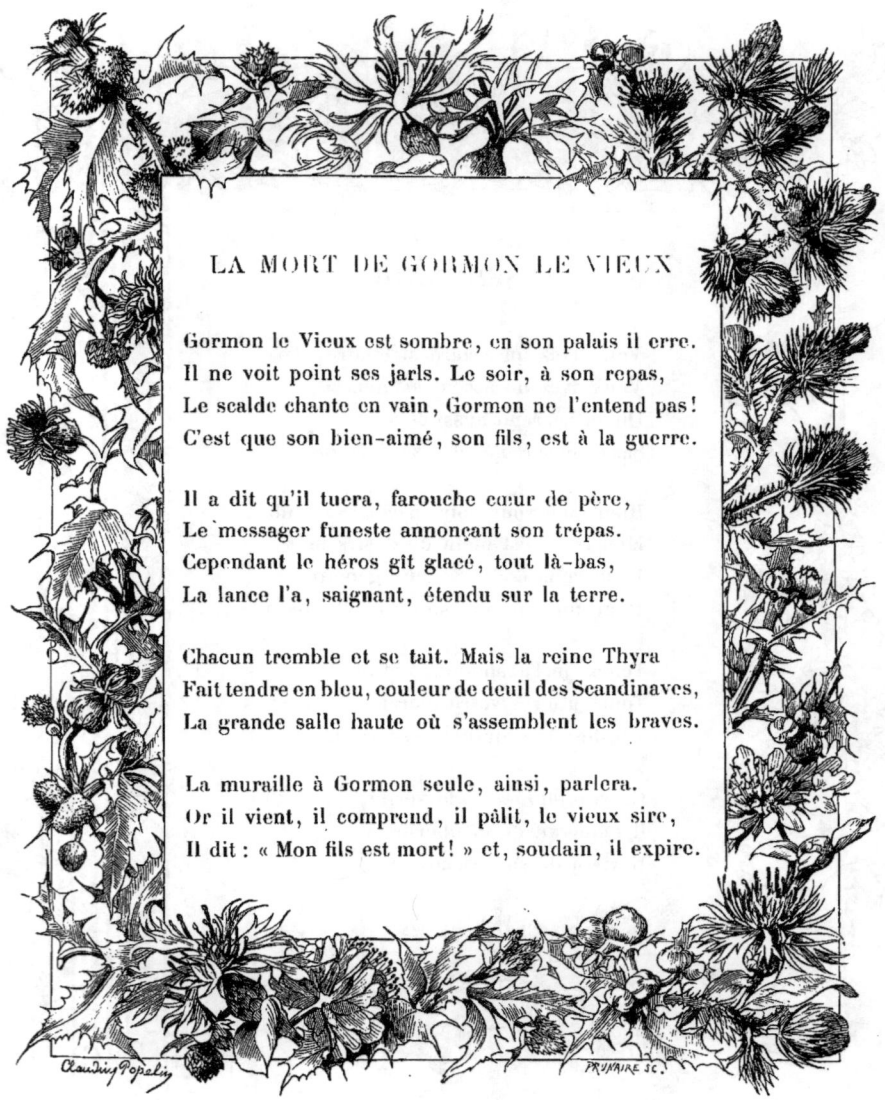

LA MORT DE GORMON LE VIEUX

Gormon le Vieux est sombre, en son palais il erre.
Il ne voit point ses jarls. Le soir, à son repas,
Le scalde chante en vain, Gormon ne l'entend pas!
C'est que son bien-aimé, son fils, est à la guerre.

Il a dit qu'il tuera, farouche cœur de père,
Le messager funeste annonçant son trépas.
Cependant le héros gît glacé, tout là-bas,
La lance l'a, saignant, étendu sur la terre.

Chacun tremble et se tait. Mais la reine Thyra
Fait tendre en bleu, couleur de deuil des Scandinaves,
La grande salle haute où s'assemblent les braves.

La muraille à Gormon seule, ainsi, parlera.
Or il vient, il comprend, il pâlit, le vieux sire,
Il dit : « Mon fils est mort! » et, soudain, il expire.

Claudius Popelin   PRUNAIRE SC.

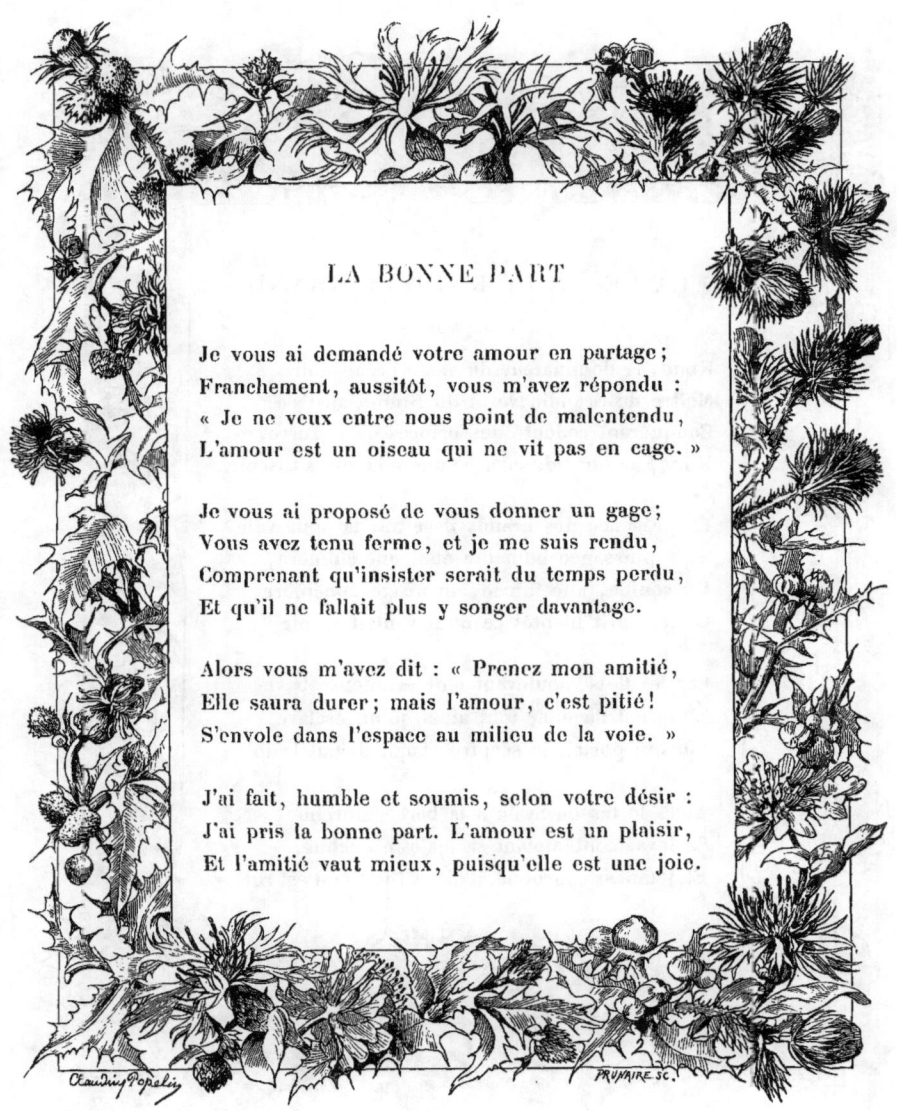

LA BONNE PART

Je vous ai demandé votre amour en partage ;
Franchement, aussitôt, vous m'avez répondu :
« Je ne veux entre nous point de malentendu,
L'amour est un oiseau qui ne vit pas en cage. »

Je vous ai proposé de vous donner un gage ;
Vous avez tenu ferme, et je me suis rendu,
Comprenant qu'insister serait du temps perdu,
Et qu'il ne fallait plus y songer davantage.

Alors vous m'avez dit : « Prenez mon amitié,
Elle saura durer ; mais l'amour, c'est pitié !
S'envole dans l'espace au milieu de la voie. »

J'ai fait, humble et soumis, selon votre désir :
J'ai pris la bonne part. L'amour est un plaisir,
Et l'amitié vaut mieux, puisqu'elle est une joie.

LA LEÇON DE KNUD LE GRAND

A Gustave Boulanger.

Knud, le dominateur du vaste océan noir,
Maître du Scandinave et du Breton austère,
Conquérant redouté des princes de la Terre,
Knud, au bord du rivage, une fois vint s'asseoir.

En présence des grands il se mit là pour voir
Si la puissance humaine était une chimère,
Un souffle, une fumée, un nuage éphémère.
Or il apprit bientôt ce qu'il voulait savoir;

Car les flots, soulevant leur écumeuse bave,
L'osèrent flageller tout ainsi qu'un esclave,
Lui qui portait le sceptre et qui dictait la loi.

Alors le fils de Swèn à la barbe fourchue
Se leva, contemplant sa majesté déchue,
Et, jetant sa couronne, il dit : « Dieu seul est roi ! »

Claudius Popelin

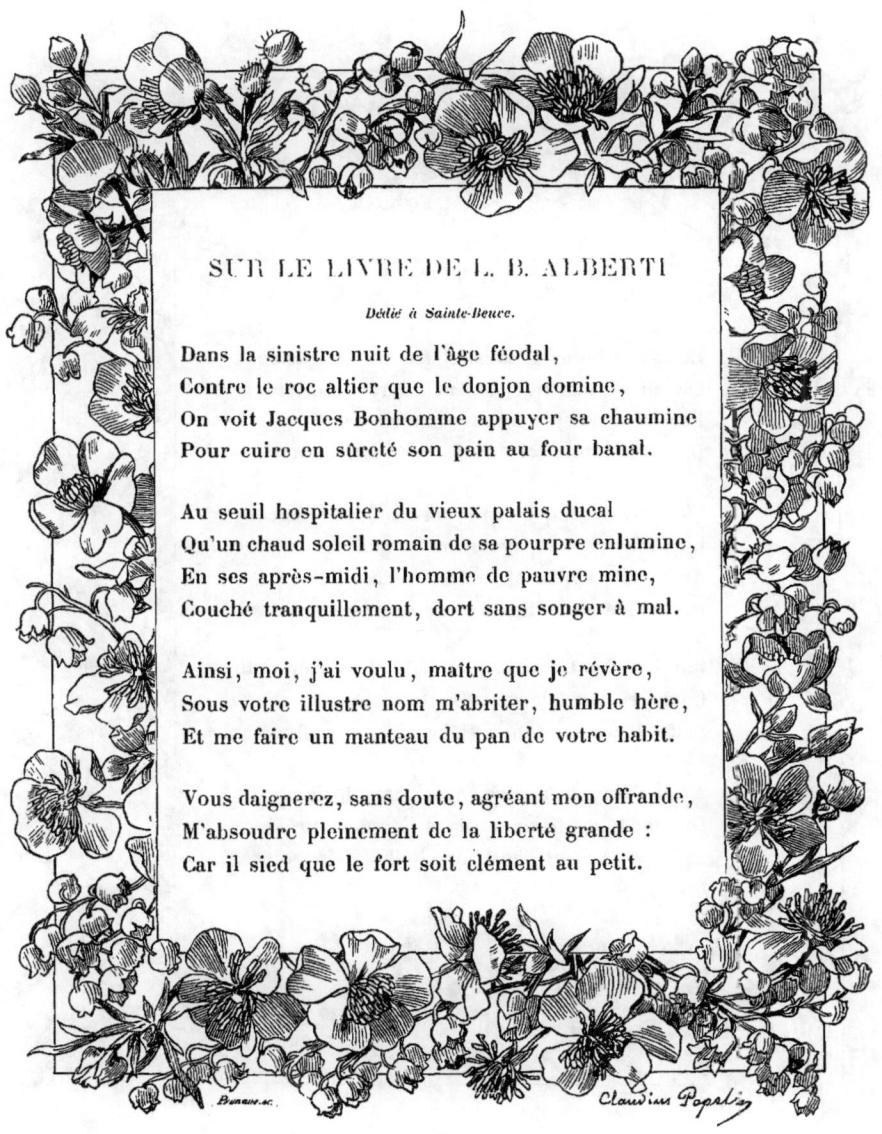

SUR LE LIVRE DE L. B. ALBERTI

Dédié à Sainte-Beuve.

Dans la sinistre nuit de l'âge féodal,
Contre le roc altier que le donjon domine,
On voit Jacques Bonhomme appuyer sa chaumine
Pour cuire en sûreté son pain au four banal.

Au seuil hospitalier du vieux palais ducal
Qu'un chaud soleil romain de sa pourpre enlumine,
En ses après-midi, l'homme de pauvre mine,
Couché tranquillement, dort sans songer à mal.

Ainsi, moi, j'ai voulu, maître que je révère,
Sous votre illustre nom m'abriter, humble hère,
Et me faire un manteau du pan de votre habit.

Vous daignerez, sans doute, agréant mon offrande,
M'absoudre pleinement de la liberté grande :
Car il sied que le fort soit clément au petit.

Bunaux sc.

Claudius Popelin

LE TOAST

A Ernest Hébert.

Chez nos pères anciens c'était un vieil usage,
Quand un maître avait fait l'œuvre superlatif,
Par un repas joyeux et commémoratif
De fêter son succès et de lui rendre hommage.

Chacun, au cliquetis du verre, faisait rage.
Lè moindre compagnon ou le moindre apprentif,
Au mérite apposant le sceau définitif,
Prenait sa part d'honneur du vieux compagnonnage.

Sur ton front, aujourd'hui qu'un laurier radieux
Consacre ton talent et fixe ta mémoire,
Selon l'usage antique, Hébert, nous voulons boire.

A toi l'ami, le maître, ô peintre glorieux
Des madones baignant dans l'or des auréoles,
Peintre doux et pensif des belles Cervaroles !

AQUARELLE

Des roses plein la joue,
Une petite moue
Aux lèvres qui se joue
Appelant le plaisir,

La chevelure floue
Où l'or ambré se noue,
Un regard qui vous cloue
Aux ailes du désir.

C'est là, ma toute belle,
Ton image fidèle
Peinte fidèlement;

C'est ton portrait charmant
Qu'a fait à l'aquarelle
La main de ton amant.

Claudius Popelin

PAUVAIRE

SUR LE SONGE DE POLIPHILE

A Robert de Bonnières.

Lorsque Poliphile, amoureux,
Va, de décombres en décombres,
Poursuivant, aux régions sombres,
Un but qui paraît ténébreux,

Il t'enseigne, homme aventureux,
Ici-bas qui flottes et sombres,
Que tu vis au pays des ombres
Et que tu n'es qu'un songe-creux.

Car toute existence est un rêve
Plus ou moins court et qui s'achève
Dès que l'existence prend fin.

Aime donc, si l'amour t'enivre,
Bois à ta soif, mange à ta faim,
Spectre qui rêves et crois vivre!

93

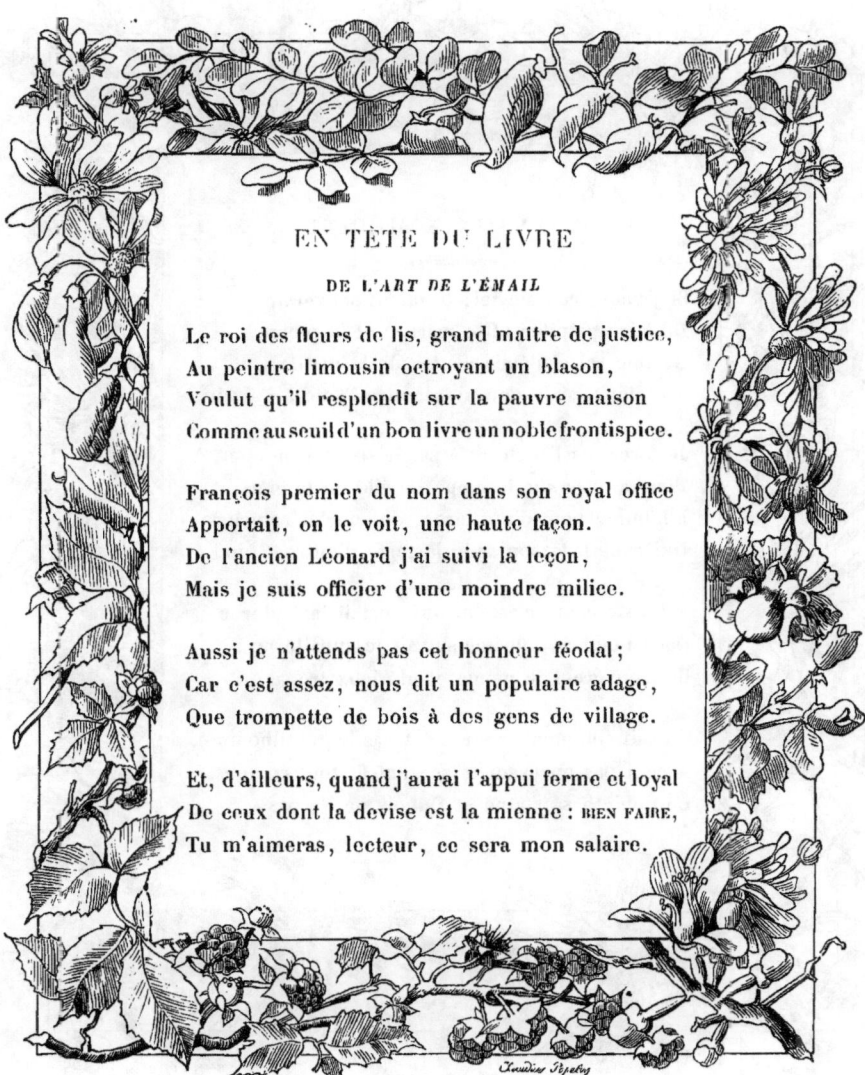

EN TÊTE DU LIVRE

DE L'ART DE L'ÉMAIL

Le roi des fleurs de lis, grand maître de justice,
Au peintre limousin octroyant un blason,
Voulut qu'il resplendit sur la pauvre maison
Comme au seuil d'un bon livre un noble frontispice.

François premier du nom dans son royal office
Apportait, on le voit, une haute façon.
De l'ancien Léonard j'ai suivi la leçon,
Mais je suis officier d'une moindre milice.

Aussi je n'attends pas cet honneur féodal ;
Car c'est assez, nous dit un populaire adage,
Que trompette de bois à des gens de village.

Et, d'ailleurs, quand j'aurai l'appui ferme et loyal
De ceux dont la devise est la mienne : BIEN FAIRE,
Tu m'aimeras, lecteur, ce sera mon salaire.

A ANTONIN MERCIÉ

Statuaire.

Si j'avais, comme toi, le talent souverain
De faire palpiter et le marbre et la pierre,
Comme toi si j'étais maître de la matière,
Sculpteur, si je pouvais donner l'âme à l'airain,

Je forcerais l'Histoire à saisir son burin
Pour graver sur le cippe inondé de lumière
L'humble nom d'un héros, de souche roturière,
Qui rougit de son sang la terre d'outre-Rhin.

A Clostercamp c'est lui qui portait la lanterne.
Dans l'ombre l'officier suivait le subalterne :
Ils trouvèrent le même et glorieux trépas.

On sait comment mourut d'Assas le gentilhomme.
A cent pas en avant le sergent fit tout comme.
Le noble a sa statue et Dubois ne l'a pas.

Claudius Popelin

A ERNEST RENAN

Le sage, quelquefois, dans sa coupe profonde
Jette un grain de folie et fait mousser son vin.
De même, par instant, le poète divin
Laisse batifoler sa rime vagabonde.

La Muse se délasse à mener une ronde
Avec la nymphe agreste et le faune sylvain,
Malgré l'âpre censure et l'anathème vain
Du sot qui s'en étonne et du pédant qui gronde.

Cosme de Médicis, jouant du flageolet,
Fit sauter ses enfants sur un rhythme follet;
Socrate trouva bon de danser en sa chambre.

Mais, fronçant les sourcils et mesurant ses pas,
Le cuistre, qui toujours dans son orgueil se cambre,
Exige que l'esprit ne se déride pas.

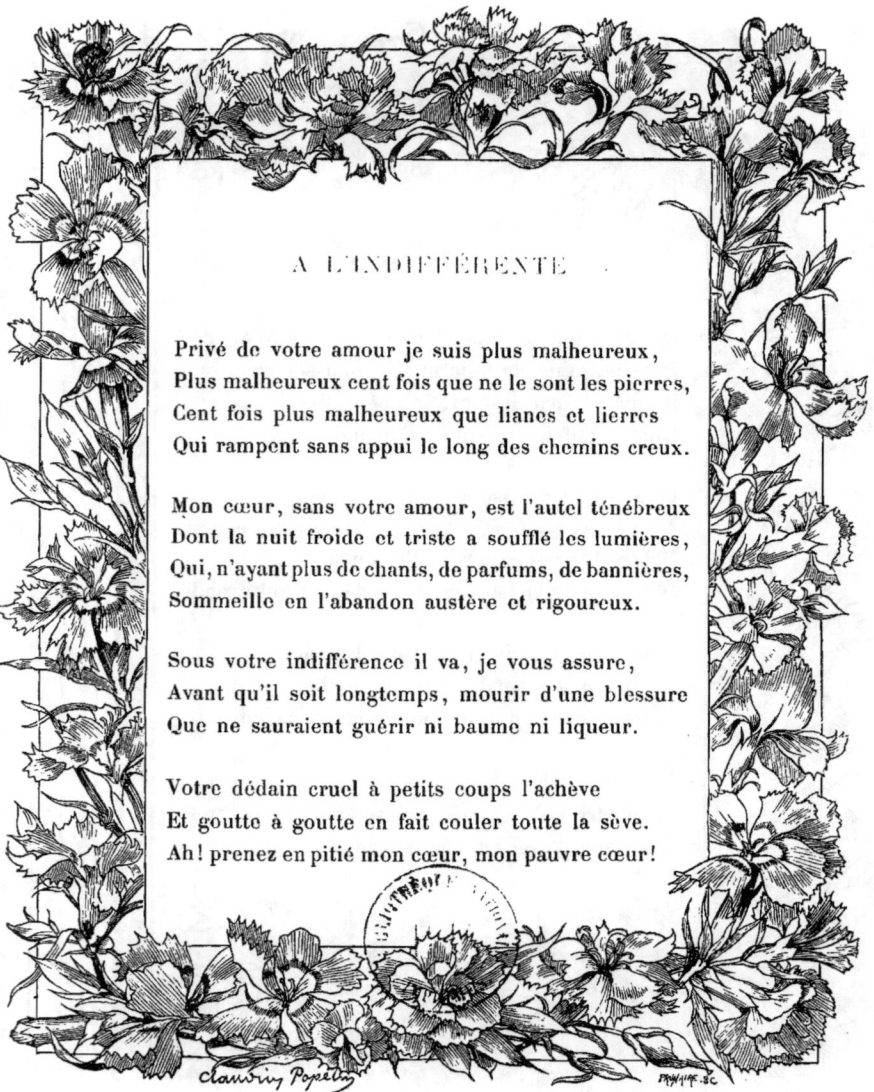

A L'INDIFFÉRENTE

Privé de votre amour je suis plus malheureux,
Plus malheureux cent fois que ne le sont les pierres,
Cent fois plus malheureux que lianes et lierres
Qui rampent sans appui le long des chemins creux.

Mon cœur, sans votre amour, est l'autel ténébreux
Dont la nuit froide et triste a soufflé les lumières,
Qui, n'ayant plus de chants, de parfums, de bannières,
Sommeille en l'abandon austère et rigoureux.

Sous votre indifférence il va, je vous assure,
Avant qu'il soit longtemps, mourir d'une blessure
Que ne sauraient guérir ni baume ni liqueur.

Votre dédain cruel à petits coups l'achève
Et goutte à goutte en fait couler toute la sève.
Ah! prenez en pitié mon cœur, mon pauvre cœur!

A EUGÈNE GUILLAUME

Statuaire.

Ami, les jours nombreux s'en vont à tire-d'aile,
Nous n'en laissons passer que trop, chasseurs distraits.
Rares sont, en effet, ceux qu'atteignent nos traits,
Et le reste au néant s'engouffre pêle-mêle.

Sage est celui qui sait, à l'étude fidèle,
En consacrer beaucoup à des plaisirs discrets,
Et qui, sans se livrer aux stériles regrets,
Travaille insoucieux de quelque palme frêle.

C'est sur quoi, l'autre soir, aussitôt ton départ,
Seul au coin de mon feu, je méditais à part,
Mettant au premier rang des choses salutaires

L'incomparable joie et le bonheur sans prix
De ratiociner, comme disaient nos pères,
Pendant une heure ou deux, entre fermes esprits.

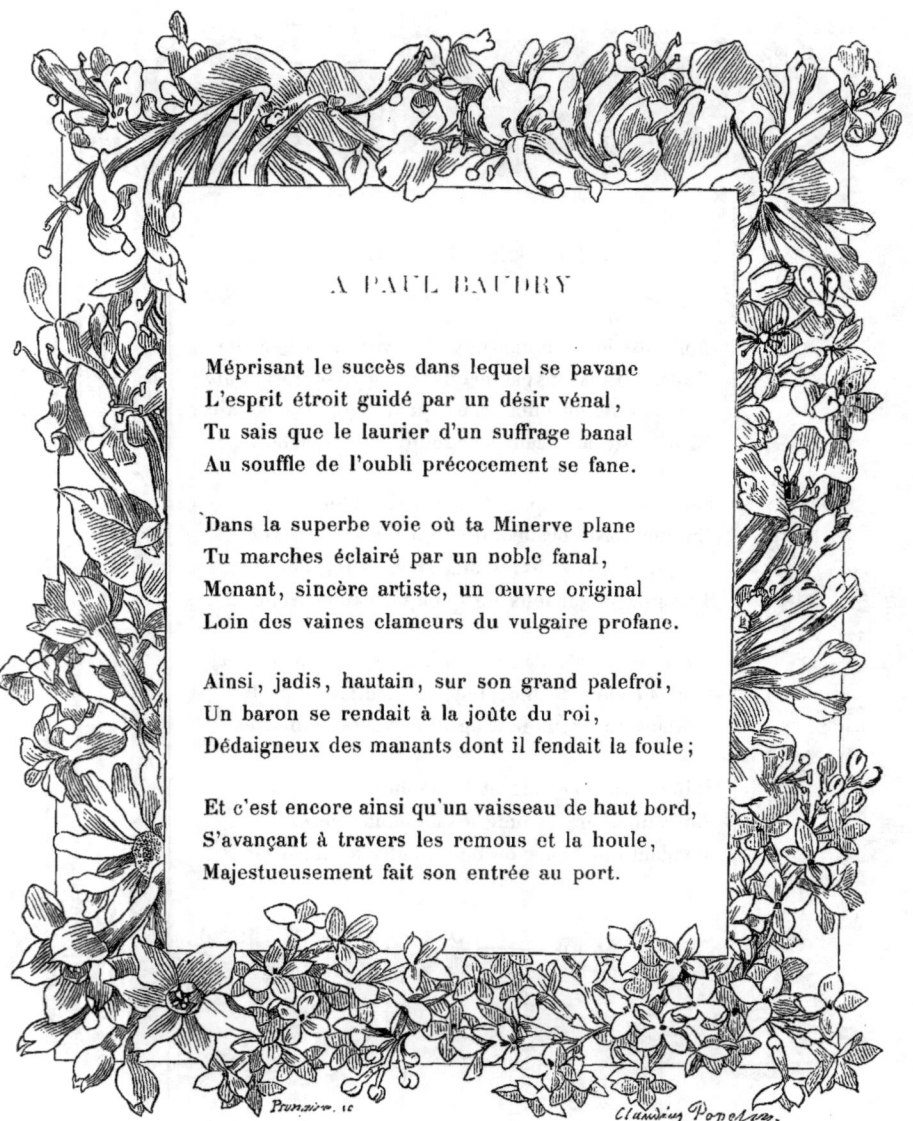

A PAUL BAUDRY

Méprisant le succès dans lequel se pavane
L'esprit étroit guidé par un désir vénal,
Tu sais que le laurier d'un suffrage banal
Au souffle de l'oubli précocement se fane.

Dans la superbe voie où ta Minerve plane
Tu marches éclairé par un noble fanal,
Menant, sincère artiste, un œuvre original
Loin des vaines clameurs du vulgaire profane.

Ainsi, jadis, hautain, sur son grand palefroi,
Un baron se rendait à la joûte du roi,
Dédaigneux des manants dont il fendait la foule ;

Et c'est encore ainsi qu'un vaisseau de haut bord,
S'avançant à travers les remous et la houle,
Majestueusement fait son entrée au port.

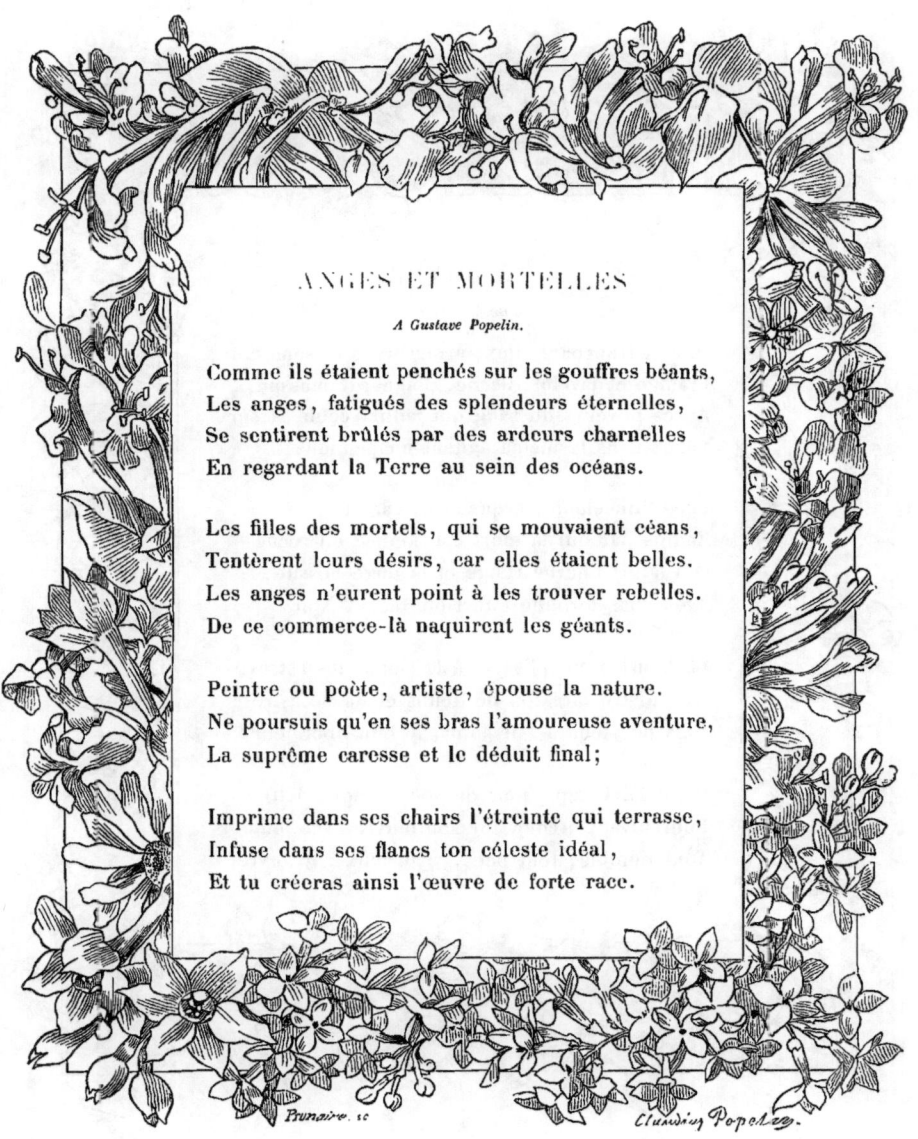

ANGES ET MORTELLES

A Gustave Popelin.

Comme ils étaient penchés sur les gouffres béants,
Les anges, fatigués des splendeurs éternelles,
Se sentirent brûlés par des ardeurs charnelles
En regardant la Terre au sein des océans.

Les filles des mortels, qui se mouvaient céans,
Tentèrent leurs désirs, car elles étaient belles.
Les anges n'eurent point à les trouver rebelles.
De ce commerce-là naquirent les géants.

Peintre ou poète, artiste, épouse la nature.
Ne poursuis qu'en ses bras l'amoureuse aventure,
La suprême caresse et le déduit final;

Imprime dans ses chairs l'étreinte qui terrasse,
Infuse dans ses flancs ton céleste idéal,
Et tu créeras ainsi l'œuvre de forte race.

Prunaire. sc   Claudius Popelin.

100

LE LIVRE

A Gustave Flaubert.

Dur et tranchant silex, arme brute et sans nom,
Framée et javelot, flèche, poignard, massue,
Apres buveurs du sang qui jaillit, coule et sue,
Lance dans la mêlée agitant un pennon,

Épée étincelante, arquebuse, canon,
Engins par qui la mort est donnée ou reçue,
Qui faites l'herbe rouge et la terre bossue,
Avez-vous terminé l'horrible tâche? Non.

Eh bien! accomplissez, à la clarté des astres,
La sinistre moisson de deuils et de désastres!
Mais ne viendra-t-il point, le bon libérateur?

Il est là. Chaque jour de vous il nous délivre,
Poursuivant à coup sûr son œuvre avec lenteur,
Tout humble, tout petit, victorieux : le Livre.

LE POLTRON RÉVOLTÉ

Vous me troublez beaucoup, ce n'est pas un mystère.
Vous êtes adorable, et vous prenez les cœurs
Dans le réseau divin de vos charmes vainqueurs ;
Mais, un geste de vous, et je rentre sous terre.

A vouloir vous parler, soudain, ma voix s'altère.
Je suis pareil au faon traqué par les piqueurs ;
Et je reste muet sous vos regards moqueurs,
Courbé comme un vaincu devant un cimeterre.

Je sens trembler mon être et fléchir mes genoux.
Pourtant j'en sais qui sont à l'aise devant vous !
Ah ! je suis lâche, allez ! vous pouvez bien le dire.

Hélas ! je fais les frais de votre hilarité.
La belle, croyez-moi, vous avez tort de rire :
Rien n'est plus dangereux qu'un poltron révolté.

LE MOT

Au vicomte de Borrelli.

Parfois l'esprit, en nous, se ferme et rien n'en sort.
On le fomente en vain comme en vain on l'excite.
Il semble qu'à jamais le poète soit mort
Sans que pouvoir aucun jamais le ressuscite.

Une fée a jeté sur lui son mauvais sort ;
Elle a fait envoler la bonne réussite.
L'encre même se fige en sa plume qu'il mord,
Et la Muse se tait quand il la sollicite.

Mais un mot, un seul mot, sonore, harmonieux
Éclate, et, tout d'un coup, rompt le charme odieux,
Amenant à sa suite une idée, une image.

Le poème, aussitôt, naît et prend son essor,
Ainsi qu'on eût pu voir, sous la verge d'un mage,
Aux temps miraculeux, surgir un arbre d'or.

Claudius Popelin

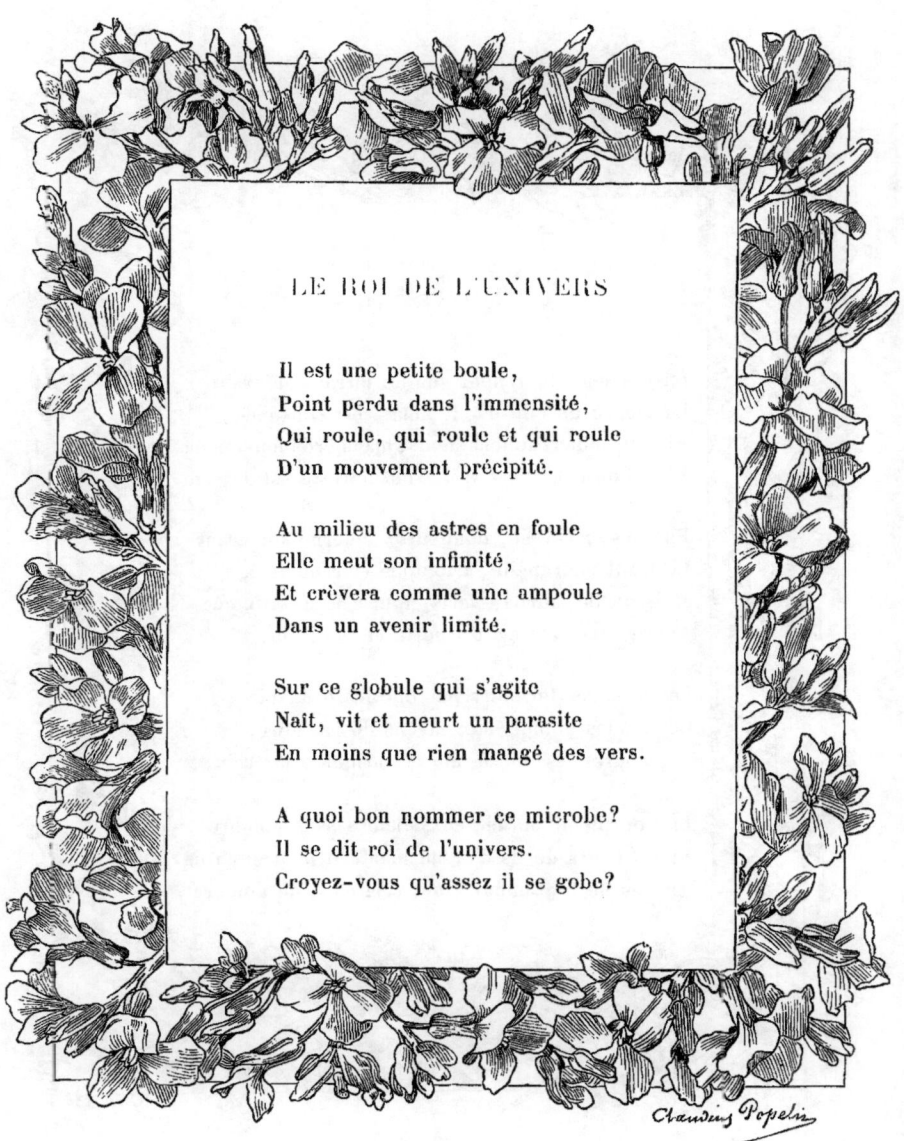

LE ROI DE L'UNIVERS

Il est une petite boule,
Point perdu dans l'immensité,
Qui roule, qui roule et qui roule
D'un mouvement précipité.

Au milieu des astres en foule
Elle meut son infimité,
Et crèvera comme une ampoule
Dans un avenir limité.

Sur ce globule qui s'agite
Naît, vit et meurt un parasite
En moins que rien mangé des vers.

A quoi bon nommer ce microbe?
Il se dit roi de l'univers.
Croyez-vous qu'assez il se gobe?

Claudius Popelin

AIMONS-NOUS

Ici-bas nous marchons sur un terrain mouvant,
La vie en un clin d'œil, hélas! est consumée.
Aimons-nous, aimons-nous, ma chère bien-aimée;
Rien que cela n'est vrai. Tout le reste est du vent.

Pompes, richesse, honneurs, superbe soulevant
Le front enorgueilli, triomphe et renommée,
Moisson de lauriers verts, tout cela c'est fumée
Auprès de ton regard céleste et captivant.

Les sceptres terminés par une main d'ivoire,
Les trônes éblouis aux rayons de la gloire,
Les couronnes que ferme et surmonte la croix,

La pourpre impériale aux abeilles sans nombre
Et les fleurs de lis d'or au manteau bleu des rois,
Auprès de ton amour, tout cela c'est de l'ombre.

DÉCLARATION

Parce que je pâlis quand je vous vois paraître,
Parce que je demeure, en un coin, à l'écart,
Parce que je me tais jusqu'à votre départ,
Et qu'alors mon esprit seulement sait renaître ;

Parce que de vous voir je ne puis me repaître,
Parce que je rougis quand sur moi, par hasard,
Distraite, vous laissez tomber votre regard,
Vous me croyez, Madame, épris de vous, peut-être ?

Vous pensez que je vais et dolent et craintif
Derrière votre char, lié comme un captif ?
Non, vraiment ; je ne suis ni si fou ni si tendre.

Car on ne doit donner, n'est-ce pas ? entre nous,
Les élans de son âme à qui ne veut les prendre.
Je ne vous aime point, oh non ! détrompez-vous.

ADIEU PANIERS

Au baron de Rochefort-Siryeix.

On montait lestement des étages nombreux.
On frappait de façon à pénétrer d'emblée.
La chambre était petite et pauvrement meublée ;
Mais il n'importait guère à des cœurs amoureux.

La maîtresse était gaie et l'amant valeureux.
Présidant au festin, la jeunesse attablée,
Sans marchander versait l'ivresse redoublée.
Roi ni reine jamais ne furent plus heureux.

Ce n'étaient que chansons et que rires sonores
En des jours éclairés par des reflets d'aurores.
On naissait à la vie. On n'avait que vingt ans,

Et l'on éparpillait les fleurs de son printemps
Qu'attachaient des liens aux fragiles bouffettes.
Allons! adieu paniers, les vendanges sont faites.

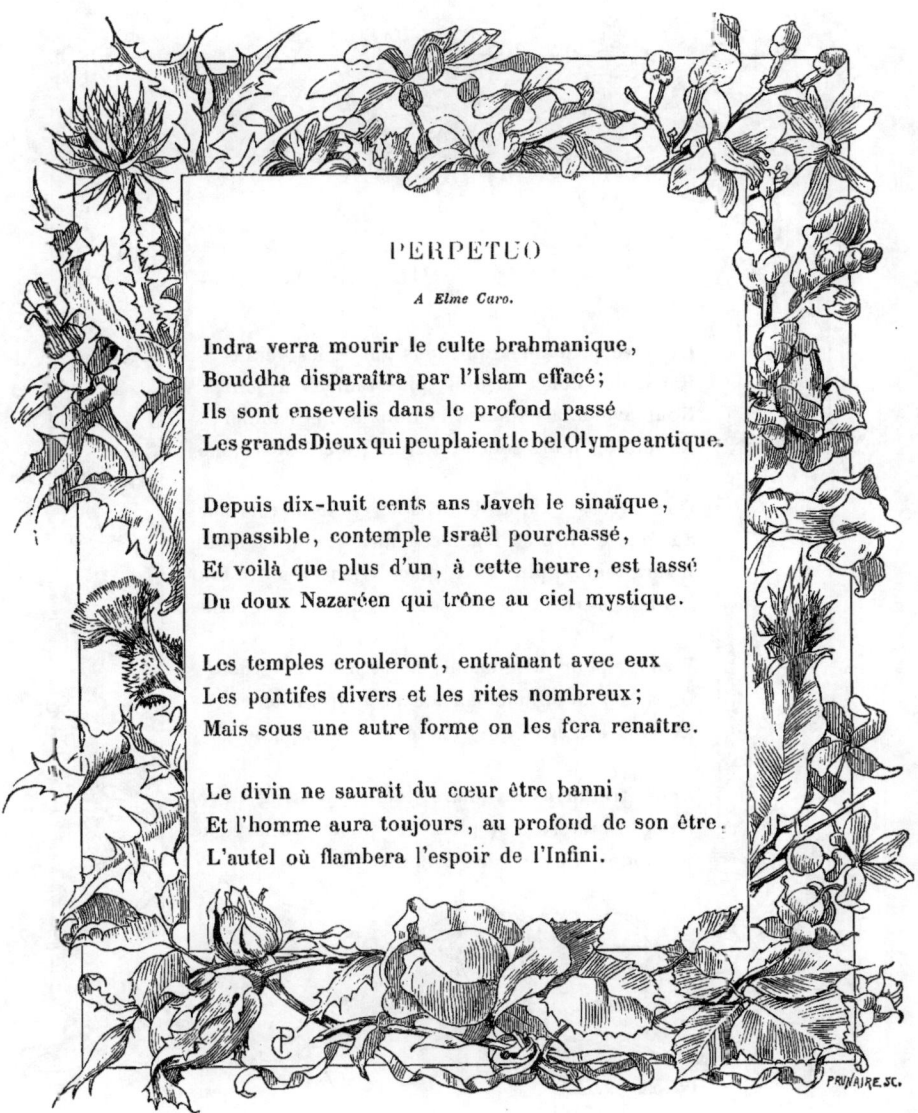

PERPETUO

A Elme Caro.

Indra verra mourir le culte brahmanique,
Bouddha disparaîtra par l'Islam effacé ;
Ils sont ensevelis dans le profond passé
Les grands Dieux qui peuplaient le bel Olympe antique.

Depuis dix-huit cents ans Javeh le sinaïque,
Impassible, contemple Israël pourchassé,
Et voilà que plus d'un, à cette heure, est lassé
Du doux Nazaréen qui trône au ciel mystique.

Les temples crouleront, entraînant avec eux
Les pontifes divers et les rites nombreux ;
Mais sous une autre forme on les fera renaître.

Le divin ne saurait du cœur être banni,
Et l'homme aura toujours, au profond de son être,
L'autel où flambera l'espoir de l'Infini.

ÉVOHÉ

L'effluve printanier qui nous gonfle les veines
Rend plus douce la nuit, plus radieux le jour.
Nous avons la jeunesse et nous avons l'amour;
Au loin les noirs soucis, au loin les craintes vaines!

Que l'ivresse, aujourd'hui, nous coiffe de verveines;
Suivons d'un pied léger son fifre et son tambour.
Il sera temps, plus tard, quand viendra notre tour,
D'aller courbant le dos sous le faix de nos peines.

Vivons, pour le moment, notre âge de verdeur
Dans la joie allumée au feu de notre ardeur
Et dans l'alacrité qui chante et qui trépigne.

Amis, trempons les fleurs, teintes du sang d'Éros,
Dans le cratère d'or plein des pleurs de la vigne,
Et vidons à Cypris les coupes de Samos.

Claudius Popelin

PRUNAIRE Sc.

CONSTANCE

Constance! on peut briser le front des citadelles,
Que ta vaillante main tient le drapeau toujours,
Et tu sais résister à l'indomptable cours
Du torrent déchaîné des fortunes rebelles.

Le ciel des vains appâts ne tente point tes ailes ;
Tu gardes à ta foi ton chaleureux secours.
C'est quand vient à sonner l'heure des mauvais jours
Que tu t'épanouis au fond des cœurs fidèles.

Vertu faite d'amour et de solidité,
Qui soutiens l'âme humaine et qui la rends plus fière
En maintenant debout la conscience altière,

Vertu mâle et sereine, ô noble déité,
Qui rattaches et joins dans un commun emblème
Le principe qu'on sert et la femme qu'on aime !

Claudius Popelin   PRUNAIRE SC.

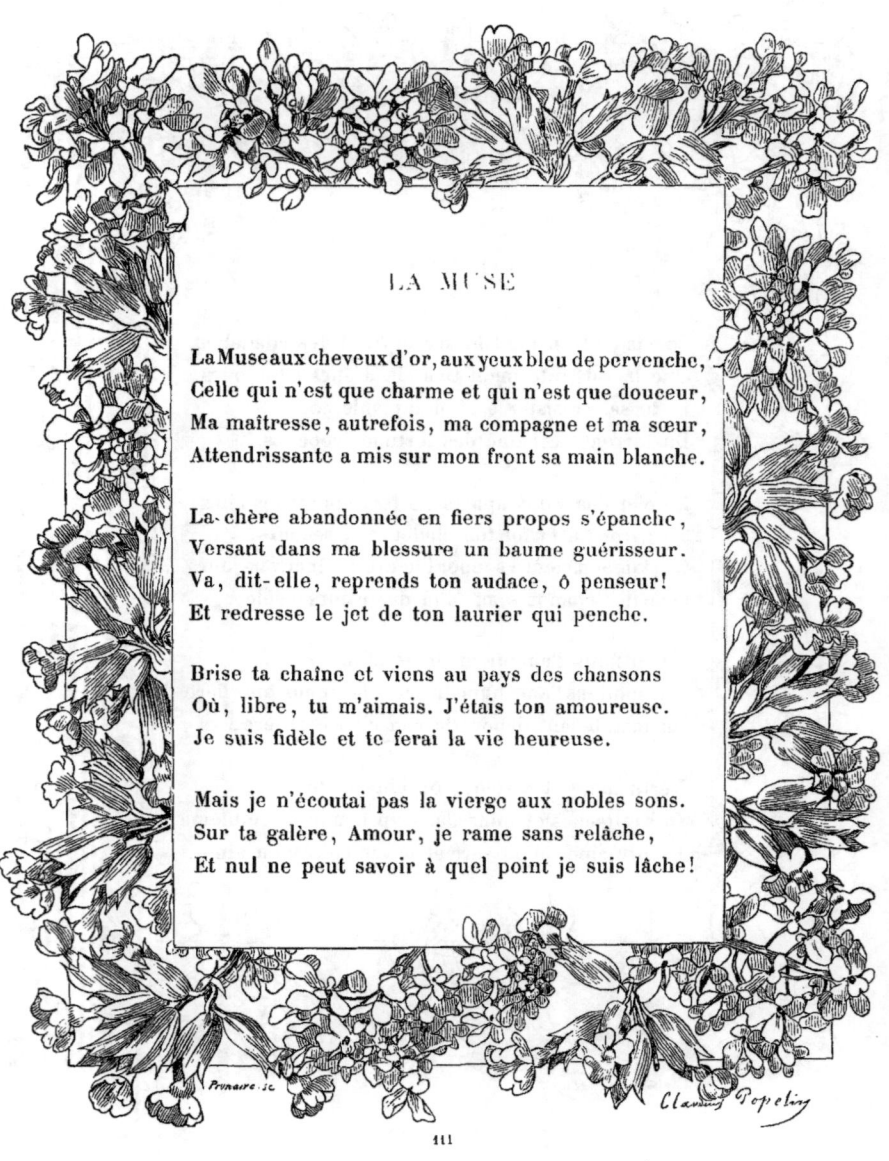

LA MUSE

La Muse aux cheveux d'or, aux yeux bleu de pervenche,
Celle qui n'est que charme et qui n'est que douceur,
Ma maîtresse, autrefois, ma compagne et ma sœur,
Attendrissante a mis sur mon front sa main blanche.

La chère abandonnée en fiers propos s'épanche,
Versant dans ma blessure un baume guérisseur.
Va, dit-elle, reprends ton audace, ô penseur!
Et redresse le jet de ton laurier qui penche.

Brise ta chaîne et viens au pays des chansons
Où, libre, tu m'aimais. J'étais ton amoureuse.
Je suis fidèle et te ferai la vie heureuse.

Mais je n'écoutai pas la vierge aux nobles sons.
Sur ta galère, Amour, je rame sans relâche,
Et nul ne peut savoir à quel point je suis lâche!

Prinaire sc

Claudius Popelin

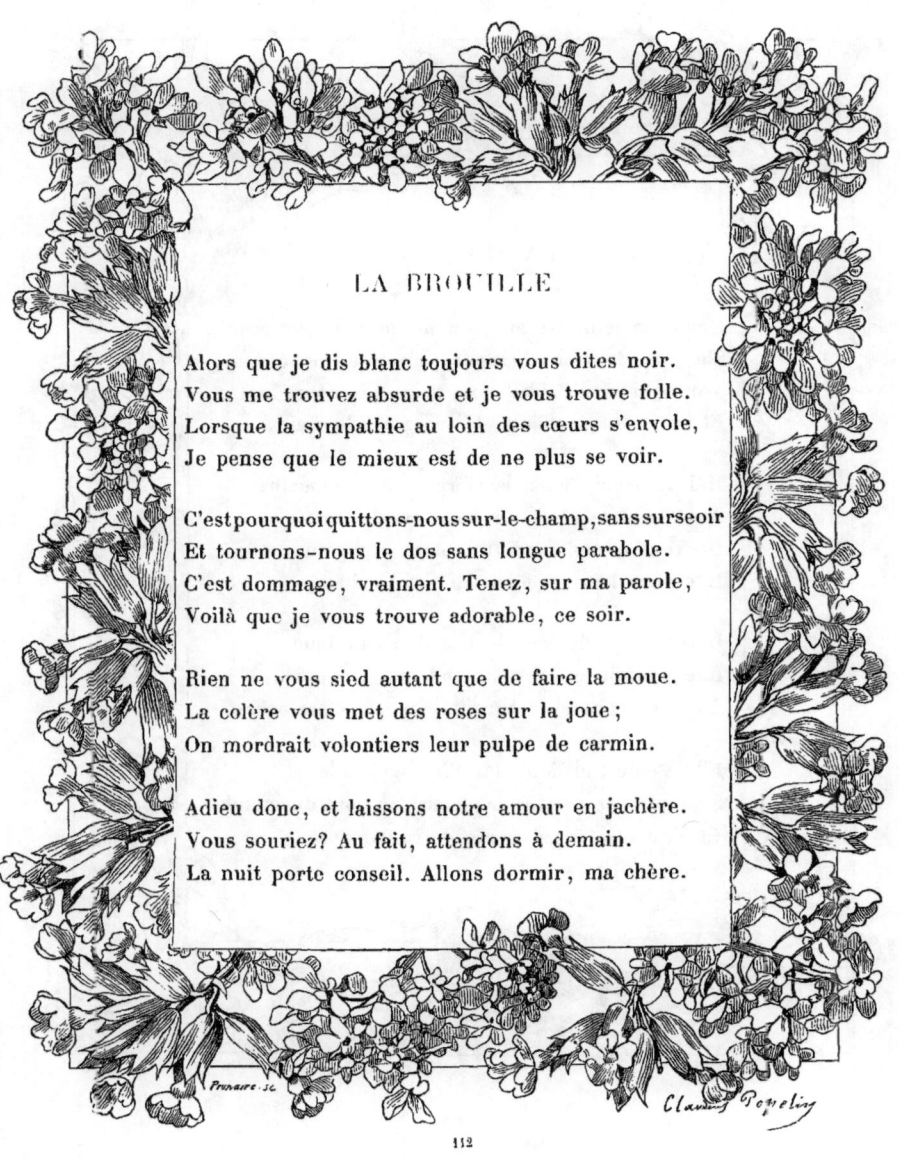

LA BROUILLE

Alors que je dis blanc toujours vous dites noir.
Vous me trouvez absurde et je vous trouve folle.
Lorsque la sympathie au loin des cœurs s'envole,
Je pense que le mieux est de ne plus se voir.

C'est pourquoi quittons-nous sur-le-champ, sans surseoir
Et tournons-nous le dos sans longue parabole.
C'est dommage, vraiment. Tenez, sur ma parole,
Voilà que je vous trouve adorable, ce soir.

Rien ne vous sied autant que de faire la moue.
La colère vous met des roses sur la joue ;
On mordrait volontiers leur pulpe de carmin.

Adieu donc, et laissons notre amour en jachère.
Vous souriez? Au fait, attendons à demain.
La nuit porte conseil. Allons dormir, ma chère.

LA JEUNESSE

Quand la jeunesse au teint de neige et de carmin
S'en va, dans son parcours, alerte et vigoureuse,
Vous qui, dès l'aube d'or, l'avez pour amoureuse,
Et qui, tout confiants, la tenez par la main,

Hélas! ô mes amis, la vierge, au lendemain,
Aura lassé vos pas. La belle aventureuse
Ne vous attendra point; volage et rigoureuse
Elle vous laissera meurtris sur le chemin.

Lorsqu'on a dessaisi le pan de sa tunique
Elle s'enfuit au loin, la maîtresse ironique,
Au loin, comme la barque emportant ses agrès.

Elle s'enfuit au loin, la folle vagabonde,
Sans plus se retourner jamais, au bout du monde!
Et c'est être insensé que de courir après.

LA LEÇON D'ALCIBIADE

Un jour Alcibiade, en jouant de la flûte,
Se vit gonflant la face et clignotant des yeux :
Il brisa l'instrument, jurant par tous les Dieux
Qu'on ne le prendrait plus à la laideur en butte.

Contre vos durs mépris depuis longtemps je lutte
Et je courbe le front sous vos airs dédaigneux.
J'ai pleuré devant vous ! Aujourd'hui je fais mieux,
Car je sais mesurer l'opprobre de ma chute.

C'est fini des soupirs et fini des hélas !
De même qu'autrefois le fils de Clinias
Laissa l'engin sonore aux pâles aululètes,

Comprenant la leçon du bel Athénien,
Moi je laisse ramper aux pieds des femmelettes
Et le vieux sigisbée et le collégien.

QUID LEVIUS PLUMA...?

L'eau fuit en murmurant dans les ajoncs plaintifs,
La nuit ensevelit la chanson des almées,
Le moindre souffle éteint les torches allumées,
L'heure se précipite en mouvements hâtifs,

Le vent court affolé dans la cime des ifs,
L'air en tourbillons bleus emporte les fumées,
L'arome s'évapore en ondes parfumées,
Les abeilles s'en vont en essaims fugitifs.

On ne saurait fixer les plaisirs éphémères,
Ni voir germer les grains de la félicité
Qu'au long de notre rêve ont semé les chimères.

Bien fou qui veut fixer le cœur, en vérité
Plus léger que la plume ou le pollen des roses,
Le cœur léger cent fois plus que toutes les choses.

CARPE DIEM

I

Le printemps verdit la branche
Et fait fleurir le verger.
Mets ta robe du dimanche,
Ton petit chapeau léger.

Allons cueillir la pervenche,
L'asphodèle passager,
Et la marguerite blanche
Et le muguet bocager.

Nous promènerons ensemble
Sous le hêtre, sous le tremble,
Sans regarder aux chemins ;

Et nous nous perdrons, peut-être,
Sous le tremble, sous le hêtre,
Avec des fleurs plein les mains.

II

Qu'importe, si l'on s'adore,
Où l'on demeure arrêté.
Un réduit que l'amour dore
Vaut un palais enchanté.

Allons, viens! Déjà l'aurore
S'efface au ciel velouté,
Et le soleil sur la flore
Se répand en volupté.

Je sais, au fond du bois sombre,
Un endroit tout empli d'ombre
Où mène un joli sentier.

Tous deux, seuls avec nous-mêmes,
Nous pourrons, là, si tu m'aimes,
Oublier le monde entier.

III

Hâte-toi donc, ma charmante,
Passe un ruban sous ton col;
Tiens, voici tes gants, ta mante,
Tiens, voici ton parasol.

Va, l'ardeur qui me tourmente
N'est pas caprice de fol :
Plaisirs d'amant et d'amante
Se doivent saisir au vol.

Printemps, jeunesse, en ce monde,
Vont s'écoulant comme l'onde
Loin des bords et sans retour.

Sache qu'une heure perdue
Ne nous est jamais rendue,
Gardons-nous de perdre un jour.

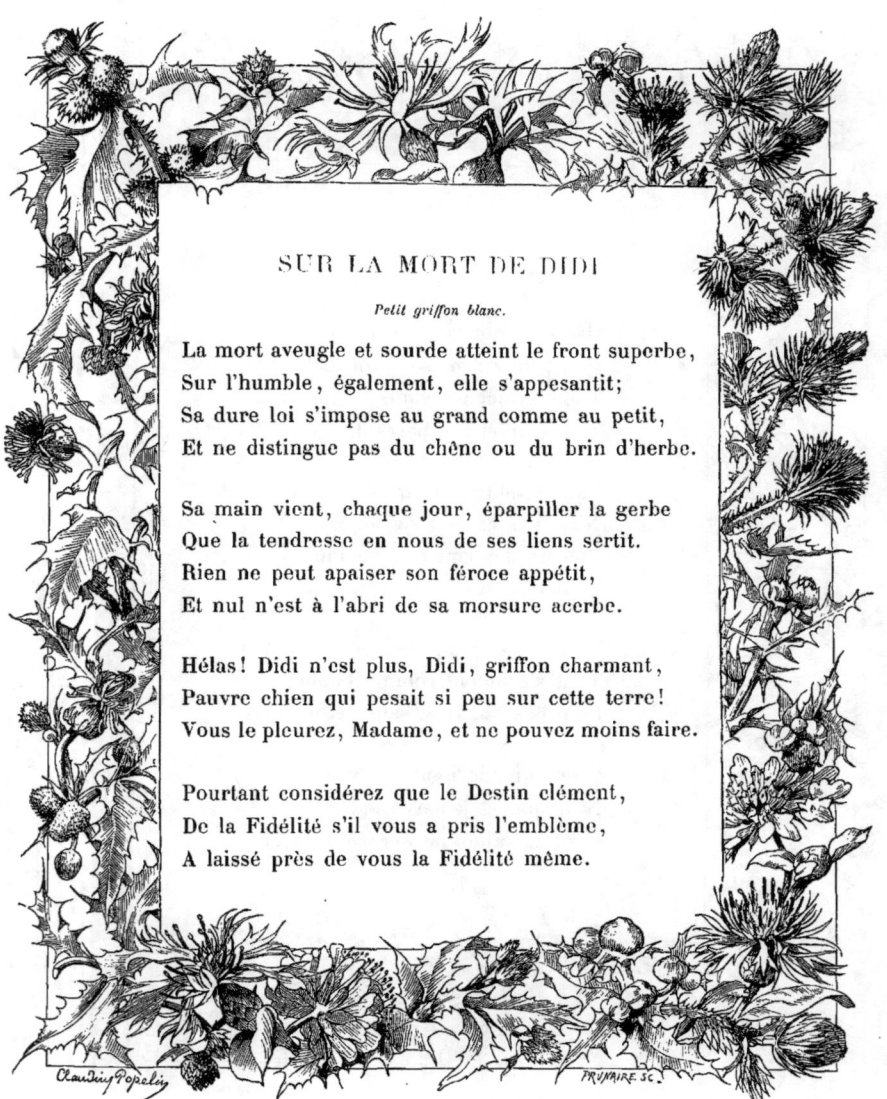

SUR LA MORT DE DIDI

Petit griffon blanc.

La mort aveugle et sourde atteint le front superbe,
Sur l'humble, également, elle s'appesantit;
Sa dure loi s'impose au grand comme au petit,
Et ne distingue pas du chêne ou du brin d'herbe.

Sa main vient, chaque jour, éparpiller la gerbe
Que la tendresse en nous de ses liens sertit.
Rien ne peut apaiser son féroce appétit,
Et nul n'est à l'abri de sa morsure acerbe.

Hélas! Didi n'est plus, Didi, griffon charmant,
Pauvre chien qui pesait si peu sur cette terre!
Vous le pleurez, Madame, et ne pouvez moins faire.

Pourtant considérez que le Destin clément,
De la Fidélité s'il vous a pris l'emblème,
A laissé près de vous la Fidélité même.

119

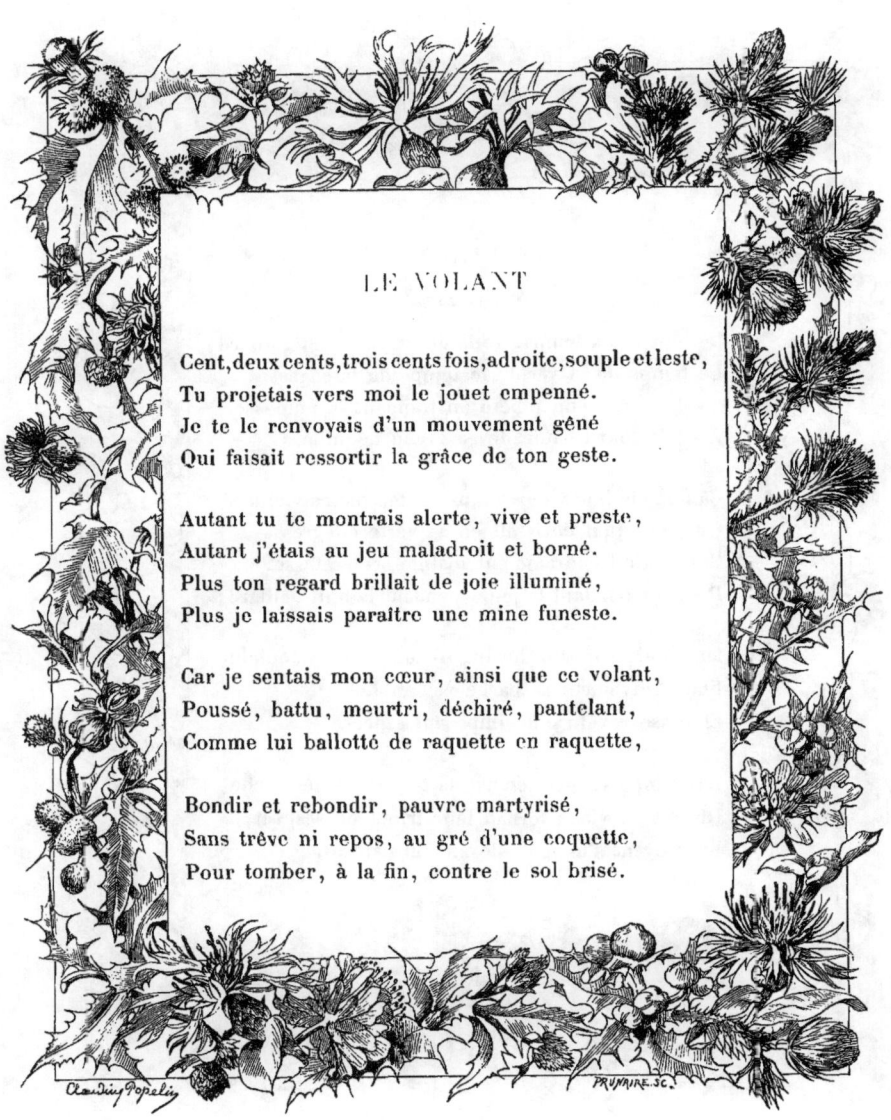

LE VOLANT

Cent, deux cents, trois cents fois, adroite, souple et leste,
Tu projetais vers moi le jouet empenné.
Je te le renvoyais d'un mouvement gêné
Qui faisait ressortir la grâce de ton geste.

Autant tu te montrais alerte, vive et preste,
Autant j'étais au jeu maladroit et borné.
Plus ton regard brillait de joie illuminé,
Plus je laissais paraître une mine funeste.

Car je sentais mon cœur, ainsi que ce volant,
Poussé, battu, meurtri, déchiré, pantelant,
Comme lui ballotté de raquette en raquette,

Bondir et rebondir, pauvre martyrisé,
Sans trêve ni repos, au gré d'une coquette,
Pour tomber, à la fin, contre le sol brisé.

LE BON VIEUX TEMPS

A Ernest Lavisse.

Le bon vieux temps, voilà le temps fier et gaillard,
Le temps de la vertu, le temps de la sagesse !
C'est ce que l'on répète en frappant la jeunesse
Avec le lourd bâton de ce grand béquillard.

Çà non ! le bon vieux temps est tel que ce vieillard
Qui ; lorsqu'il florissait en sa verte allégresse,
Commettait couramment mainte scélératesse,
Bretteur pendant le jour, pendant la nuit paillard ;

Mais qui, sur son déclin, n'étant plus redoutable,
Étale gravement sa barbe vénérable
Et passe revêtu d'un imposant aspect.

Les simples, qu'attendrit sa branlante démarche,
Offrent au vieux forban leur tribut de respect,
En croyant s'incliner devant un patriarche.

Claudius Popelin

PARADIS PERDU

A Pierre Amédée - Pichot.

Le ciel, pour nos aïeux, était un beau décor,
Tel qu'une apothéose aux fins de comédies;
Dieu le Père y trônait, auguste imperator,
Que ne discutaient pas leurs encyclopédies.

Pour eux le Ciel était si près, que le condor
Percevait, en volant, ses douces mélodies;
Ses astres, qui n'étaient pour eux que des clous d'or,
Sont pour nous devenus d'immenses incendies.

De l'azur, où naguère il était suspendu,
Selon les simples lois des antiques chimères,
Nous l'avons reculé si loin qu'il est perdu!

Paradis des enfants et des vieilles grand'mères
Qui planais à deux pieds de la tête du Roi,
Qu'il serait bon, pourtant, de croire encore à toi!

Bracquz. sc.   Claudius Popelin

LA SYMPATHIE

Éros, antique enfant plus ancien que le Temps !
La magique vertu qui fait que tu fécondes,
Jusques au fond des cieux, des terres et des ondes,
Les cœurs à ta puissance ouverts à deux battants,

C'est l'effluve émané des aromes latents,
Source du renouveau dans l'âme des vieux mondes,
Attrait divin qui lie aux mains des vierges blondes
Les chaleureuses mains des hommes de vingt ans :

L'ardente sympathie, esprit, flamme ravie
Dans le fond de l'Éther, au foyer de la vie,
Quintessence d'amour, immortel élixir,

Trait qui, laissant bien loin la vieille remembrance,
Vise, emporté toujours par la jeune espérance,
A l'impossible accès de l'éternel désir.

BEATI PAUPERES

Contentons-nous d'un sort modeste
Et ne recherchons point l'éclat;
On avance d'un pas plus leste
En marchant sur un chemin plat.

Le pauvre est plus gai sous sa veste
Que dans sa pourpre le prélat;
Le sage a du bonheur de reste
En son obscur apostolat.

Le trône où le César se juche
Sous sa base sent mainte embûche,
Richesses troublent le sommeil.

On voit des taches à la gloire,
Et plus on est en plein soleil
Plus l'ombre qu'on projette est noire.

Claudius Popelin

PRIMAIRE

DICTAME

A François Coppée.

Par moments l'âme est prise aux serres de l'ennui,
Tout se ternit, s'éteint, et tout se décolore;
L'imagination se fane et se déflore,
L'esprit est sans refuge et le cœur sans appui.

L'amour n'a plus un trait au fond de son étui,
Les roses de l'espoir ne savent plus éclore;
On attend vainement le désir qu'on implore
Et l'on croit que demain sera tel qu'aujourd'hui.

Mais si nous invoquons la Muse, chaste amante,
Elle entre doucement et s'incline, charmante,
Sur notre front courbé par le poids de nos maux.

Nous relevons, alors, notre moral qui plie;
Car « nous nous consolons en arrangeant des mots, »
Comme l'a dit Musset, dans sa mélancolie.

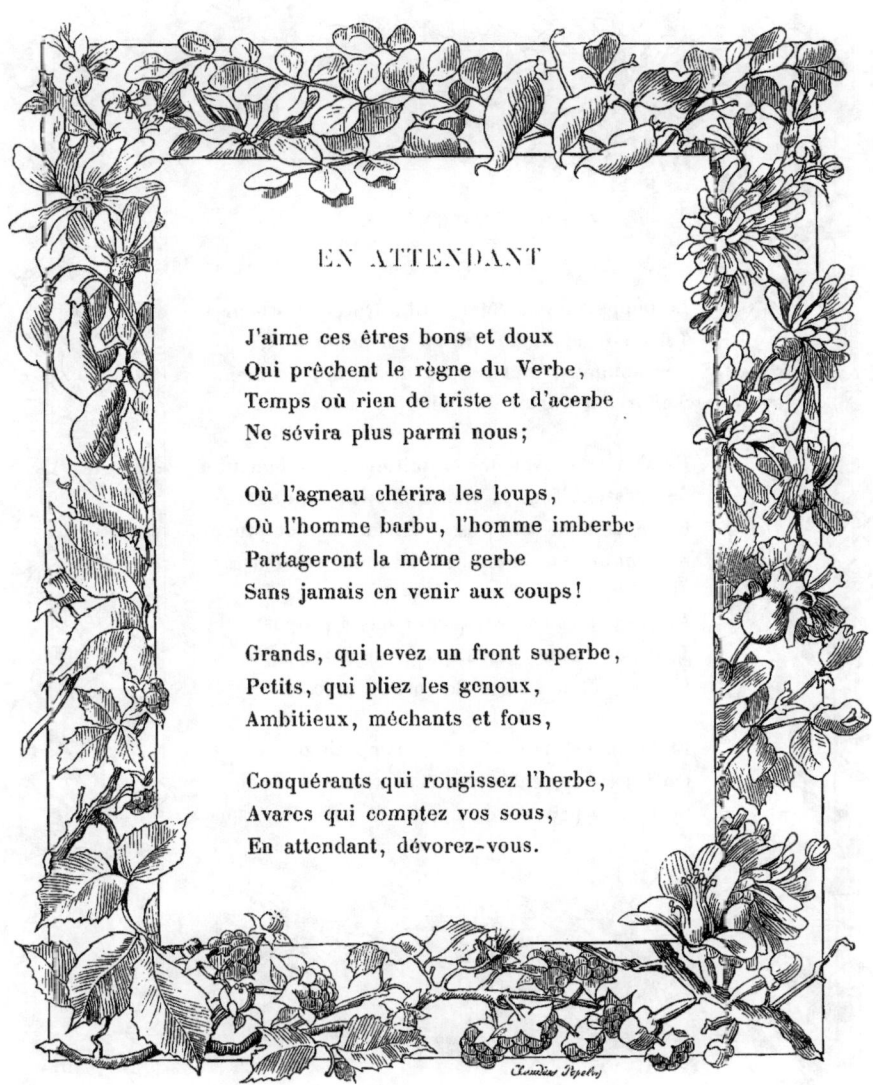

EN ATTENDANT

J'aime ces êtres bons et doux
Qui prêchent le règne du Verbe,
Temps où rien de triste et d'acerbe
Ne sévira plus parmi nous;

Où l'agneau chérira les loups,
Où l'homme barbu, l'homme imberbe
Partageront la même gerbe
Sans jamais en venir aux coups!

Grands, qui levez un front superbe,
Petits, qui pliez les genoux,
Ambitieux, méchants et fous,

Conquérants qui rougissez l'herbe,
Avares qui comptez vos sous,
En attendant, dévorez-vous.

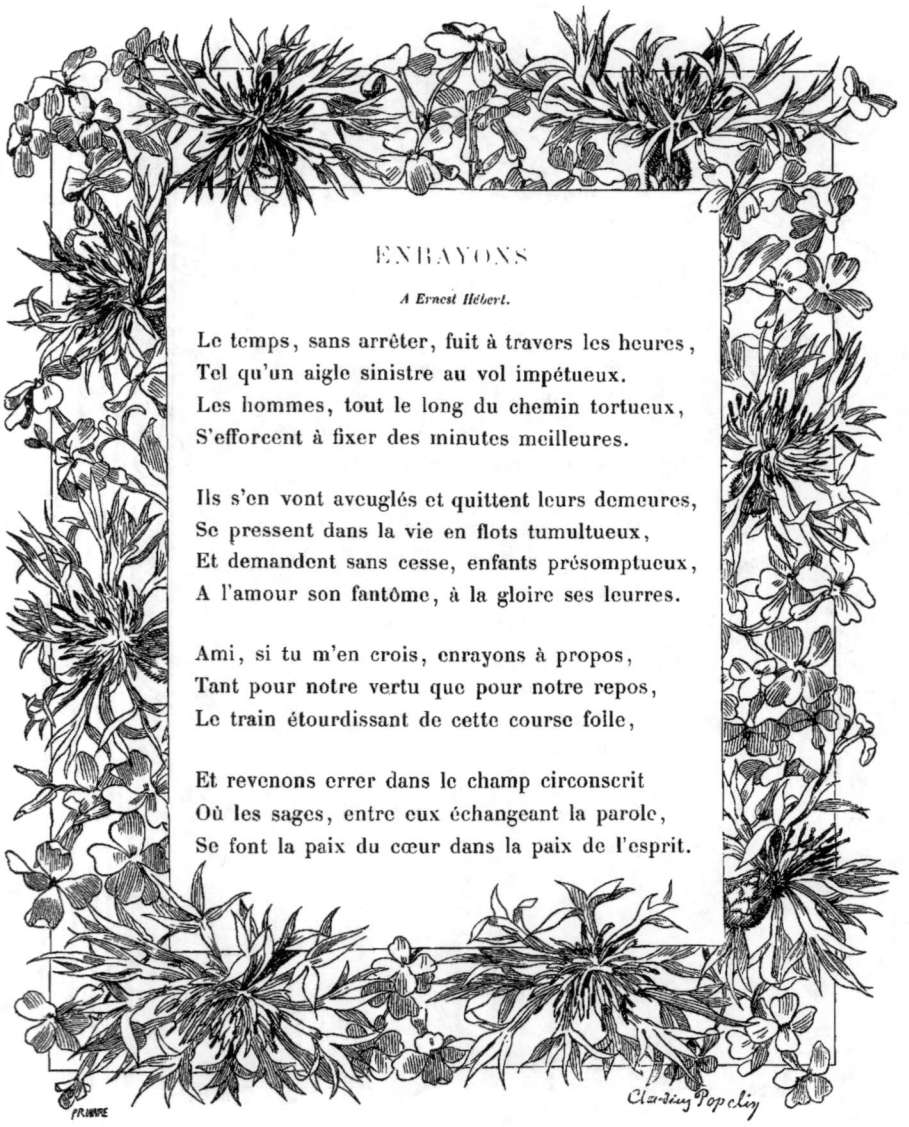

ENRAYONS

A Ernest Hébert.

Le temps, sans arrêter, fuit à travers les heures,
Tel qu'un aigle sinistre au vol impétueux.
Les hommes, tout le long du chemin tortueux,
S'efforcent à fixer des minutes meilleures.

Ils s'en vont aveuglés et quittent leurs demeures,
Se pressent dans la vie en flots tumultueux,
Et demandent sans cesse, enfants présomptueux,
A l'amour son fantôme, à la gloire ses leurres.

Ami, si tu m'en crois, enrayons à propos,
Tant pour notre vertu que pour notre repos,
Le train étourdissant de cette course folle,

Et revenons errer dans le champ circonscrit
Où les sages, entre eux échangeant la parole,
Se font la paix du cœur dans la paix de l'esprit.

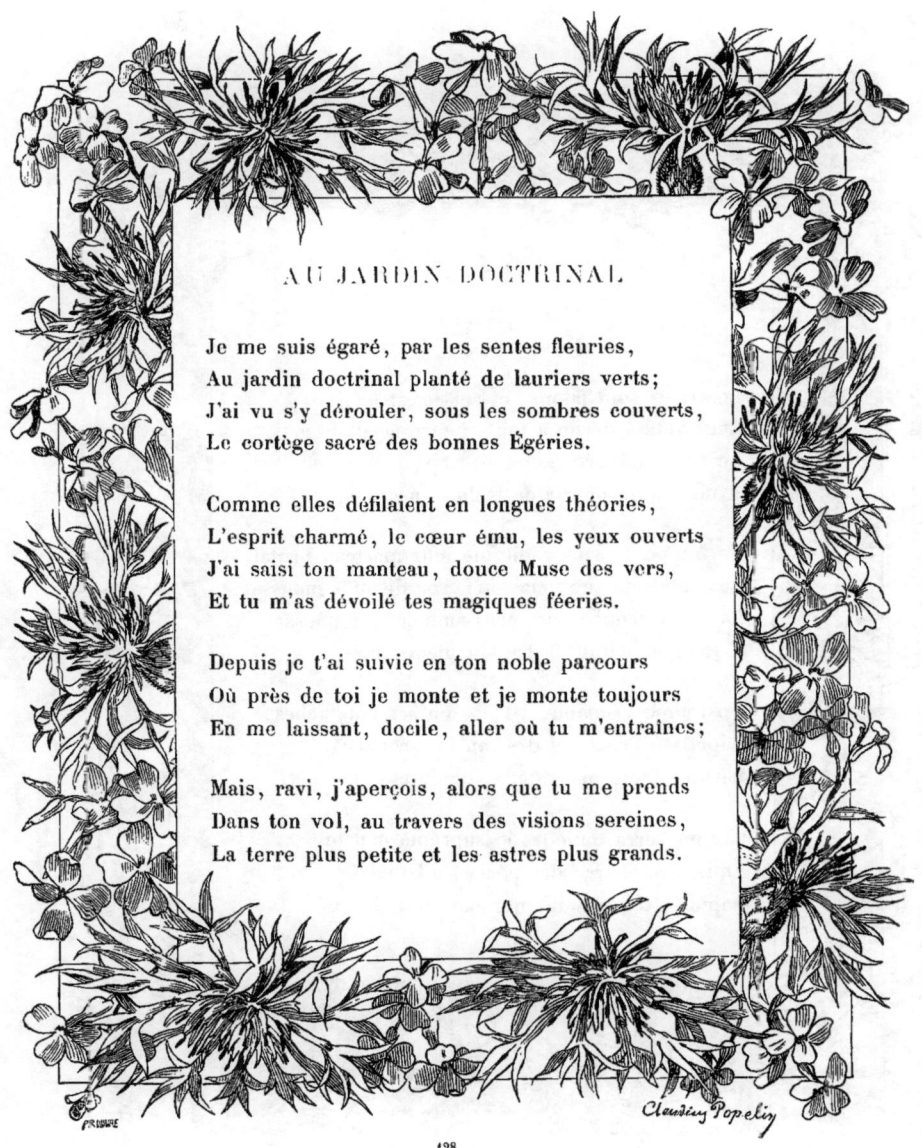

AU JARDIN DOCTRINAL

Je me suis égaré, par les sentes fleuries,
Au jardin doctrinal planté de lauriers verts;
J'ai vu s'y dérouler, sous les sombres couverts,
Le cortège sacré des bonnes Égéries.

Comme elles défilaient en longues théories,
L'esprit charmé, le cœur ému, les yeux ouverts
J'ai saisi ton manteau, douce Muse des vers,
Et tu m'as dévoilé tes magiques féeries.

Depuis je t'ai suivie en ton noble parcours
Où près de toi je monte et je monte toujours
En me laissant, docile, aller où tu m'entraines;

Mais, ravi, j'aperçois, alors que tu me prends
Dans ton vol, au travers des visions sereines,
La terre plus petite et les astres plus grands.

LES RATÉS

Les ratés sont jaloux, et cela c'est fatal.
Leur vanité déçue à toute heure éclabousse
Le génie honoré. Leur esprit se courrouce
A ne pas découvrir de taches au cristal.

Ils frappent, sans répit, de leur marteau brutal,
Les autels que ne ronge ou la rouille ou la mousse.
La fièvre iconoclaste incessamment les pousse
A jeter la statue en bas du piédestal.

Un infime grimaud, à l'aise en ses babouches,
Rapetisse César, et des rapins farouches,
Barbouilleurs marmiteux, dénigrent Raphaël.

Car on verra toujours le suprême mérite,
Émissaire chargé des péchés d'Israël,
Lapidé par les nains que son éclat irrite.

FATALITÉ

Socrate, condamné, boit la mort dans son bol,
Un roi frappe un ami, dans sa fureur bachique,
L'insecte est écrasé sous le sabot rustique
Et la cité s'écroule aux secousses du sol;

Lucrèce, en sa vertu, rencontre le viol,
L'épée ouvre le sein du fier Caton d'Utique,
Le fils d'un empereur tombe au fond de l'Afrique,
La flèche de l'archer perce l'aigle en son vol.

Tout se voit entraîné par une force aveugle,
La mouche qui bourdonne et le taureau qui beugle,
L'enfant, la femme, l'homme, et le faible et le fort.

Chacun suit, garrotté, le destin qui le mène,
Heurtant à l'imprévu l'arrêt caché du sort :
Et tu chéris la vie, ô pauvre espèce humaine!

AUX PHILISTINS

A Edmond Taigny.

Vulgaires ennemis des styles ouvragés,
Ignorants dédaigneux des effets du langage,
Et contempteurs des mots qu'un or sans alliage
Sertit, joyaux de prix en des écrins rangés,

O Philistins sans art dans l'ornière engagés!
Qui, mettant le caprice et la jeunesse en cage,
Promèneraient l'amour en fiacre de louage
Et verseraient la grâce au coin des préjugés!

Passez votre chemin, ne touchez pas au livre,
Ne touchez pas aux dons que la Muse délivre,
A la plume, à la pointe, au maillet, au pinceau.

Car le proverbe antique eut raison de le dire :
Le geai ne connaît rien aux cordes de la lyre,
La marjolaine reste étrangère au pourceau.

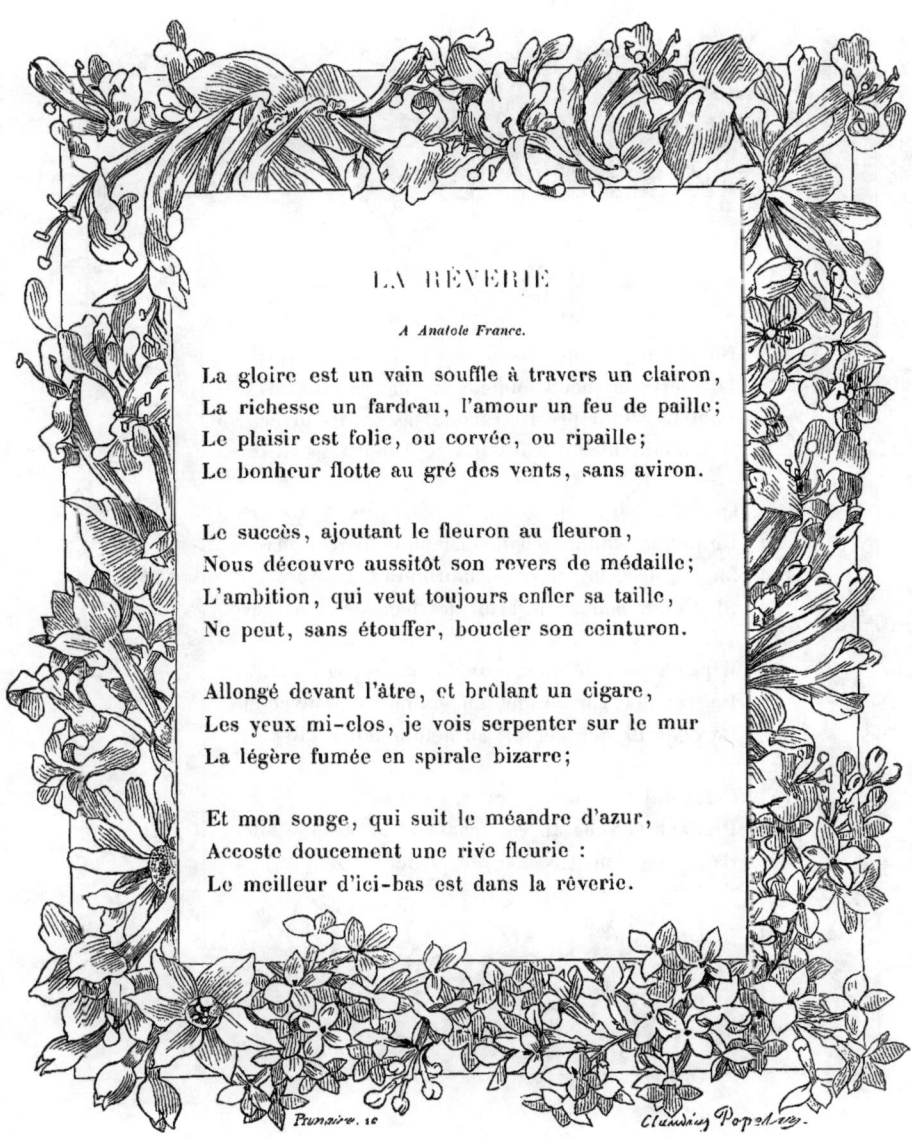

LA RÊVERIE

A Anatole France.

La gloire est un vain souffle à travers un clairon,
La richesse un fardeau, l'amour un feu de paille ;
Le plaisir est folie, ou corvée, ou ripaille ;
Le bonheur flotte au gré des vents, sans aviron.

Le succès, ajoutant le fleuron au fleuron,
Nous découvre aussitôt son revers de médaille ;
L'ambition, qui veut toujours enfler sa taille,
Ne peut, sans étouffer, boucler son ceinturon.

Allongé devant l'âtre, et brûlant un cigare,
Les yeux mi-clos, je vois serpenter sur le mur
La légère fumée en spirale bizarre ;

Et mon songe, qui suit le méandre d'azur,
Accoste doucement une rive fleurie :
Le meilleur d'ici-bas est dans la rêverie.

Prunaire. sc   *Claudius Popelin.*

DANS LE PARC

Au vicomte de Spoelberch.

Un matin j'écoutais, sous les marronniers verts,
Le merle en belle humeur lançant sa note brève,
Dont le retour précis scandait les chants divers
D'innombrables oiseaux qui pépiaient sans trève,

Quand je vis, émergeant de l'ombre des couverts,
Un homme qui marchait ainsi qu'on marche en rêve.
La paupière mi-close, il murmurait des vers
Rhythmés comme le bruit des lames sur la grève.

Il passa près de moi. Je n'eus garde, vraiment,
De troubler, par un mot, un souffle, un mouvement,
Le penseur qui s'enfuit au détour d'une allée.

Celui qui cheminait, grave, *sicut leo*,
Prenant la rime au vol, chassant la strophe ailée,
C'était mon maître cher, le poète Théo.

CHINOISERIE

A Germain Bapst.

Dans un pavillon rouge à toiture d'airain,
Sur ses talons assise, en une pose étrange,
La petite Chinoise, à l'œil oblique, mange,
Avec des bâtonnets, tout son riz grain à grain.

C'est la joie et l'orgueil d'un riche mandarin
Qui de l'ongle se gratte un nez qui lui démange,
Tandis que son esprit subtilement arrange
Un poème touffu réduit en un quatrain.

Tout à coup l'enfant part d'un rire à perdre haleine,
Car elle a vu, soudain, étalant sa bedaine,
La potiche que porte un beau meuble laqué;

Et l'objet, s'enlevant sur la blancheur d'un store,
Lui présente un contour que l'on dirait calqué
Sur le ventre puissant du lettré qui l'adore.

HOURRAH!

O princes des nations,
Pour agrandir vos royaumes,
Faites couler sur les chaumes
Vos rouges libations!

Bailleurs d'absolutions
Des évêques, sous des dômes,
Béniront, pâles fantômes,
Vos abominations.

Historiens et poètes
Célébreront vos conquètes;
L'artiste vous peindra beaux.

Augmentez votre domaine,
C'est juste : l'espèce humaine
Est de la chair à corbeaux.

Claudius Popelin

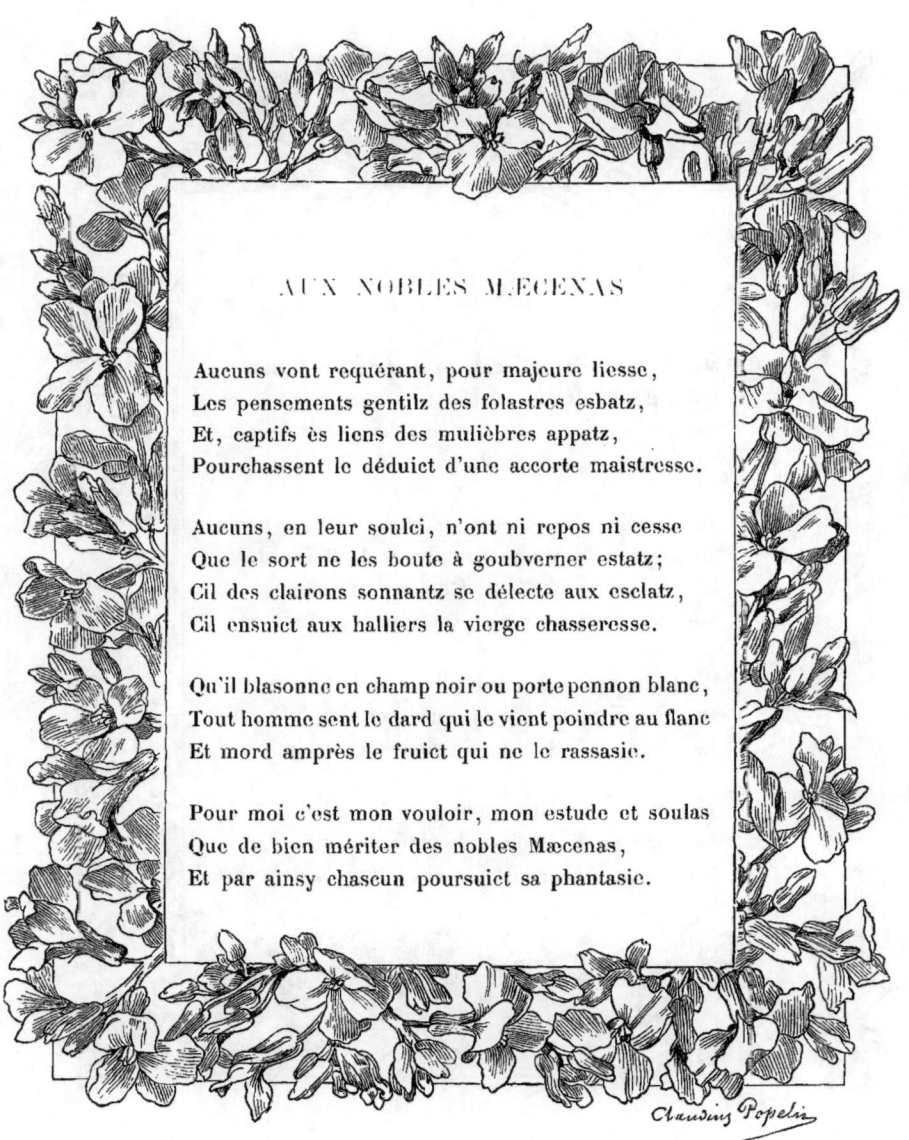

AUX NOBLES MÆCENAS

Aucuns vont requérant, pour majeure liesse,
Les pensements gentilz des folastres esbatz,
Et, captifs ès liens des mulièbres appatz,
Pourchassent le déduict d'une accorte maistresse.

Aucuns, en leur soulci, n'ont ni repos ni cesse
Que le sort ne les boute à goubverner estatz ;
Cil des clairons sonnantz se délecte aux esclatz,
Cil ensuict aux halliers la vierge chasseresse.

Qu'il blasonne en champ noir ou porte pennon blanc,
Tout homme sent le dard qui le vient poindre au flanc
Et mord amprès le fruict qui ne le rassasie.

Pour moi c'est mon vouloir, mon estude et soulas
Que de bien mériter des nobles Mæcenas,
Et par ainsy chascun poursuict sa phantasie.

Claudius Popelin

MAL D'AMOUR

Ma chère, ôtez vos gants et quittez votre mante,
Puis, devant le clavier que fait chanter votre art,
Asseyez-vous, de grâce, et veuillez, ma charmante,
Me jouer longuement des morceaux de Mozart.

Tandis que vous jouerez, la Muse, qui me hante,
Se pourrait égayer aux rhythmes de Ronsard,
Et cela tromperait le mal qui me tourmente,
Surtout si vous tourniez vers moi votre regard.

C'est que mon cœur subit l'âpre et le long martyre
De perdre goutte à goutte un sang que lui soutire
Le paroxysme aigu d'un amour surhumain.

Je pense, toutefois, qu'un peu de mélodie,
Sans me guérir, hélas! de cette maladie,
Me saura, cependant, calmer... jusqu'à demain.

Claudius Popelin

PRUNAIRE SC

MÉLANCOLIE

Au loin quand disparaît notre étoile pâlie,
Quand les flots noirs du doute ont passé par-dessus
Les mille enchantements tout d'abord aperçus,
Quand le breuvage amer est bu jusqu'à la lie,

Tu nous ouvres, alors, tes bras, Mélancolie,
Ton souffle caressant calme les coups reçus,
Et nous nous consolons de tant d'espoirs déçus
Dans l'oubli que nous fait ta légère folie.

Ainsi que les enfants qu'apaisent des chansons,
Tu nous tiens, endormis par la langueur des sons,
Appuyant sur ton sein un front terne et morose;

Mais l'air plaintif et lent que tu chantes pour nous,
Symphonie en mineur sous les regrets éclose,
Nous berce dans un rêve à la fois triste et doux.

DES LIVRES

A Frédéric Masson.

Le bonhomme est entré chez le maître libraire!
Il avait bien promis de n'y plus revenir;
Mais le trajet des quais est long à parcourir.
On se lasse, à la fin, et puis, alors, que faire?

On entre et l'on s'assied. Tout en causant on flaire
L'alde en superbe état, l'introuvable elzévir
Dont le parchemin fauve est si doux à tenir.
Laisse, dit la raison; le cœur dit le contraire.

On emporte avec soi le cher petit paquet,
Tout en songeant qu'on a, jusque sur le parquet,
De ces livres en tas qu'abomine l'épouse.

O bonhomme, bonhomme! avec prudence agis.
Cache l'in-octavo, dissimule l'in-douze
Lorsque tu rentreras, tout à l'heure, au logis.

LA PAIX DU MÉNAGE

Je sens que notre amour de plus en plus décroit ;
Et si je suis boudeur et si je suis morose
C'est que, certainement, vous êtes autre chose.
Jamais je n'ai connu cœur plus sec ni plus froid.

Quand on ne s'aime plus le lit paraît étroit.
Que me veut votre pied?... Votre petit pied rose?
Ma foi, je me retourne et je change de pose,
Je ne puis m'endormir que sur le côté droit.

Mon Dieu que tes cheveux embaument, ma mignonne !
Au diable vert, aussi, l'humeur qui m'enguignonne,
Laisse-moi t'enlacer de mes bras amoureux.

Allons! ne fais donc pas ainsi la rechignée.
Tu souris, je le vois, enfin, c'est bien heureux...
Et bonsoir, maintenant, que la paix est signée.

MÉDAILLON

Suffisance, ineptie, orgueil et platitude,
Voilà qui peint au mieux cet écrivain marron.
Quant à rendre des points à maître Aliboron,
Il n'a pas son pareil sous notre latitude.

Sans tact et sans esprit, sans talent, sans étude,
Il s'estime lui-même un très grand Cicéron;
Et soyez assurés qu'en la nef de Caron
Le sire gardera cette belle attitude.

Étant fort maladroit, jamais il ne pourrait
De sa pesante main tirer un pauvre trait;
Cependant, savez-vous ce qu'il fait? ô merveille!

Je vous le donne en cent : de la critique d'art!
Mais c'est tout simple, il vint au monde avec un dard.
N'allez pas croire, au moins, que ce soit une abeille.

Claudius Popelin

PRUNAIRE Sc.

SURVIVANCE

A Henri Lavoix.

On nous gouverne, on nous endort
Avec la survivance antique.
Satan tient toujours sa boutique,
Croquemitaine n'est pas mort.

Le vieux préjugé, dans son fort,
Façonne son gros pain mystique.
Même l'esprit le plus sceptique
Involontairement y mord.

La morale comminatoire
Montre l'enfer, le purgatoire,
Ou quelque chose d'approchant.

C'est ainsi qu'on dit, en Espagne,
Au marmot, quand il est méchant :
Les Maures sont dans la montagne.

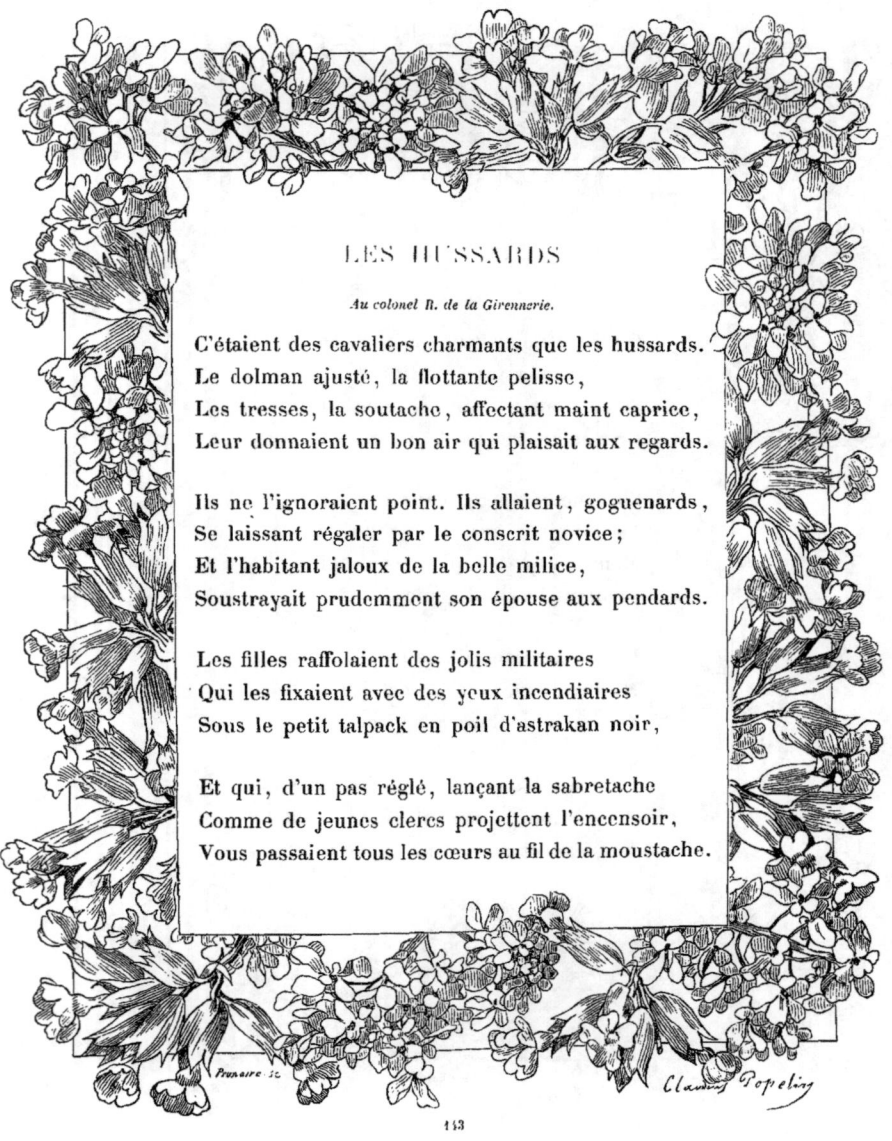

LES HUSSARDS

Au colonel R. de la Girennerie.

C'étaient des cavaliers charmants que les hussards.
Le dolman ajusté, la flottante pelisse,
Les tresses, la soutache, affectant maint caprice,
Leur donnaient un bon air qui plaisait aux regards.

Ils ne l'ignoraient point. Ils allaient, goguenards,
Se laissant régaler par le conscrit novice;
Et l'habitant jaloux de la belle milice,
Soustrayait prudemment son épouse aux pendards.

Les filles raffolaient des jolis militaires
Qui les fixaient avec des yeux incendiaires
Sous le petit talpack en poil d'astrakan noir,

Et qui, d'un pas réglé, lançant la sabretache
Comme de jeunes clercs projettent l'encensoir,
Vous passaient tous les cœurs au fil de la moustache.

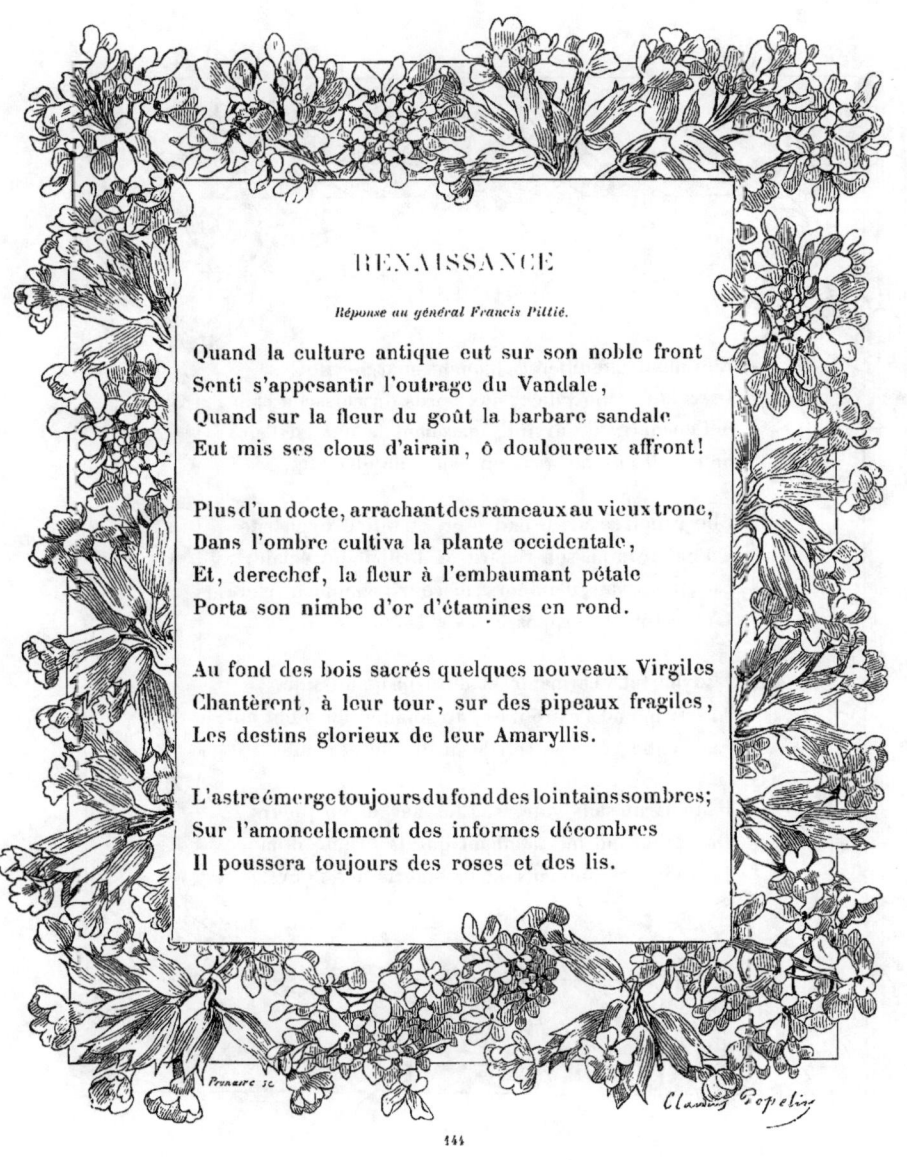

RENAISSANCE

Réponse au général Francis Piltié.

Quand la culture antique eut sur son noble front
Senti s'appesantir l'outrage du Vandale,
Quand sur la fleur du goût la barbare sandale
Eut mis ses clous d'airain, ô douloureux affront !

Plus d'un docte, arrachant des rameaux au vieux tronc,
Dans l'ombre cultiva la plante occidentale,
Et, derechef, la fleur à l'embaumant pétale
Porta son nimbe d'or d'étamines en rond.

Au fond des bois sacrés quelques nouveaux Virgiles
Chantèrent, à leur tour, sur des pipeaux fragiles,
Les destins glorieux de leur Amaryllis.

L'astre émerge toujours du fond des lointains sombres ;
Sur l'amoncellement des informes décombres
Il poussera toujours des roses et des lis.

Prunaire sc.

Claudius Popelin

L'IDYLLE

Elle allait effeuiller la blanche marguerite,
Dans la fraîche vallée, aux bords du ruisseau clair ;
A l'encontre il survint, marchant le nez en l'air,
Son fusil sur le bras, en chasseur émérite.

Elle rougit, sans prendre un maintien hypocrite
Qu'eût trompé son regard où brillait un éclair ;
Lui, qui savait, d'ailleurs, discourir comme un clerc,
L'entretint de propos à ravir Théocrite.

L'idylle fut charmante et dura jusqu'au soir.
Aussi, quand l'astre d'or, au sommet du mont noir
Eut, enfin, écorné son beau disque écarlate,

Il disparut sans voir, sur les herbes en pleurs,
De son grand œil flambant que la brume dilate,
Le sang des animaux et les débris des fleurs.

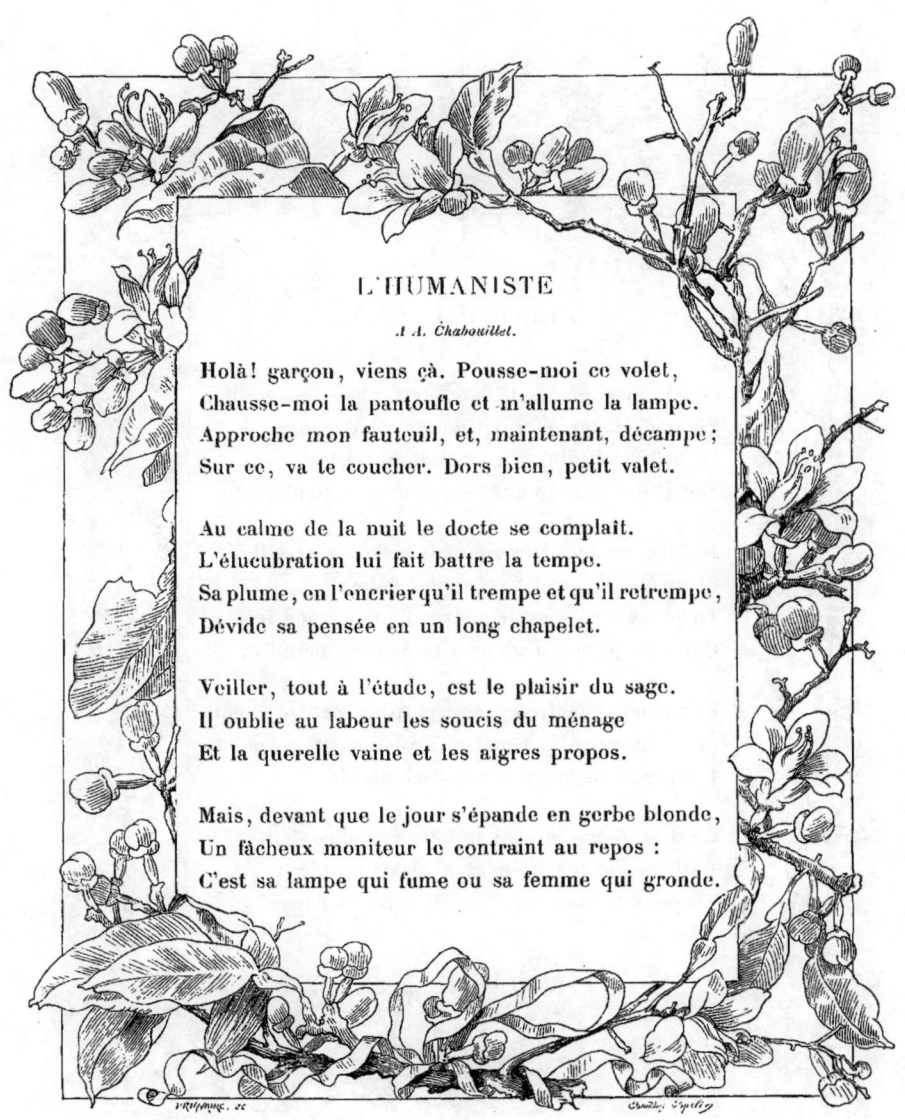

L'HUMANISTE

A A. Chabouillet.

Holà! garçon, viens çà. Pousse-moi ce volet,
Chausse-moi la pantoufle et m'allume la lampe.
Approche mon fauteuil, et, maintenant, décampe;
Sur ce, va te coucher. Dors bien, petit valet.

Au calme de la nuit le docte se complait.
L'élucubration lui fait battre la tempe.
Sa plume, en l'encrier qu'il trempe et qu'il retrempe,
Dévide sa pensée en un long chapelet.

Veiller, tout à l'étude, est le plaisir du sage.
Il oublie au labeur les soucis du ménage
Et la querelle vaine et les aigres propos.

Mais, devant que le jour s'épande en gerbe blonde,
Un fâcheux moniteur le contraint au repos :
C'est sa lampe qui fume ou sa femme qui gronde.

PEINE D'AMOUR

Or çà, mon camarade, assieds-toi sous ma treille.
Viens déguster un doigt de vin de Portugal.
Le farfadet badin, qui rit sous le cristal,
Fait jaillir la gaîté des flancs de la bouteille.

Je sais que ta maîtresse était belle à merveille
Et qu'elle t'a payé d'un retour déloyal;
Tu penses ne pouvoir guérir d'un si grand mal?
Que n'ai-je une douleur à ta douleur pareille!

La mienne, enfant, crois-moi, plus durement me point,
Car la maîtresse, hélas! qu'on ne remplace point,
Est partie en laissant mon âme désolée!

C'est la divine et c'est la folle aux ailes d'or,
La jeunesse, en un mot, à jamais envolée!
Tu peux te consoler, toi qui l'étreins encor.

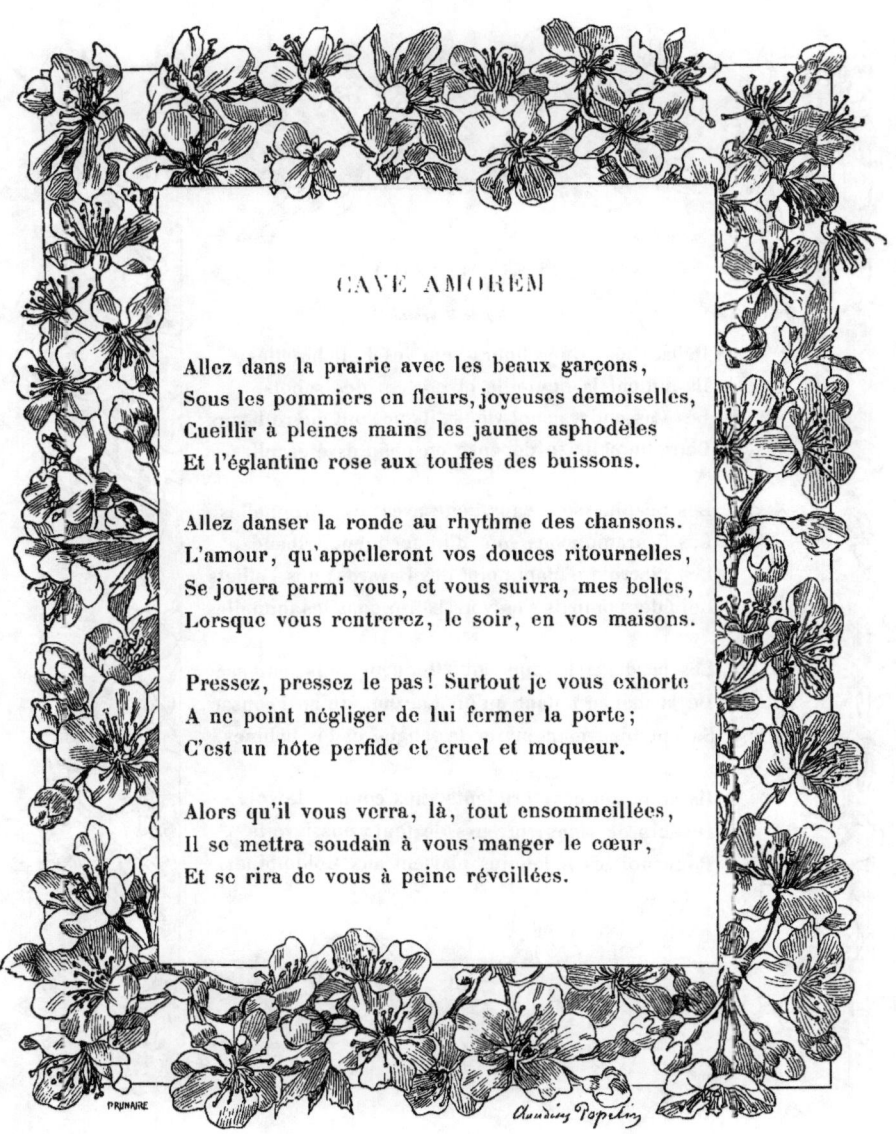

CAVE AMOREM

Allez dans la prairie avec les beaux garçons,
Sous les pommiers en fleurs, joyeuses demoiselles,
Cueillir à pleines mains les jaunes asphodèles
Et l'églantine rose aux touffes des buissons.

Allez danser la ronde au rhythme des chansons.
L'amour, qu'appelleront vos douces ritournelles,
Se jouera parmi vous, et vous suivra, mes belles,
Lorsque vous rentrerez, le soir, en vos maisons.

Pressez, pressez le pas! Surtout je vous exhorte
A ne point négliger de lui fermer la porte;
C'est un hôte perfide et cruel et moqueur.

Alors qu'il vous verra, là, tout ensommeillées,
Il se mettra soudain à vous manger le cœur,
Et se rira de vous à peine réveillées.

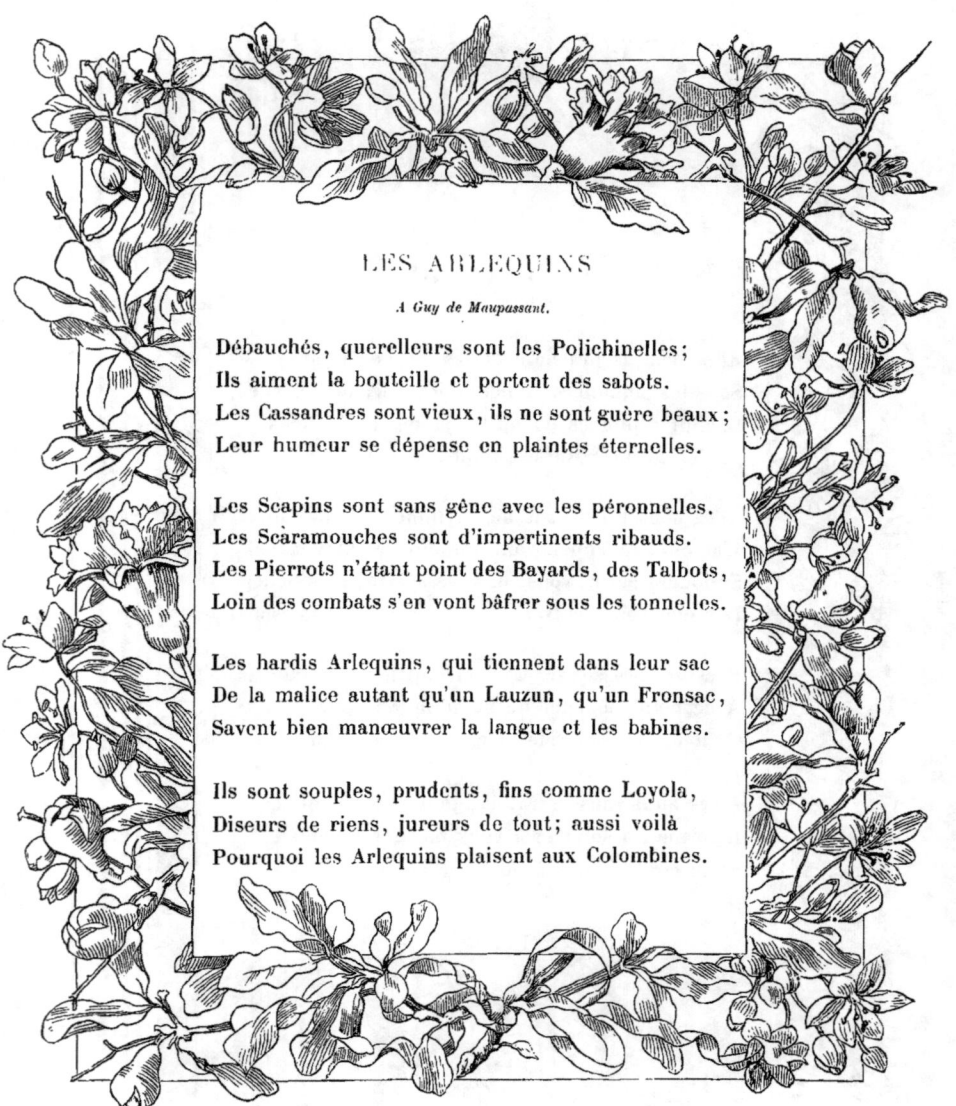

LES ARLEQUINS

A Guy de Maupassant.

Débauchés, querelleurs sont les Polichinelles;
Ils aiment la bouteille et portent des sabots.
Les Cassandres sont vieux, ils ne sont guère beaux;
Leur humeur se dépense en plaintes éternelles.

Les Scapins sont sans gêne avec les péronnelles.
Les Scaramouches sont d'impertinents ribauds.
Les Pierrots n'étant point des Bayards, des Talbots,
Loin des combats s'en vont bâfrer sous les tonnelles.

Les hardis Arlequins, qui tiennent dans leur sac
De la malice autant qu'un Lauzun, qu'un Fronsac,
Savent bien manœuvrer la langue et les babines.

Ils sont souples, prudents, fins comme Loyola,
Diseurs de riens, jureurs de tout; aussi voilà
Pourquoi les Arlequins plaisent aux Colombines.

LES POMMES

Vous souvient-il encore, ô ma cousine Lise !
Alors que vous étiez brunette et moi blondin,
Des pommiers qui croissaient tout au fond du jardin,
Et des pommes, objet de notre convoitise ?

Elles nous paraissaient d'une saveur exquise.
Je grimpais les cueillir, leste et hardi gredin,
Tandis que vous guettiez pour m'avertir soudain
Que l'aïeul survenait au cours de l'entreprise.

C'étaient de bons repas. Nous imprimions dedans,
Avec un plaisir fou, la marque de nos dents.
En avons-nous croqué de vertes et de mûres !

Si je sais bien compter, voilà trente ans, ma foi !
Aujourd'hui, quand j'y mords, elles me semblent sures.
Mais qui donc a changé, des pommes ou de moi ?

IMMISERICORDITER

La Mort, la pâle Mort passe, repasse et fauche,
Frissonnante moisson, le troupeau des humains
Qui tombent pêle-mêle, à droite comme à gauche,
Et comblent les fossés et jonchent les chemins.

Perpétuant toujours sa lugubre débauche,
Arrachant à chacun l'espoir des lendemains,
Elle rompt le chef-d'œuvre, elle efface l'ébauche
Et met sur tous les fronts la glace de ses mains.

O Nature! pourtant, secouant d'un bras ferme
L'Ithyphalle sacré, tu prodigues le germe;
Mais tu livres l'espèce aux griffes du malheur!

Impassible tu vas, jouant ton morne rôle,
Et restes sourde au cri d'éternelle douleur,
Plus froide mille fois que la neige du pôle.

LA QUESTION DU LATIN

A Jules Zeller.

Sur l'écueil du présent l'Antiquité chavire;
Le moderne écolier ferme son rudiment.
L'esprit nouveau réclame un nouvel aliment.
C'en est fini du grec et le latin expire.

Le grand âge classique est déchu de l'empire.
L'humanisme préside à son enterrement,
Et le professorat, sur un autre instrument,
Chante un air inédit. Est-ce mieux? Est-ce pire?

Le long des tristes bords du sombre Phlégéton
Virgile suit Homère, et Sénèque, Platon;
Plaute rejoint Ménandre, et Tacite, Hérodote.

Sans plus être compris Horace n'est cité
Que par quelque vieux prêtre entêté qui radote,
Et l'on parle tudesque en l'Université.

LE BONHEUR

A Frédéric Masson.

En dépit des leçons du triste raisonneur
A tous les coins du sort qui se heurte et se blesse,
Ce que le vieux Boileau disait de la noblesse
Peut, à plus juste droit, se dire du bonheur.

Le travail libre et fier, valeureux moissonneur,
La tendre affection qui tient le cœur en laisse,
Les fidèles amis, indulgents sans faiblesse,
L'enfant qui nous complète et qui nous fait honneur,

L'entendement ouvert, une philosophie
Tolérante et sereine, une âme qui se fie,
C'est du bonheur; sinon je ne m'y connais pas.

Encore bien qu'il soit une chose éphémère
Et soumise au Destin comme tout ici-bas,
Le Bonheur, Frédéric, n'est point une chimère.

ZOÏLES

Trop souvent des grimauds rédigent des salons,
De vagues plumitifs critiquent les ouvrages.
L'artiste, le penseur subissent leurs outrages,
Les ruches sont en proie au dard de ces frelons.

Aristarques faquins et grotesques Solons,
A des ratés comme eux ils baillent leurs suffrages,
Tandis que des vaillants aux plus mâles courages
Par ces pleutres se voient arracher leurs galons.

Ils jugent sans appel, satrapes de gazettes,
Et leurs décisions sont tranchantes et nettes.
Le solennel bourgeois les lit au coin du feu.

Se nourrissant ainsi d'esthétiques sévères,
Le bourgeois se défend d'admirer, même un peu,
Et diffère, en cela, des bonnes gens, ses pères.

AUX ATHÉES

Nous oublions trop le maître
Quand sa bonté nous sourit.
De forts penseurs l'ont, peut-être,
De l'entendement proscrit.

Moi j'ai, sans culte et sans prêtre,
Son nom dans mon âme inscrit;
Trop heureux qu'il m'ait fait naître
Apte aux choses de l'esprit.

Et si la Muse m'inspire
Galbe heureux, fleur du bien dire,
Étant instruit en bon lieu,

Quoi qu'on pense et qui qu'en grogne,
J'en rends mes grâces à Dieu.
Je vous le dis sans vergogne.

Claudius Popelin   PRIMAIRE

AU COIN DU FEU

Au comte Benedetti.

Le temps vient où l'on aime à demeurer paisible,
Assis près de son feu qu'on tisonne en rêvant.
Nous trouvons que le monde est triste et décevant,
Et qu'en ses vanités il est plat et risible.

Dans la bonne retraite, au froid inaccessible,
Calmes, nous écoutons dehors mugir le vent.
Tel qu'à l'ancre un esquif brave le flot mouvant,
Notre esprit amarré se sent insubmersible.

Et comme, recueillis, nous sommes là pensifs,
Tandis que nos regards contemplent, attentifs,
Les bonds capricieux de la flamme dans l'âtre,

Voilà que nous dressons, soudain, le front lassé,
Quand nous croyons entendre un farfadet folâtre
Murmurer la chanson de notre Avril passé.

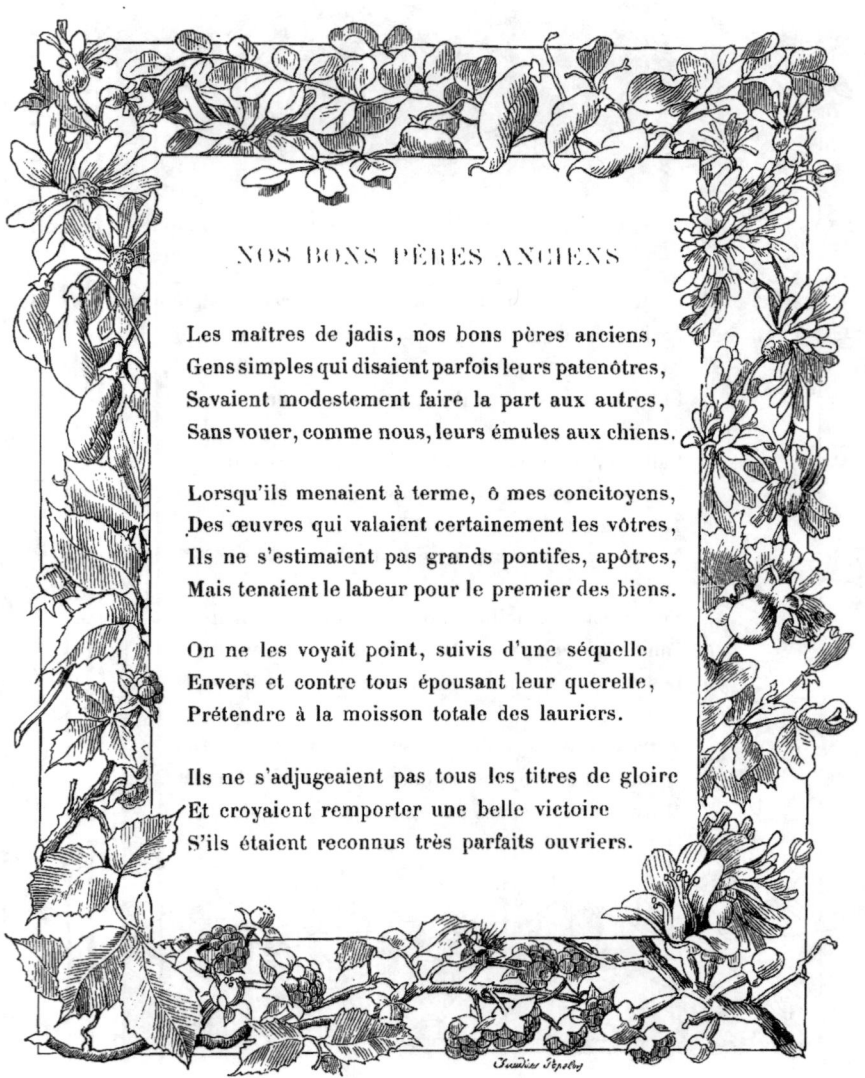

NOS BONS PÈRES ANCIENS

Les maîtres de jadis, nos bons pères anciens,
Gens simples qui disaient parfois leurs patenôtres,
Savaient modestement faire la part aux autres,
Sans vouer, comme nous, leurs émules aux chiens.

Lorsqu'ils menaient à terme, ô mes concitoyens,
Des œuvres qui valaient certainement les vôtres,
Ils ne s'estimaient pas grands pontifes, apôtres,
Mais tenaient le labeur pour le premier des biens.

On ne les voyait point, suivis d'une séquelle
Envers et contre tous épousant leur querelle,
Prétendre à la moisson totale des lauriers.

Ils ne s'adjugeaient pas tous les titres de gloire
Et croyaient remporter une belle victoire
S'ils étaient reconnus très parfaits ouvriers.

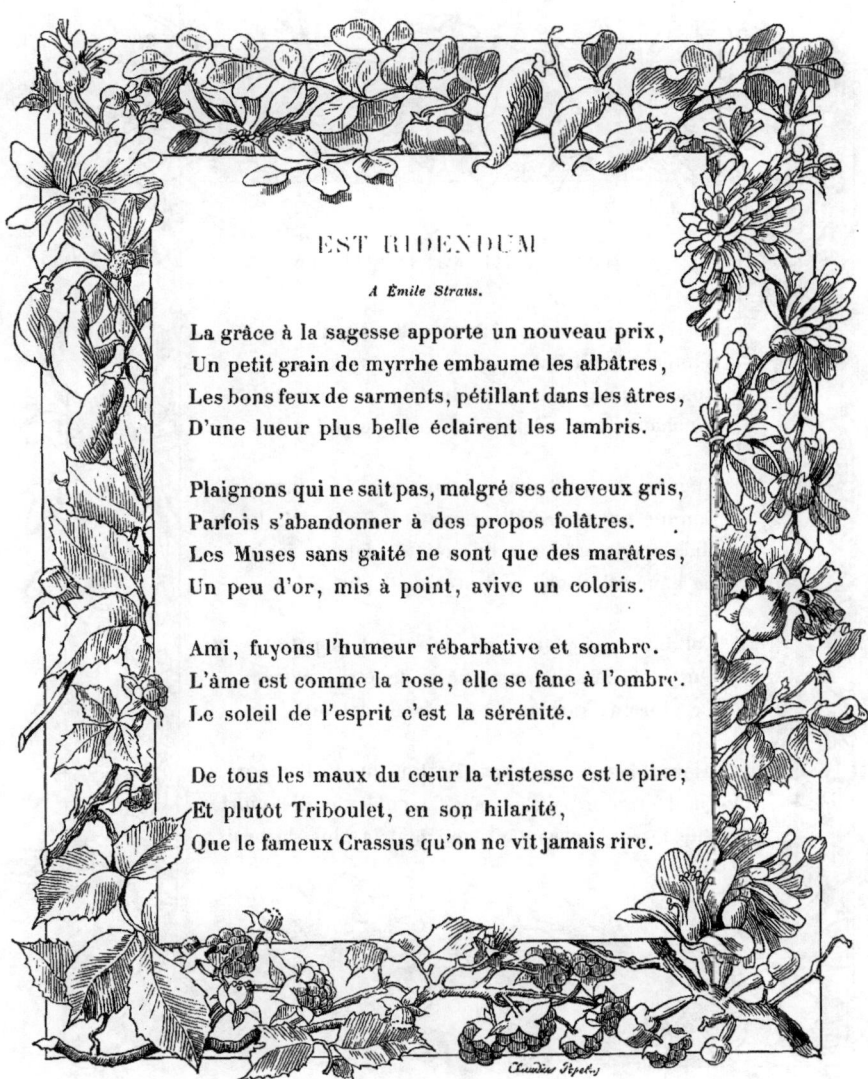

EST RIDENDUM

A Émile Straus.

La grâce à la sagesse apporte un nouveau prix,
Un petit grain de myrrhe embaume les albâtres,
Les bons feux de sarments, pétillant dans les âtres,
D'une lueur plus belle éclairent les lambris.

Plaignons qui ne sait pas, malgré ses cheveux gris,
Parfois s'abandonner à des propos folâtres.
Les Muses sans gaité ne sont que des marâtres,
Un peu d'or, mis à point, avive un coloris.

Ami, fuyons l'humeur rébarbative et sombre.
L'âme est comme la rose, elle se fane à l'ombre.
Le soleil de l'esprit c'est la sérénité.

De tous les maux du cœur la tristesse est le pire;
Et plutôt Triboulet, en son hilarité,
Que le fameux Crassus qu'on ne vit jamais rire.

GLORIA RES POSTHUMA

La très sévère loi du flux et du reflux
S'impose inéluctable, et le lierre s'enroule
Aux colonnes debout du temple qui s'écroule,
Jonchant de ses débris la pente des talus.

Aucuns, le front marqué du signe des élus,
Comme un navire altier vont en fendant la houle,
Mais coudoient, à la fin, rejetés dans la foule,
La génération qui ne les connaît plus.

Tel tient, en plein midi, très haut sa palme verte
Qui voit, le soir venu, de sa fenêtre ouverte,
Le glorieux rameau fané, séché, détruit.

Alors il est grand temps, Destin, que tu l'emportes.
Qu'il ferme en paix les yeux. Ce sont les feuilles mortes
Sur le sol, en roulant, qui font le plus de bruit.

Claudius Popelin

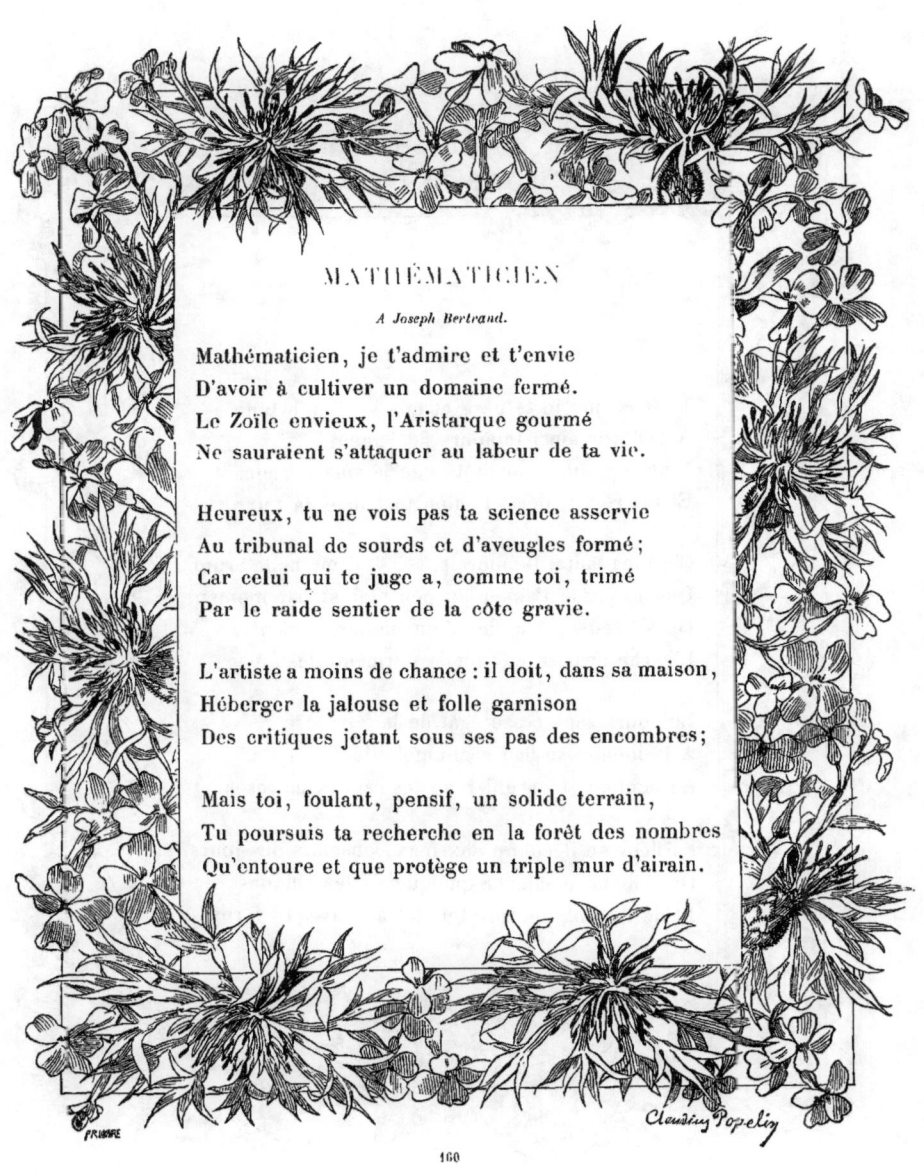

MATHÉMATICIEN

A Joseph Bertrand.

Mathématicien, je t'admire et t'envie
D'avoir à cultiver un domaine fermé.
Le Zoïle envieux, l'Aristarque gourmé
Ne sauraient s'attaquer au labeur de ta vie.

Heureux, tu ne vois pas ta science asservie
Au tribunal de sourds et d'aveugles formé ;
Car celui qui te juge a, comme toi, trimé
Par le raide sentier de la côte gravie.

L'artiste a moins de chance : il doit, dans sa maison,
Héberger la jalouse et folle garnison
Des critiques jetant sous ses pas des encombres ;

Mais toi, foulant, pensif, un solide terrain,
Tu poursuis ta recherche en la forêt des nombres
Qu'entoure et que protège un triple mur d'airain.

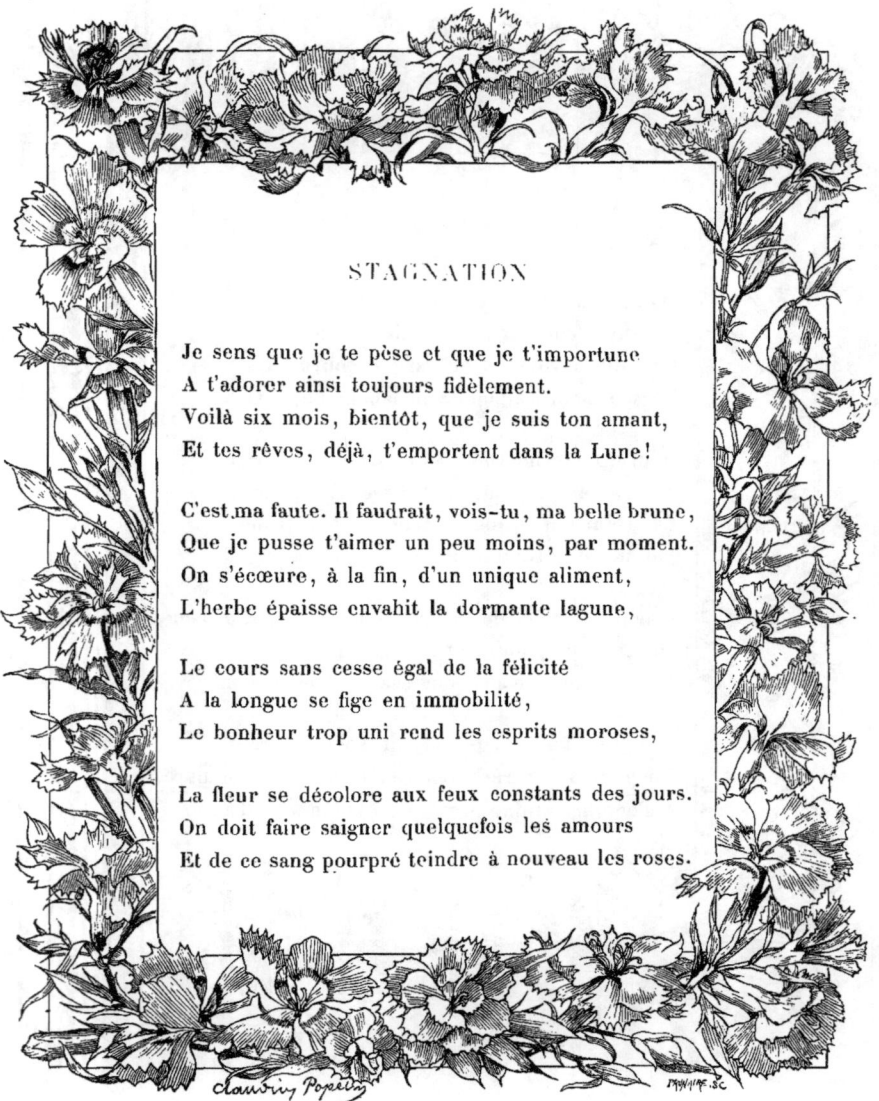

STAGNATION

Je sens que je te pèse et que je t'importune
A t'adorer ainsi toujours fidèlement.
Voilà six mois, bientôt, que je suis ton amant,
Et tes rêves, déjà, t'emportent dans la Lune !

C'est ma faute. Il faudrait, vois-tu, ma belle brune,
Que je pusse t'aimer un peu moins, par moment.
On s'écœure, à la fin, d'un unique aliment,
L'herbe épaisse envahit la dormante lagune,

Le cours sans cesse égal de la félicité
A la longue se fige en immobilité,
Le bonheur trop uni rend les esprits moroses,

La fleur se décolore aux feux constants des jours.
On doit faire saigner quelquefois les amours
Et de ce sang pourpré teindre à nouveau les roses.

MANDOLINATA

Par une belle nuit d'été,
J'ai bu d'un trait le doux breuvage.
Jamais pareille ébriété
N'avait en moi fait tel ravage.

C'en est fini de ma gaîté,
Fini de mon humeur sauvage.
Vous m'avez pris ma liberté
Et réduit en étroit servage.

Vous êtes la reine des cœurs.
Amour, le plus beau des vainqueurs,
Captif à votre char me lie.

Je suis sans force et sans ressort;
Je vous abandonne mon sort,
Car je vous aime à la folie.

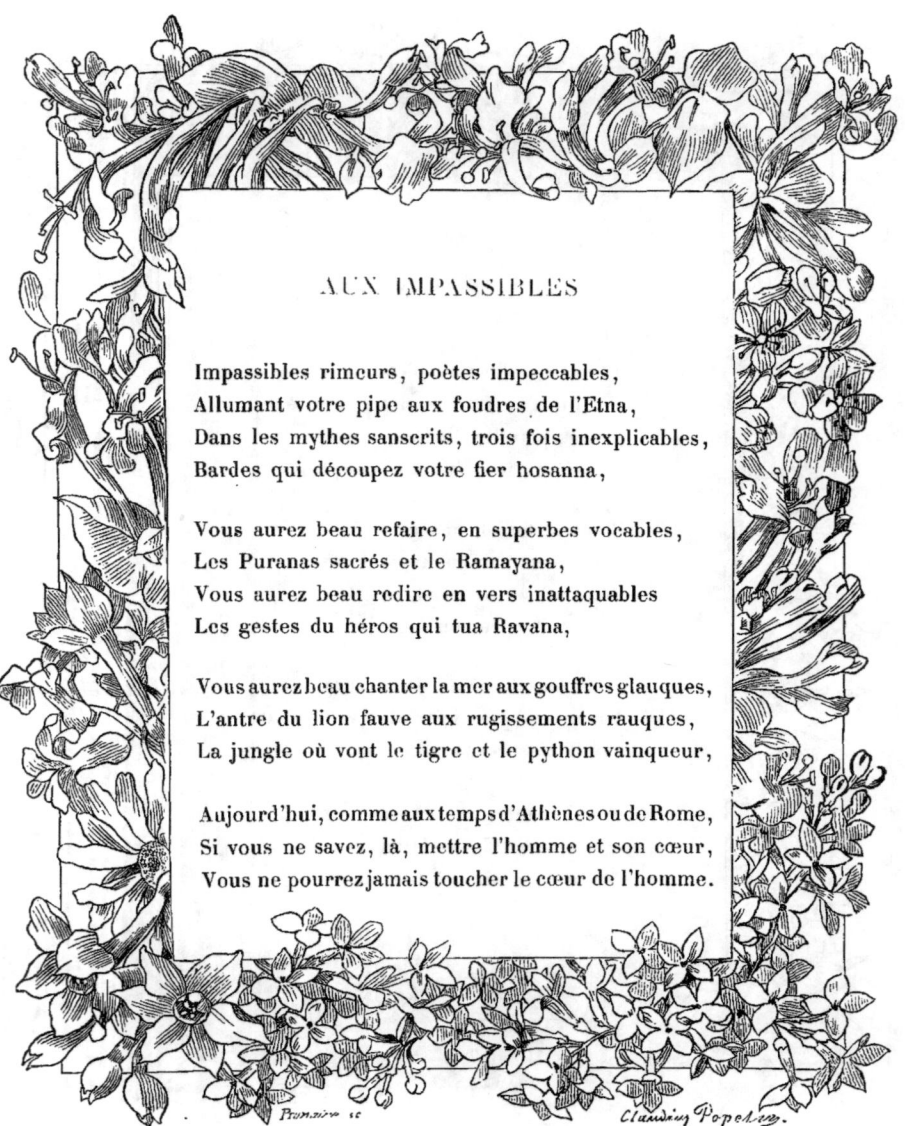

AUX IMPASSIBLES

Impassibles rimeurs, poètes impeccables,
Allumant votre pipe aux foudres de l'Etna,
Dans les mythes sanscrits, trois fois inexplicables,
Bardes qui découpez votre fier hosanna,

Vous aurez beau refaire, en superbes vocables,
Les Puranas sacrés et le Ramayana,
Vous aurez beau redire en vers inattaquables
Les gestes du héros qui tua Ravana,

Vous aurez beau chanter la mer aux gouffres glauques,
L'antre du lion fauve aux rugissements rauques,
La jungle où vont le tigre et le python vainqueur,

Aujourd'hui, comme aux temps d'Athènes ou de Rome,
Si vous ne savez, là, mettre l'homme et son cœur,
Vous ne pourrez jamais toucher le cœur de l'homme.

TRISTIA

L'homme, au seuil de la vie et pendant tout son cours,
Rencontre la tristesse en travers de sa voie.
Les plaisirs, vainement, lui prêtent leur secours,
    Sous les constants chagrins il ploie.

La tempête détruit l'ordre de ses beaux jours,
L'hiver glacé le prend mieux qu'un fauve sa proie,
Par instants l'amitié, par instants les amours
    Lui versent le vin de la joie ;

Mais aux mains du buveur le bec d'un oisillon,
Le souffle d'un zéphyr, l'aile d'un papillon
    Viennent briser le bol fragile.

Il ne peut toucher rien sans froisser des douleurs,
Et, comme éloquemment a dit le doux Virgile,
    Les choses mêmes ont des pleurs.

PHILÉMON ET BAUCIS

De même que vos mains se sont jointes sans cesse,
Vos vœux se sont mêlés, sans cesse, à tous moments ;
Vos cheveux ont blanchi dans les mêmes tourments,
Vous avez exulté d'une même allégresse.

Une même vaillance, une même sagesse
Vous ont fait surmonter vos découragements ;
Jusqu'au bord de la tombe, en fidèles amants,
Vous vous serez chéris d'une égale tendresse.

Ah ! pour que le Destin ne vous sépare pas,
Quand l'heure sonnera, que l'ange du trépas
Vous porte aux régions de lumière inondées

Où l'esprit des rêveurs, s'élançant hasardeux
Par l'au-delà des temps, voit les âmes soudées,
Vers l'éternel séjour s'envoler deux à deux.

LA FOLIE DES PÈRES

A Édouard Pailleron.

De la zone polaire aux cercles étouffants
Nous cherchons le détroit des îles Fortunées,
Et nous nous épuisons, dès nos vertes années,
A fixer le Bonheur en nos jours triomphants.

Bientôt, hélas! trop tôt, mûrs et philosophants,
Nous renonçons, déçus, à nos vaines tournées;
Mais on nous voit encore aux nefs abandonnées
  Ramer pour nos enfants.

Et nous voulons garder, telle est notre folie,
Dans la coupe où l'on boit, pour nous toute la lie,
  Tout le nectar pour eux.

Quels que soient nos efforts leur destin est le même.
Pourtant, s'ils comprenaient à quel point on les aime,
  Ils feindraient d'être heureux.

Claudius Popelin

166

JOUIR, SOUFFRIR

A Armand Sylvestre.

Jouir, telle est la loi, ne va pas sans souffrir.
L'amour serait de peu s'il n'était éphémère,
Le miel semble plus doux quand la coupe est amère,
Il n'est pas de gaîté que ne scande un soupir.

L'aube a déjà les feux du jour qui va finir,
Le rêve le plus beau chevauche une chimère,
L'enfant, dès qu'il conçoit, sait qu'il perdra sa mère,
Notre âme, en pleine paix, sent gronder l'avenir.

La science conclut aux vanités des choses,
Le ver est dans le fruit, l'épine est sous les roses,
La folie est au bout de l'ivresse du vin.

C'est ainsi dans ce monde. Aux biens qu'elle nous livre
La Nature, toujours, mêle un âcre levain :
La terreur de la mort donne du prix à vivre.

Claudius Popelin

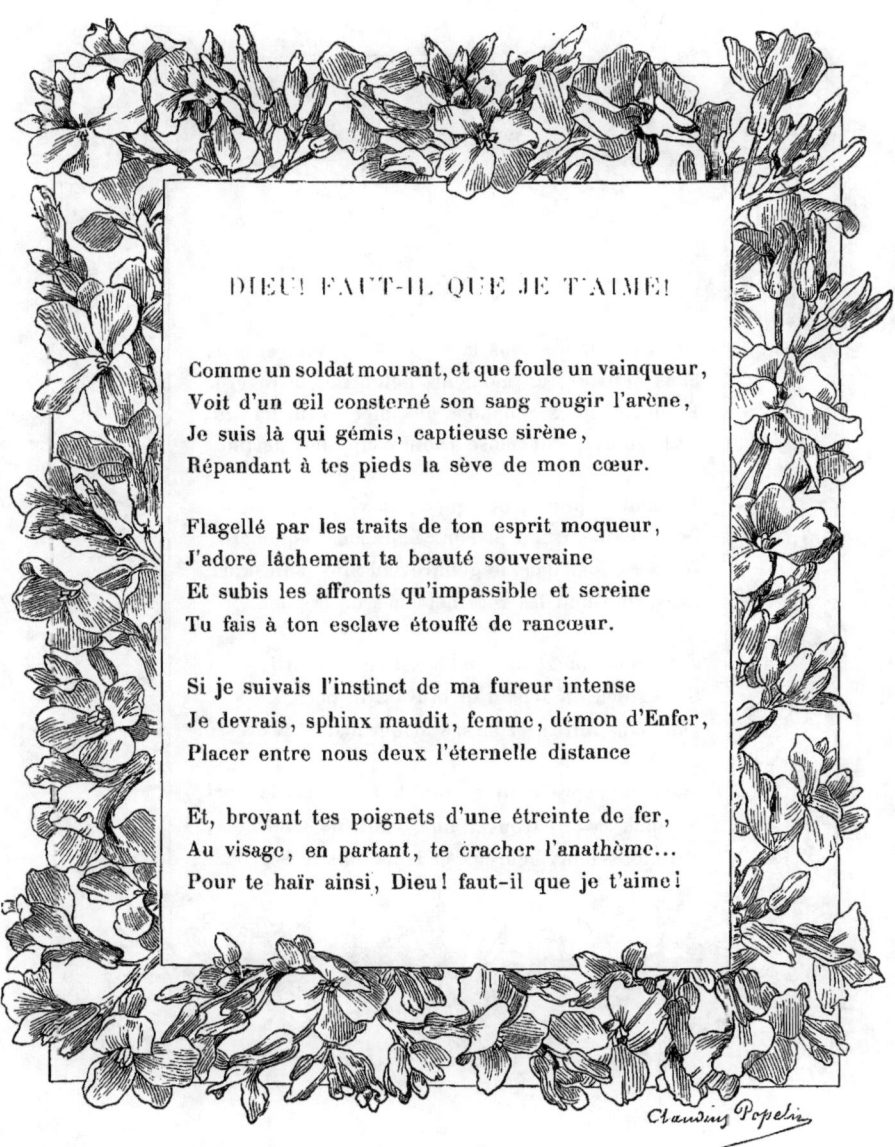

DIEU! FAUT-IL QUE JE T'AIME!

Comme un soldat mourant, et que foule un vainqueur,
Voit d'un œil consterné son sang rougir l'arène,
Je suis là qui gémis, captieuse sirène,
Répandant à tes pieds la sève de mon cœur.

Flagellé par les traits de ton esprit moqueur,
J'adore lâchement ta beauté souveraine
Et subis les affronts qu'impassible et sereine
Tu fais à ton esclave étouffé de rancœur.

Si je suivais l'instinct de ma fureur intense
Je devrais, sphinx maudit, femme, démon d'Enfer,
Placer entre nous deux l'éternelle distance

Et, broyant tes poignets d'une étreinte de fer,
Au visage, en partant, te cracher l'anathème...
Pour te haïr ainsi, Dieu! faut-il que je t'aime!

Claudius Popelin

ALLONS D'UN PAS VIRIL

Nous marchons dans la vie en côtoyant l'abîme,
Sans pouvoir, un moment, détourner le regard.
Étourdis, nous choppons aux pierres du hasard,
Et la sombre faucheuse à tout coup nous décime.

Le fatal imprévu, qui guette sa victime,
Sous les fleurs du plaisir cache son traquenard.
Nous roulons dans le gouffre, au plus petit écart,
Ainsi que font les rocs détachés de la cime.

Toutefois, mes amis, allons d'un pas viril,
Sans souci du Destin et bravant le péril
Qui, dans notre parcours, à chaque instant se dresse.

Mais sur l'âpre sentier, dont le terme est la Mort,
Si nous savons trouver une heure de tendresse,
Estimons-nous heureux et bénissons le sort.

AU CLAIR DE LA LUNE

(Bicésuré.)

Sur l'étang bleu que vient rider le vent des soirs
Séléné penche, avec amour, sa face blonde,
Et sa clarté, qui se reflète au ras de l'onde,
Met un point d'or au front mouvant des roseaux noirs.

Déjà la flore a refermé ses encensoirs.
L'oiseau se tait et le sommeil étreint le monde :
Écoute bien, tu n'entendras rien à la ronde
Que palpiter mon cœur gonflé d'ardents espoirs.

Dans une main je tiens ta main mignonne et blanche,
Mon bras te ceint, mon autre main est sur ta hanche,
Je sens ton corps, ton corps charmant tout contre moi.

Ta lèvre s'ouvre, un mot divin sur elle expire,
Mais ton regard qui laisse voir ton doux émoi,
Avant ta lèvre à mon regard a su le dire.

FORTS BLINDÉS

O vieille poudre d'Azincourt,
Reste au fond de la gargoussière!
Pour lancer un boulet plus lourd
Nous avons une autre matière.

Un blindage d'acier parcourt
Le front des bastions de pierre.
On possède un moyen très court
De mettre en miettes la meulière.

Juste Dieu! peut-être demain
Verras-tu le génie humain
Trouver l'art, à force d'étude,

De faire voler en éclats
La planète que tu bâclas
En un moment de lassitude!

PRUNAIRE.SC.

L'UNIQUE

De grâces, de splendeur les Dieux l'ont revêtue.
Le Temps n'a pas osé toucher à sa beauté.
Il faut la proclamer, en toute vérité,
Du vrai, du beau, du bien la vivante statue.

A faire des heureux son âme s'évertue ;
Son esprit, que n'atteint aucune vanité,
Est plein, comme son cœur, de générosité ;
Et ce n'est point, ici, louange rebattue.

Heureuse, triomphante, au faîte du pouvoir,
Chacun, pendant vingt ans, sans cesse a pu la voir,
Divine, rester simple et demeurer humaine.

Elle a su noblement, aussi, se résigner
Quand le malheur frappa sa race souveraine.
Cela suffit, je pense, à vous la désigner.

DUO

Ces deux pédants se sont donné
De l'encensoir par le visage :
— Monsieur, vous êtes un vrai sage.
— Monsieur, vous êtes très bien né.

— Monsieur, le monde est étonné
De votre beau poème osage.
— Monsieur, soyez, selon l'usage,
Pour vos mérites couronné.

— Monsieur, vous parlez d'abondance
Avec mesure, esprit, cadence,
Sicut magister prædicat.

— Monsieur, soyez certain qu'en somme
Je vous tiens pour un fort grand homme.
Asinus asinum fricat.

Claudius Popelin

PRUNAIRE Sc.

DEVANT SAINT PIERRE

Lorsque tu paraîtras, chargé d'ans et de gloire,
Peut-être aujourd'hui même, ou, tout au plus demain,
Devant le seuil béni de la porte d'ivoire,
Saint Pierre sera là te barrant le chemin.

Le gardien vénéré du divin territoire,
T'ordonnant de montrer et l'une et l'autre main,
T'indiquera du doigt, vieillard, la porte noire,
En les apercevant rouges de sang humain.

Et l'apôtre indulgent te dira : « Capitaine,
Va, d'abord, les laver aux eaux de la fontaine
Qui coulent à grands flots dans le sombre séjour.

N'en bois pas : tu pourrais les trouver trop amères ;
Car, sache-le, ce sont, pourvoyeur du vautour,
Les pleurs des orphelins, des veuves et des mères. »

Claudius Popelin   PRUNAIRE SC.

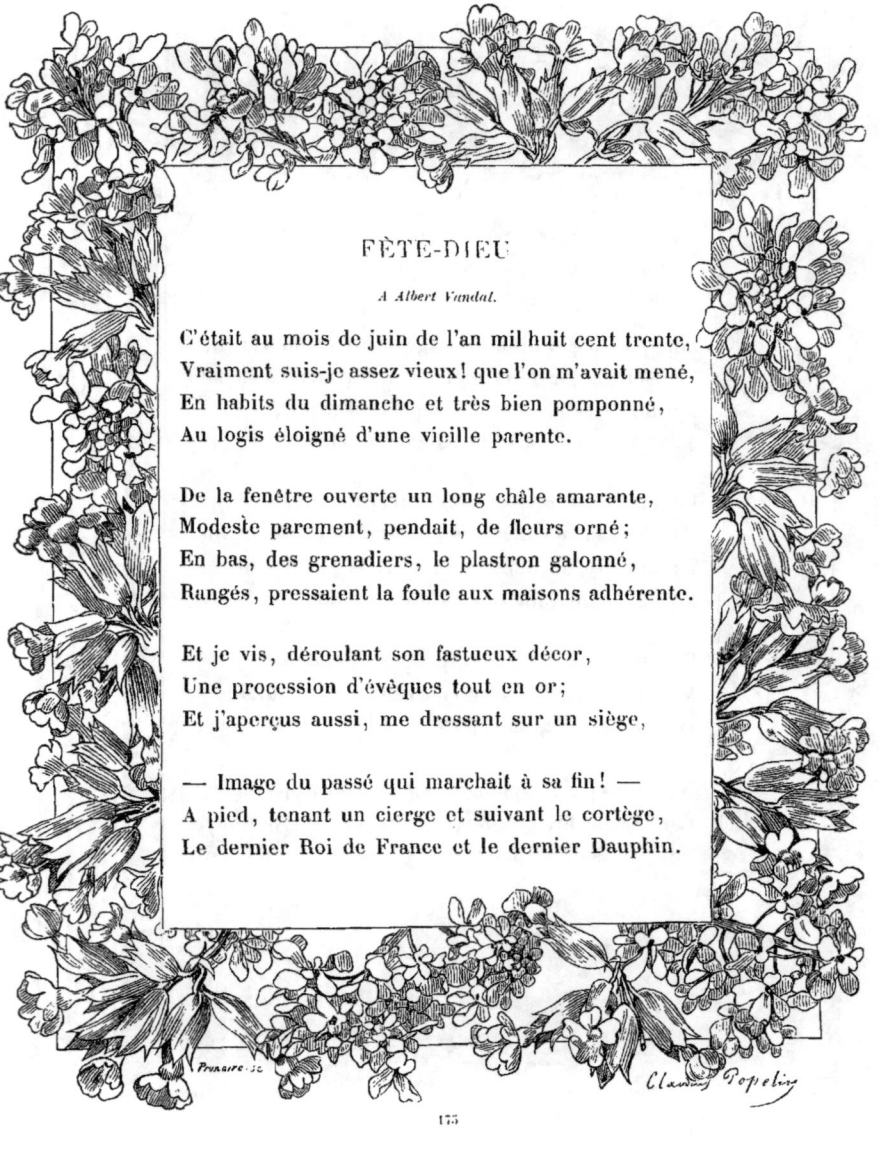

FÊTE-DIEU

A Albert Vandal.

C'était au mois de juin de l'an mil huit cent trente,
Vraiment suis-je assez vieux! que l'on m'avait mené,
En habits du dimanche et très bien pomponné,
Au logis éloigné d'une vieille parente.

De la fenêtre ouverte un long châle amarante,
Modeste parement, pendait, de fleurs orné;
En bas, des grenadiers, le plastron galonné,
Rangés, pressaient la foule aux maisons adhérente.

Et je vis, déroulant son fastueux décor,
Une procession d'évêques tout en or;
Et j'aperçus aussi, me dressant sur un siège,

— Image du passé qui marchait à sa fin! —
A pied, tenant un cierge et suivant le cortège,
Le dernier Roi de France et le dernier Dauphin.

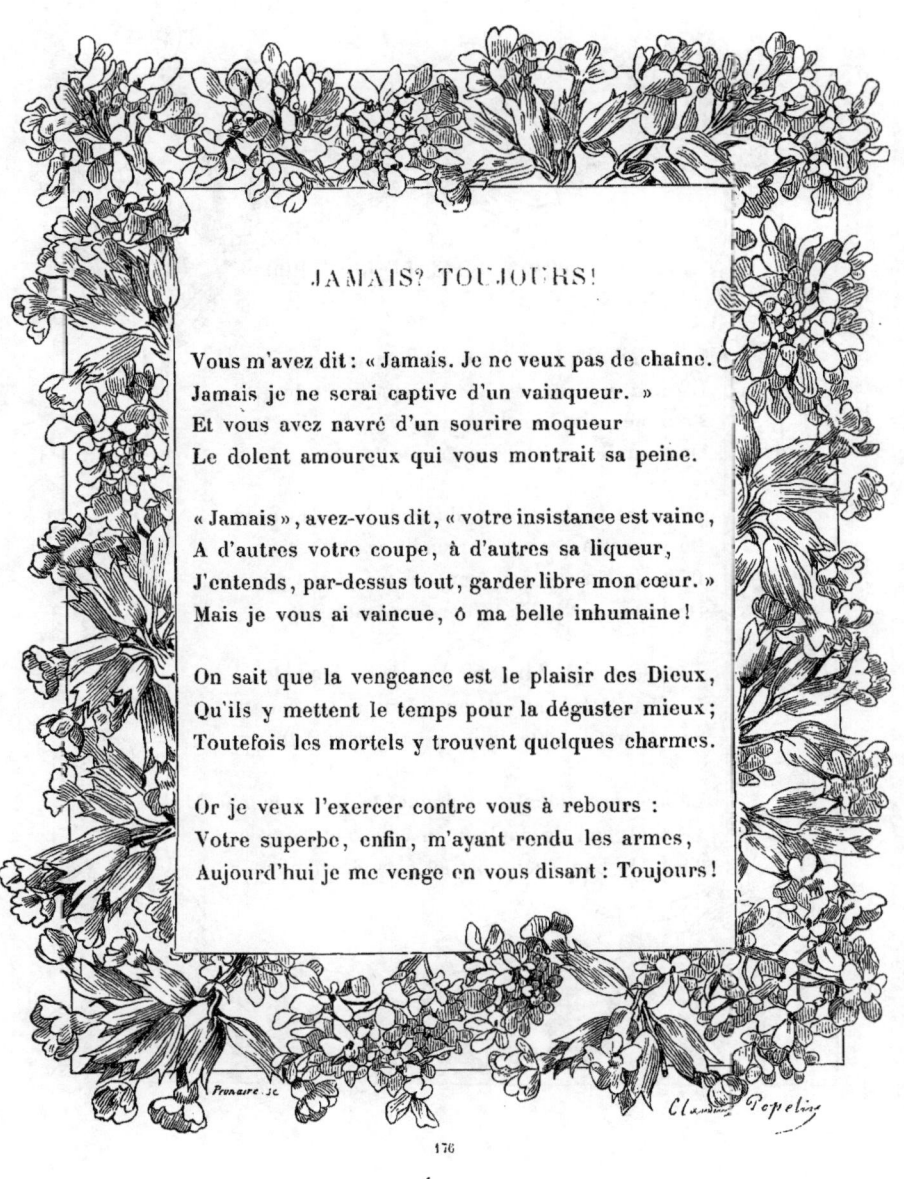

JAMAIS? TOUJOURS!

Vous m'avez dit : « Jamais. Je ne veux pas de chaine.
Jamais je ne serai captive d'un vainqueur. »
Et vous avez navré d'un sourire moqueur
Le dolent amoureux qui vous montrait sa peine.

« Jamais », avez-vous dit, « votre insistance est vaine,
A d'autres votre coupe, à d'autres sa liqueur,
J'entends, par-dessus tout, garder libre mon cœur. »
Mais je vous ai vaincue, ô ma belle inhumaine !

On sait que la vengeance est le plaisir des Dieux,
Qu'ils y mettent le temps pour la déguster mieux ;
Toutefois les mortels y trouvent quelques charmes.

Or je veux l'exercer contre vous à rebours :
Votre superbe, enfin, m'ayant rendu les armes,
Aujourd'hui je me venge en vous disant : Toujours !

Prunaire . sc   *Claudius Popelin*

L'ÉLÉPHANT BLANC DU ROI THIBO

A Armand Baschet.

Le grand éléphant blanc de Birmanie est mort!
L'esprit qu'il incarnait a regagné les astres,
Pour ne point, ici-bas, assister aux désastres
Que sur le roi Thibô précipite le sort.

L'empire anglo-saxon, du midi jusqu'au nord,
De l'ouest à l'orient, arrondit ses cadastres;
Il range sous sa loi, par son fer et ses piastres,
De la terre d'Indra le dernier contrefort.

Tout le peuple birman, désolé, se lamente.
Le divin éléphant est mort dans la tourmente
Sans pouvoir obtenir les rites dus aux Dieux!

Le monde occidental se moque! O destins sombres!
Le seul, qui de douleur en eût voilé ses yeux,
Théo, le bon Théo dort au pays des ombres.

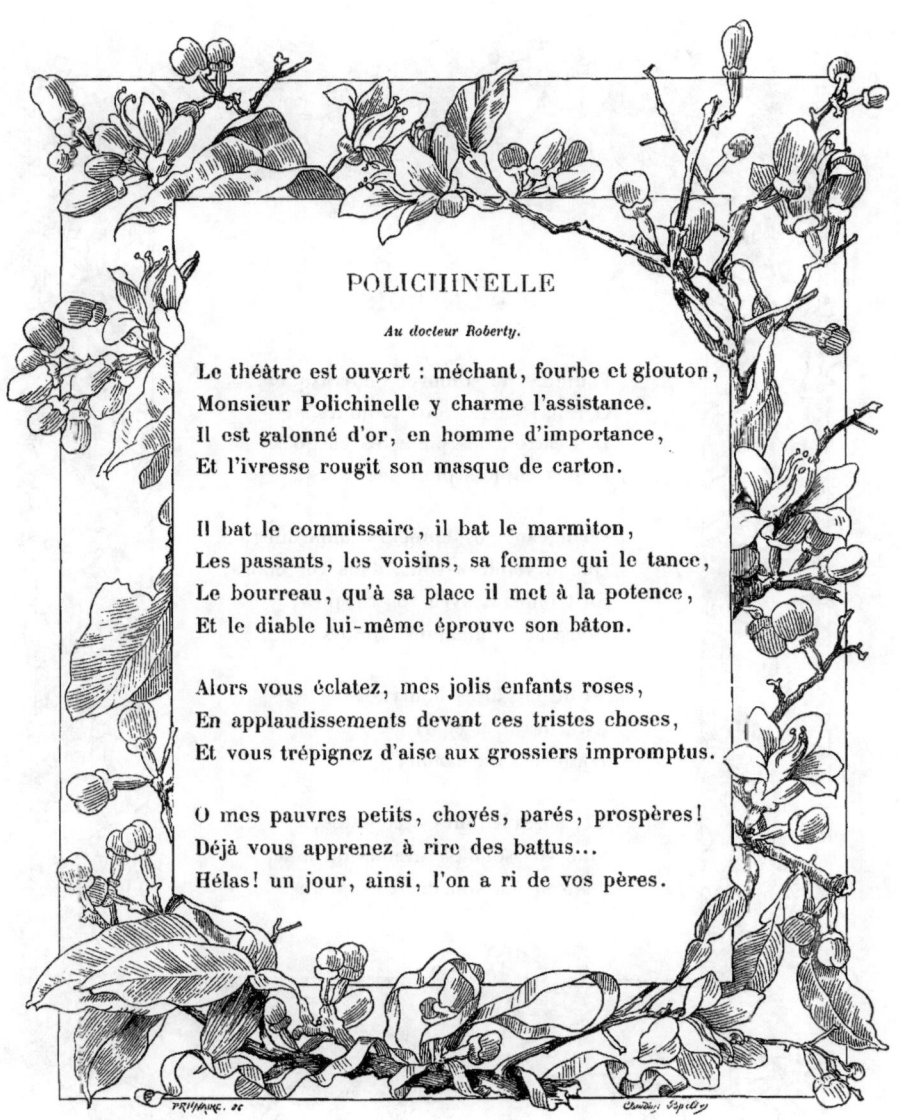

POLICHINELLE

Au docteur Roberty.

Le théâtre est ouvert : méchant, fourbe et glouton,
Monsieur Polichinelle y charme l'assistance.
Il est galonné d'or, en homme d'importance,
Et l'ivresse rougit son masque de carton.

Il bat le commissaire, il bat le marmiton,
Les passants, les voisins, sa femme qui le tance,
Le bourreau, qu'à sa place il met à la potence,
Et le diable lui-même éprouve son bâton.

Alors vous éclatez, mes jolis enfants roses,
En applaudissements devant ces tristes choses,
Et vous trépignez d'aise aux grossiers impromptus.

O mes pauvres petits, choyés, parés, prospères!
Déjà vous apprenez à rire des battus...
Hélas! un jour, ainsi, l'on a ri de vos pères.

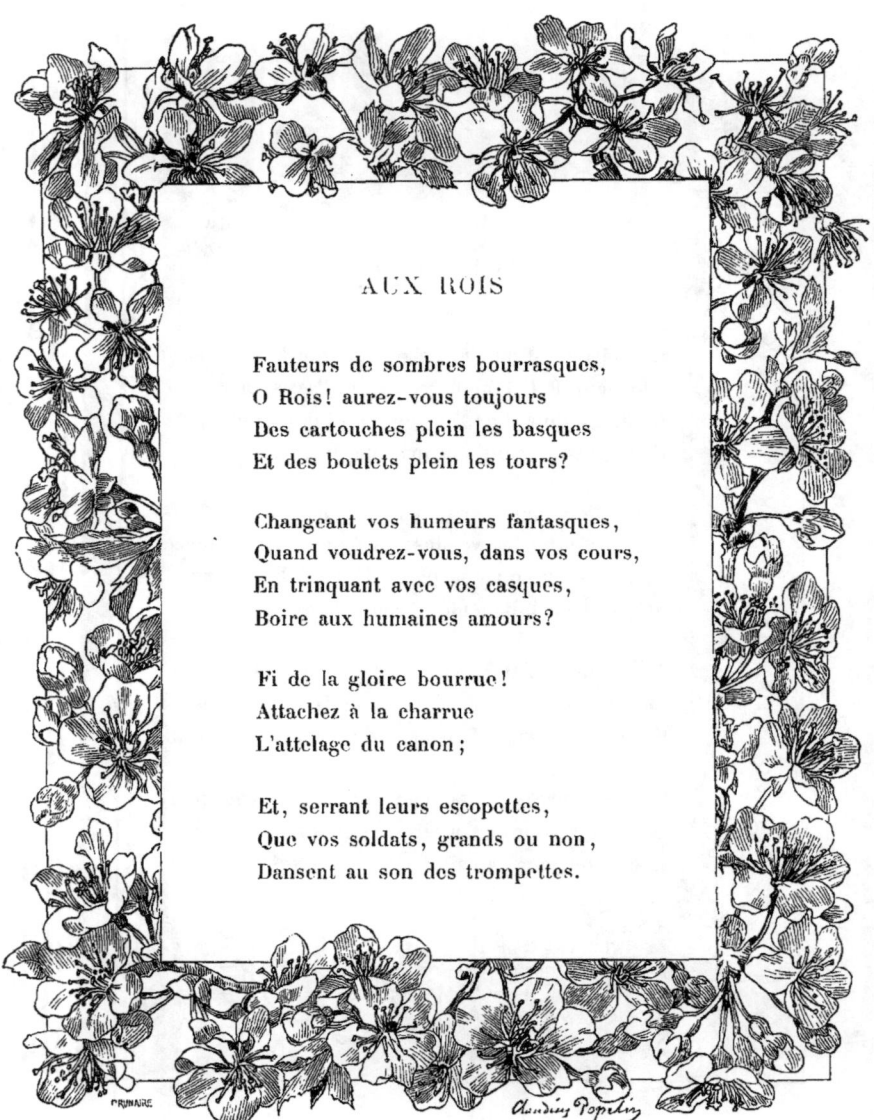

AUX ROIS

Fauteurs de sombres bourrasques,
O Rois! aurez-vous toujours
Des cartouches plein les basques
Et des boulets plein les tours?

Changeant vos humeurs fantasques,
Quand voudrez-vous, dans vos cours,
En trinquant avec vos casques,
Boire aux humaines amours?

Fi de la gloire bourrue!
Attachez à la charrue
L'attelage du canon;

Et, serrant leurs escopettes,
Que vos soldats, grands ou non,
Dansent au son des trompettes.

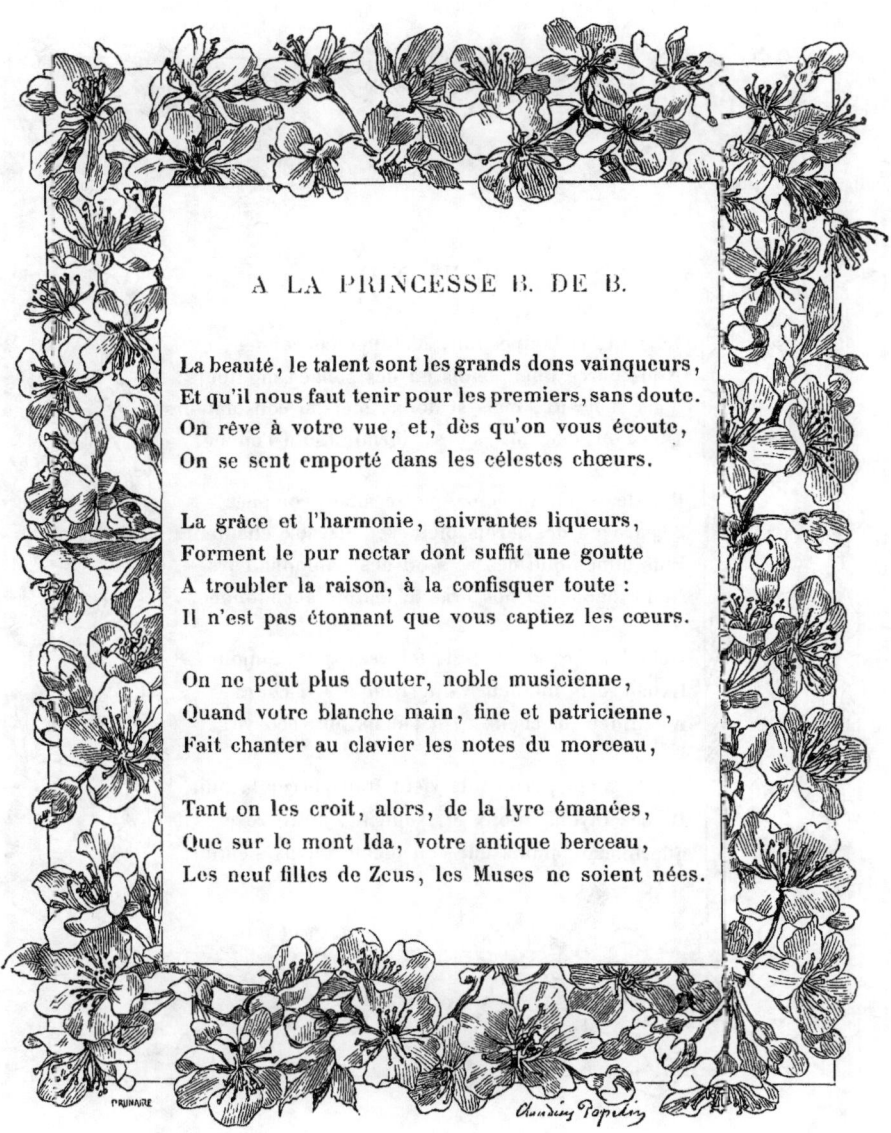

A LA PRINCESSE B. DE B.

La beauté, le talent sont les grands dons vainqueurs,
Et qu'il nous faut tenir pour les premiers, sans doute.
On rêve à votre vue, et, dès qu'on vous écoute,
On se sent emporté dans les célestes chœurs.

La grâce et l'harmonie, enivrantes liqueurs,
Forment le pur nectar dont suffit une goutte
A troubler la raison, à la confisquer toute :
Il n'est pas étonnant que vous captiez les cœurs.

On ne peut plus douter, noble musicienne,
Quand votre blanche main, fine et patricienne,
Fait chanter au clavier les notes du morceau,

Tant on les croit, alors, de la lyre émanées,
Que sur le mont Ida, votre antique berceau,
Les neuf filles de Zeus, les Muses ne soient nées.

BONA NOX

. La nuit, la bonne nuit, d'étoiles couronnée,
Nous berce quelquefois en des songes menteurs,
Mais si beaux, mais si doux, mais si consolateurs
Que l'on voudrait, alors, dormir toute l'année.

Par des sentiers fleuris notre âme promenée
S'égare en des forêts pleines d'oiseaux chanteurs.
Plus aimés que des rois ou des triomphateurs
Nous tenons en nos bras la femme abandonnée.

Hélas! pourquoi faut-il, ici-bas, que, toujours,
La chose la meilleure interrompe son cours
Au milieu du chemin, et jamais ne s'achève?

Car le matin, trop tôt, vient transpercer la nuit
De ses rayons jaloux et, soudain, notre rêve,
Effarouché comme elle, en même temps s'enfuit.

A JOSÉ-MARIA DE HEREDIA

Ta Muse magnifique en un superbe train,
Mon José-Maria, tout en chantant s'avance,
Et d'un rhythme précis marque et frappe en cadence
Le tercet redoublé sous le double quatrain.

Aux sonores éclats du vers alexandrin
La forme qu'elle évoque en strophes se condense,
Étroitement soumise à la stricte observance
Du mètre rigoureux et des rimes d'airain.

Fière comme une infante elle porte avec aise
Le manteau castillan sur la robe française,
Et ne donne à baiser sa main qu'à ses amis.

Cependant qu'à l'écart cette reine des fées
Te dicte posément le beau livre promis
Sous ce titre hautain et vainqueur : « les Trophées. »

AUX DÉTRACTEURS DES VERS

Vous méprisez les vers, la rime, la mesure,
Le langage affiné par les bons ciseleurs,
Et vous allez criblant de vos traits persifleurs
Un art que vous trouvez de futile culture.

J'en sais que la musique évidemment torture,
Il est d'honnêtes gens qui n'aiment pas les fleurs :
On ne peut discuter des goûts ni des couleurs ;
Tel est aveugle-né, tel a l'oreille dure.

Chacun sent comme il peut. Gageons que des pandours
Ne se résoudraient point à troquer leurs tambours
Contre flûtes, hautbois, harpes et cornemuses.

L'aigle fauve s'endort sur le sceptre de Zeus,
Assoupi par les chants d'Apollon et des Muses ;
Un Turc à des sonnets préfère Karagheuz.

A LECONTE DE LISLE

Vous serez couronné, cette fois, ô mon maitre !
Du laurier triomphal que vous tenez en main
Depuis que vous menez par le noble chemin
Le cortège des vers dont vous êtes le prêtre.

Voilà deux fois vingt ans sous vos pas qu'on voit naître
Le lis immaculé, la rose de carmin.
Vous étiez grand hier ; quoi qu'on fasse demain,
Certes plus qu'aujourd'hui vous ne le sauriez être.

Ah ! puissent bien longtemps vos rhythmes glorieux
Enchanter l'âme tendre et l'esprit sérieux
Que votre poésie intimement remue,

Et daignez recevoir, fier buveur d'idéal,
L'hommage que vous rend la faible voix émue
De votre admirateur et de votre féal.

DERNIER AMOUR DE CHARLEMAGNE

Grave et majestueux, sous le haut baldaquin
Il est assis; sa main victorieuse ajuste
Sa barbe blanche éparse au-devant de son buste,
Charlemagne, empereur de l'Occident latin.

Celui que Léon trois, sur le mont Palatin,
A proclamé le grand, l'invincible et le juste,
Le monarque pieux et le César auguste,
Il rêve, un vague ennui charge son front hautain.

C'est qu'il aime la fée étincelante et belle
Qui, la nuit, dans les eaux du burg d'Aix-la-Chapelle,
Chante sous le balcon du vieil Imperator;

Et la main qui soutient la sphérule du Monde,
En gage d'hyménée, à la sirène blonde
A, dans les flots muets, jeté son anneau d'or.

Brunème.sc.   Claudius Popelin

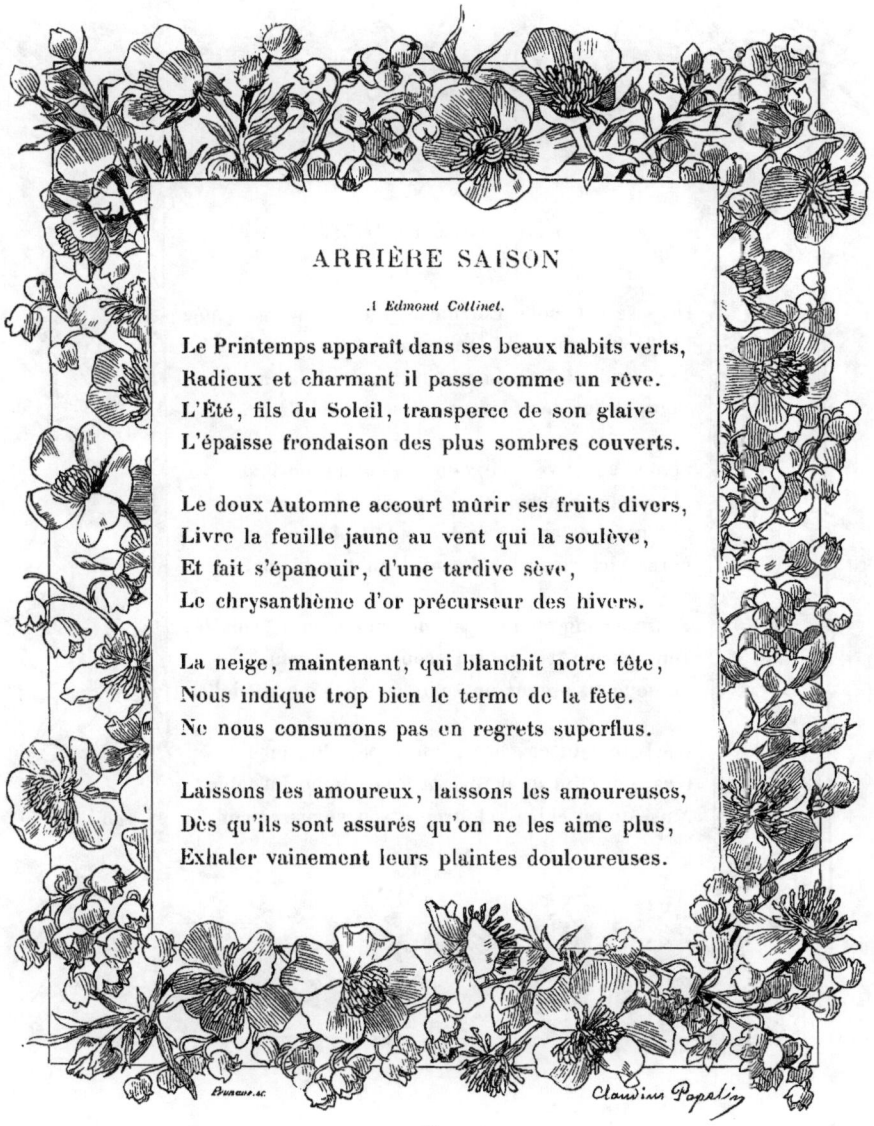

ARRIÈRE SAISON

A Edmond Collinet.

Le Printemps apparaît dans ses beaux habits verts,
Radieux et charmant il passe comme un rêve.
L'Été, fils du Soleil, transperce de son glaive
L'épaisse frondaison des plus sombres couverts.

Le doux Automne accourt mûrir ses fruits divers,
Livre la feuille jaune au vent qui la soulève,
Et fait s'épanouir, d'une tardive sève,
Le chrysanthème d'or précurseur des hivers.

La neige, maintenant, qui blanchit notre tête,
Nous indique trop bien le terme de la fête.
Ne nous consumons pas en regrets superflus.

Laissons les amoureux, laissons les amoureuses,
Dès qu'ils sont assurés qu'on ne les aime plus,
Exhaler vainement leurs plaintes douloureuses.

Bruneau.sc.   Claudius Popelin

CRUELLE ÉNIGME

A Louis Ganderax.

Dans sa « Cruelle Énigme », où le héros se pâme
Et, lâchement trahi, rallume son tison
Aux cendres d'un amour qui confond la raison,
Bourget sut dérouler un pli secret de l'âme.

Contre son livre, en vain, la morale déclame
Et conclut gravement en sa péroraison :
Qui ne s'est enivré de ton subtil poison,
Force victorieuse, ô Beauté ! qu'il le blâme.

Tous ne comprennent pas, ne sentent point, vois-tu,
Ton charme triomphant, souveraine vertu,
Lorsque tu prends un cœur comme une citadelle.

L'artiste seul en fait sa joie et son tourment;
C'est pour lui qu'il revient à la femme infidèle,
Ainsi qu'un chien retourne à son vomissement.

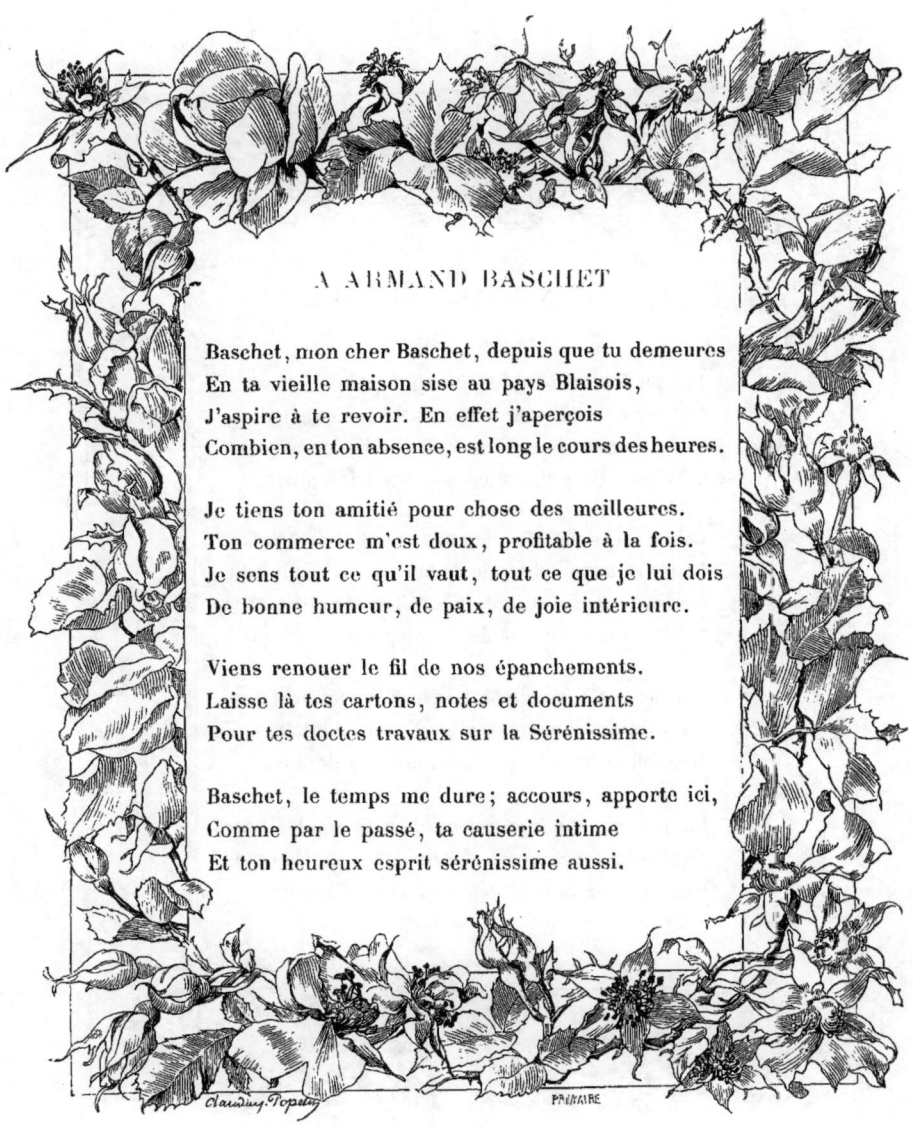

A ARMAND BASCHET

Baschet, mon cher Baschet, depuis que tu demeures
En ta vieille maison sise au pays Blaisois,
J'aspire à te revoir. En effet j'aperçois
Combien, en ton absence, est long le cours des heures.

Je tiens ton amitié pour chose des meilleures.
Ton commerce m'est doux, profitable à la fois.
Je sens tout ce qu'il vaut, tout ce que je lui dois
De bonne humeur, de paix, de joie intérieure.

Viens renouer le fil de nos épanchements.
Laisse là tes cartons, notes et documents
Pour tes doctes travaux sur la Sérénissime.

Baschet, le temps me dure; accours, apporte ici,
Comme par le passé, ta causerie intime
Et ton heureux esprit sérénissime aussi.

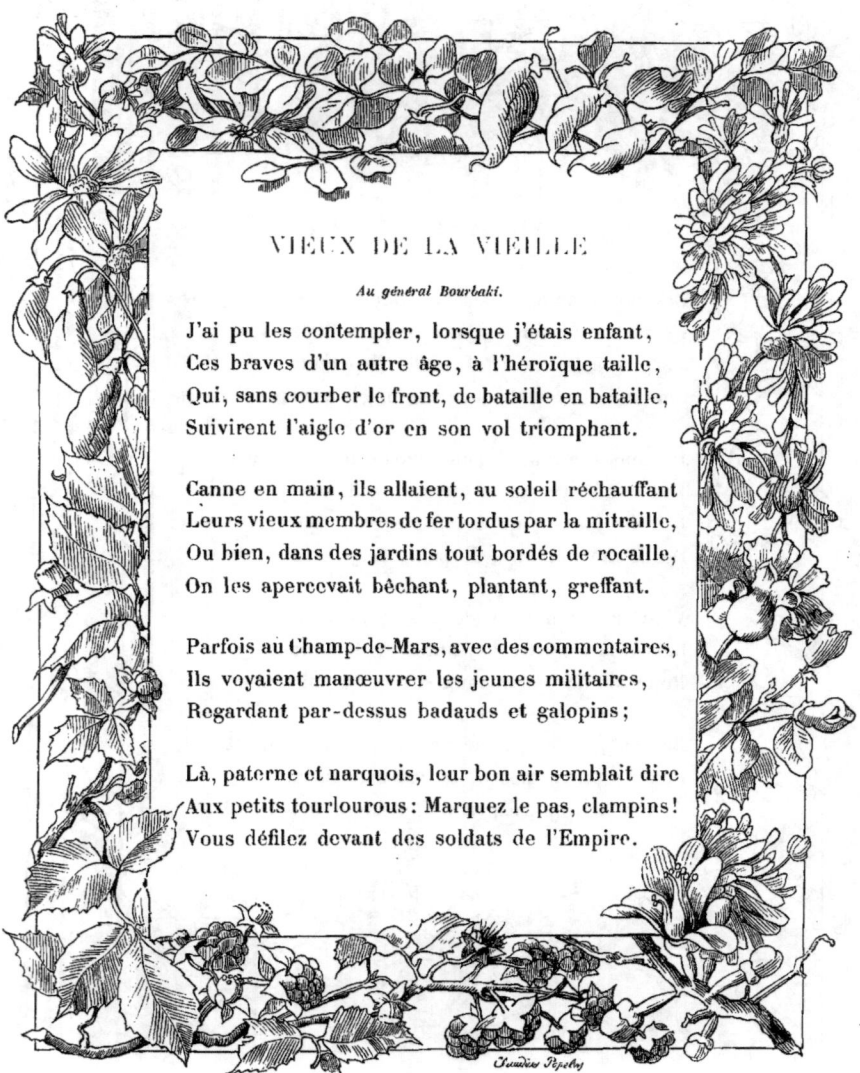

VIEUX DE LA VIEILLE

Au général Bourbaki.

J'ai pu les contempler, lorsque j'étais enfant,
Ces braves d'un autre âge, à l'héroïque taille,
Qui, sans courber le front, de bataille en bataille,
Suivirent l'aigle d'or en son vol triomphant.

Canne en main, ils allaient, au soleil réchauffant
Leurs vieux membres de fer tordus par la mitraille,
Ou bien, dans des jardins tout bordés de rocaille,
On les apercevait bêchant, plantant, greffant.

Parfois au Champ-de-Mars, avec des commentaires,
Ils voyaient manœuvrer les jeunes militaires,
Regardant par-dessus badauds et galopins ;

Là, paterne et narquois, leur bon air semblait dire
Aux petits tourlourous : Marquez le pas, clampins !
Vous défilez devant des soldats de l'Empire.

189

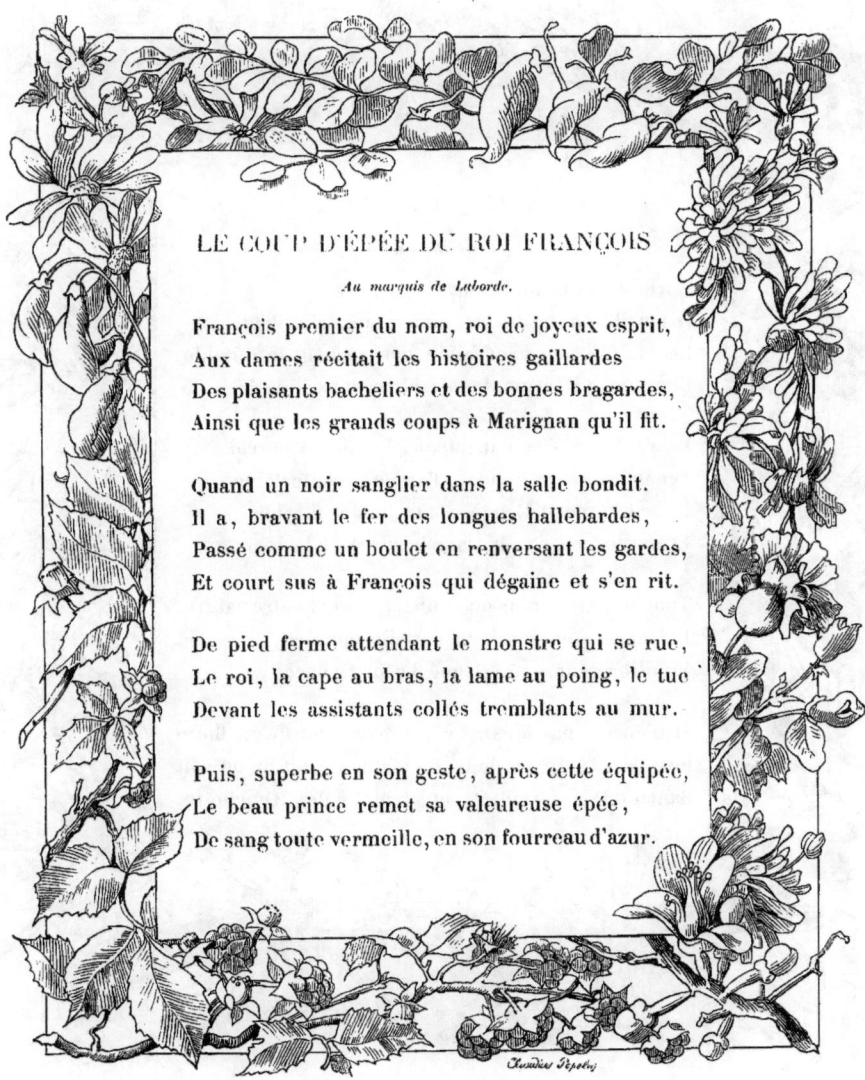

LE COUP D'ÉPÉE DU ROI FRANÇOIS

Au marquis de Laborde.

François premier du nom, roi de joyeux esprit,
Aux dames récitait les histoires gaillardes
Des plaisants bacheliers et des bonnes bragardes,
Ainsi que les grands coups à Marignan qu'il fit.

Quand un noir sanglier dans la salle bondit.
Il a, bravant le fer des longues hallebardes,
Passé comme un boulet en renversant les gardes,
Et court sus à François qui dégaine et s'en rit.

De pied ferme attendant le monstre qui se rue,
Le roi, la cape au bras, la lame au poing, le tue
Devant les assistants collés tremblants au mur.

Puis, superbe en son geste, après cette équipée,
Le beau prince remet sa valeureuse épée,
De sang toute vermeille, en son fourreau d'azur.

MAITRE ET VALET

A Victorien Sardou.

Épris de la beauté dont il est le féal,
Insensible aux saisons, courageux, charitable,
Le maître, doux au faible, au méchant intraitable,
Chevauche Rossinante, en plein dans l'idéal.

Bravant, sous son manteau, le souffle boréal,
Tenant, sur un baudet, l'assiette confortable,
Le valet, positif, pense au gite, à la table
Et garde, en son bissac, le vivre et le réal.

Tout homme a, plus ou moins, l'une et l'autre nature.
La sagesse en serait la parfaite mixture,
Équilibre suprême et que l'esprit conçoit.

Il n'en est pas ainsi. Le malheur veut qu'on flotte
Sans cesse entre les deux. Le malheur veut qu'on soit
Sancho Pansa, tantôt, et, tantôt, don Quichotte.

Claudius Popelin

LE ROI

A Gaston Jollivet.

Monseigneur saint Louis, qui fut juste et fut preux,
A Joinville, un beau jour, ordonna de lui dire
Ce qu'entre ces deux maux il penserait élire :
Pécher mortellement ou bien être lépreux.

« Plutôt trente péchés et pas ce mal affreux! »
Répondit franchement, aussitôt, le bon sire.
« Sénéchal, » fit le Roi, « vous avez voulu rire,
Ou c'est propos de fol à l'esprit ténébreux.

Mourir guérit le corps de toute maladie ;
Mais la mort, qui prend l'âme au forfait enlaidie,
La livre au feu d'enfer du diable suborneur. »

On ne pouvait tenir un plus sensé langage.
En place du péché mettez le déshonneur,
C'est ainsi, de nos jours, que parlerait le sage.

192

LA REINE

A Robert de Bonnières.

Les mécréants maudits ont pris le Roi de France,
La fleur de ses barons est mise à malemort.
La Reine, dans Damiette, instruite de son sort,
S'abandonne, éplorée, à la désespérance.

Les Sarrasins viendront, selon toute apparence.
Cette affreuse et sinistre attente au cœur la mord,
Et, devant un vieillard calmant son déconfort,
Elle dit, à genoux, dans son horrible transe :

« O loyal serviteur du Christ et de sa foi,
Par l'enfant que je porte en mon sein, jurez-moi,
Plutôt que des païens je ne sois la conquête,

Plutôt que je ne serve à leurs méchants projets,
Beau sire chevalier, de me couper la tête ! »
Et le vieux lui répond : « Madame, j'y songeais. »

VOULOIR VIVRE ET SAVOIR MOURIR

A Paul Bourget.

Sur le sable doux et fin d'une arène
L'homme ne va pas en un char assis;
Mais, dans une étroite et frêle carène,
Il est le jouet d'un sort indécis.

Qu'il s'émeuve ou bien qu'il se rassérène,
Il doit, matelot aux nerfs endurcis,
Pour doubler l'écueil ou fuir la sirène,
Unir le courage à l'esprit rassis.

Pousser des hélas! rêver aux étoiles
Au lieu de hisser ou carguer les voiles
N'est pas le moyen pour lui d'atterrir.

Suspendre l'effort c'est perdre la carte.
Comme sagement l'a dit Bonaparte :
« Il faut vouloir vivre et savoir mourir. »

VÆ SOLIS

A Auguste Daubrée.

L'homme, seul, est maudit, sa vie est lamentable.
Malheur à qui n'est point doublé d'un être humain.
L'égoïste, ici-bas, n'a qu'une joie instable,
Et sa félicité n'a pas de lendemain.

Malheur à qui s'assied solitaire à sa table.
Malheur à qui n'a mis sa main dans une main,
A qui n'est généreux, à qui n'est charitable,
A qui, sans compagnon, marche par le chemin.

Malheur à l'insensé qui jamais ne partage
La moisson de son cœur ou de son héritage,
Et sur un sort chéri n'a reposé son sort.

Soyons amis, soyons amants, soyons apôtres.
Celui qui ne vit pas pour quelqu'un n'est qu'un mort.
Le vrai bonheur n'est fait que du bonheur des autres.

Prunaire sc   *Claudius Popelin*

LE RÊVEUR

Je ne suis qu'un rêveur, on me l'a dit souvent.
Je marche dans le bleu, j'avance dans la vie,
Prenant part aux banquets où l'esprit me convie,
Sans rien demander plus au Destin décevant.

Libre d'ambitions et les cheveux au vent,
Je me laisse entraîner par mon âme ravie,
Sans m'écarter jamais d'une ligne suivie
A travers l'idéal dont je suis le fervent.

Je dérobe à la nue et j'emprunte à la vague
Le subtil élément, pensée ou forme vague
Que je mets dans le rhythme et le contour précis.

Mon rêve étant très doux je n'en suis pas plus triste.
Oui, je suis un rêveur, ce qu'en termes concis
On appelle, ici-bas, un poète, un artiste.

Prunaire. sc   *Claudius Popelin.*

LE PREMIER JUIN

Au baron Larrey.

Tu voulais que l'on dit : Il est brave, l'enfant.
Ton cœur se repaissait d'une noble espérance :
Tu brûlais d'emporter l'estime de la France,
Pour elle tu rêvais l'avenir triomphant.

Au noir pays lointain que foule l'éléphant
Tu courus, plein d'ardeur et de mâle assurance.
Là tu devais subir, par funeste occurrence,
L'arrêt du sort fatal dont rien ne nous défend.

Quand tu vis se dresser l'embuscade sauvage
La mort n'ébranla pas ton sublime courage,
Et ce fut par devant que tu reçus son choc.

Car, sans doute, à cette heure, au travers de l'Afrique
L'ombre du grand César, errante sur son roc,
T'apparut souriante, ô jeune homme héroïque!

Claudius Popelin

LE VÉTÉRAN

A Jacques Madeleine.

Doux pâtre d'Arcadie, au sonore pipeau,
Qui m'offres cette idylle où tressaille ton être,
Pour te dire merci, de ma flûte champêtre
Je veux, exprès pour toi, tirer un air nouveau.

Elle n'est plus agile au long du chalumeau
La main du vieux Tityre oublié sous son hêtre ;
Mais l'ancien barde chante, ainsi que l'ancien reître
Aime encore à traîner son bancal au fourreau.

C'est un fait. Pour si peu que l'occasion s'offre,
Le vétéran chenu retire de son coffre
Un uniforme usé qu'avec orgueil il met.

Serré dans le dolman qu'un or fané soutache,
En marchant il balance un antique plumet
Et de la jambe il bat la folle sabretache.

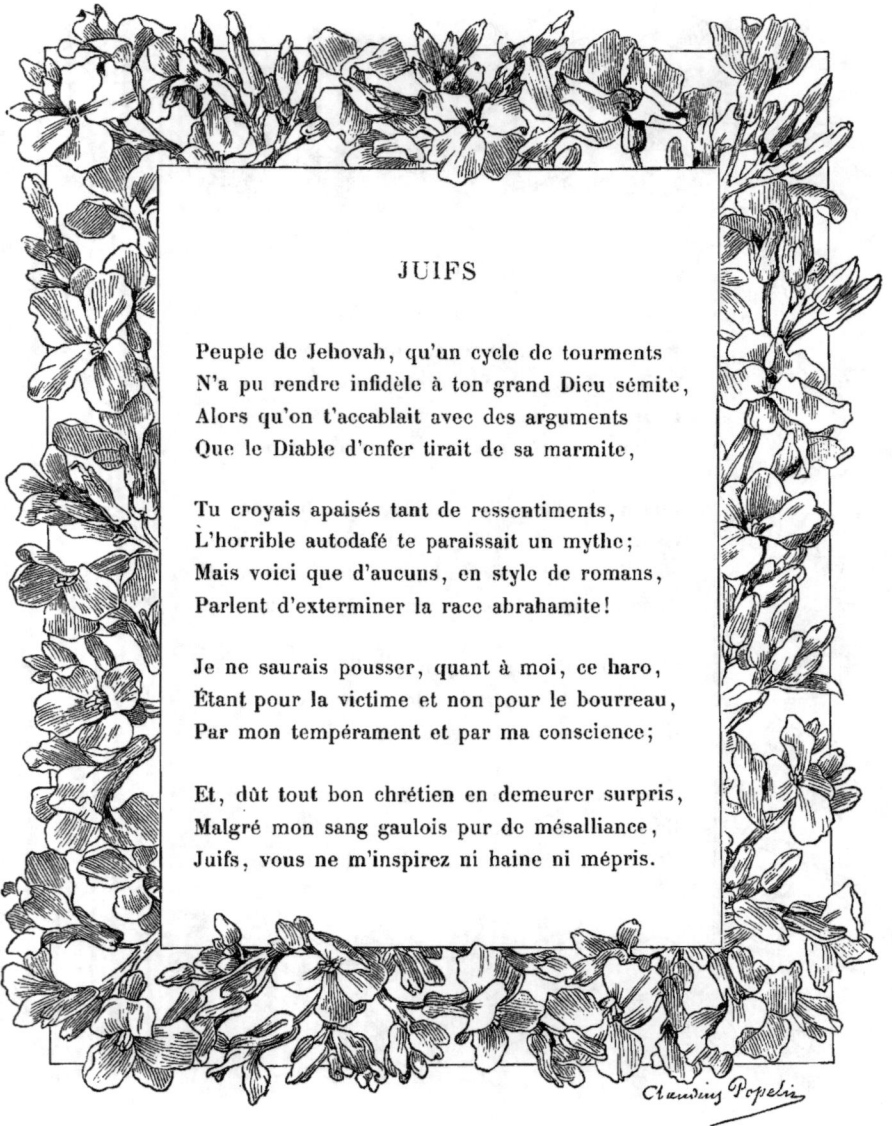

JUIFS

Peuple de Jehovah, qu'un cycle de tourments
N'a pu rendre infidèle à ton grand Dieu sémite,
Alors qu'on t'accablait avec des arguments
Que le Diable d'enfer tirait de sa marmite,

Tu croyais apaisés tant de ressentiments,
L'horrible autodafé te paraissait un mythe;
Mais voici que d'aucuns, en style de romans,
Parlent d'exterminer la race abrahamite!

Je ne saurais pousser, quant à moi, ce haro,
Étant pour la victime et non pour le bourreau,
Par mon tempérament et par ma conscience;

Et, dût tout bon chrétien en demeurer surpris,
Malgré mon sang gaulois pur de mésalliance,
Juifs, vous ne m'inspirez ni haine ni mépris.

Claudius Popelin

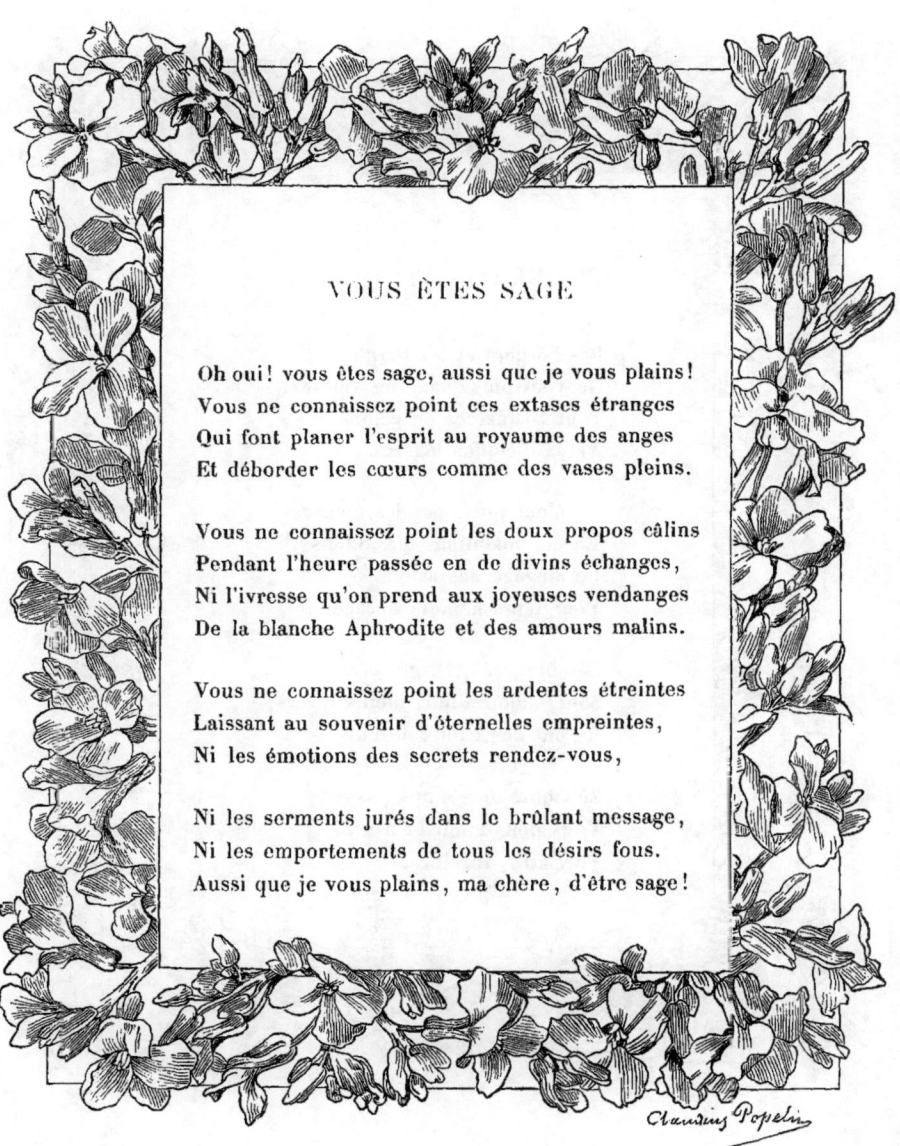

VOUS ÊTES SAGE

Oh oui! vous êtes sage, aussi que je vous plains!
Vous ne connaissez point ces extases étranges
Qui font planer l'esprit au royaume des anges
Et déborder les cœurs comme des vases pleins.

Vous ne connaissez point les doux propos câlins
Pendant l'heure passée en de divins échanges,
Ni l'ivresse qu'on prend aux joyeuses vendanges
De la blanche Aphrodite et des amours malins.

Vous ne connaissez point les ardentes étreintes
Laissant au souvenir d'éternelles empreintes,
Ni les émotions des secrets rendez-vous,

Ni les serments jurés dans le brûlant message,
Ni les emportements de tous les désirs fous.
Aussi que je vous plains, ma chère, d'être sage!

Claudius Popelin

TURELAIRE, TURELURE

Les bergers et les bergères
Ne vont plus, dans les vallons,
Tout chamarrés de galons,
Vêtus d'étoffes légères.

Ils n'ont plus, par les fougères,
En des maintiens d'Apollons,
Le langage des salons
Pour leurs amours bocagères.

Les bergères, les bergers
Sont, aujourd'hui, moins légers,
Ils ont des habits de bure.

Zélateurs des temps passés,
Vous nous ennuyez assez !
Turelaire, turelure.

A QUELQUES-UNS

Poètes sans l'idée, artistes acrobates,
Rivaux, aux carrefours, des hercules forains,
Pitres et bateleurs frappant des tambourins
Pour attirer les sous dans le creux de vos jattes,

La Muse ne va pas visiter vos pénates,
On ne la vit jamais sourire aux Tabarins ;
Elle a pour les tréteaux des mépris souverains
Et repousse du pied les vulgarités plates.

Faiseurs de tours de force, en ses productions,
Votre art fuit la pensée et les émotions,
Hostile au sentiment comme aux choses bénies ;

Et bien que vous sachiez marcher la tête en bas,
Ne vous estimez point de surprenants génies,
Car les singes font mieux et ne s'en vantent pas.

TAÏAUT!

Vingt-cinq ou trente et plus, ils se sont assemblés,
Bien montés, bien armés, en habit d'écarlate.
Les Allemands au loin seraient-ils signalés,
Qu'une mâle vertu sur leur visage éclate?

Que font tous ces valets, tous ces chiens découplés,
Et ces gaillards portant la trompe à l'omoplate?
Un cerf est l'ennemi! Courez, chevaux, volez!
C'est la chasse, la chasse où le cœur se dilate!

L'animal effaré tombe tremblant et las.
Le plus noble seigneur tire son coutelas;
Et voici, maintenant, le bouquet de la fête :

Il va droit au vaincu. Sans se laisser toucher,
Il vous l'égorge aussi proprement qu'un boucher.
Cette belle action se dit : servir la bête.

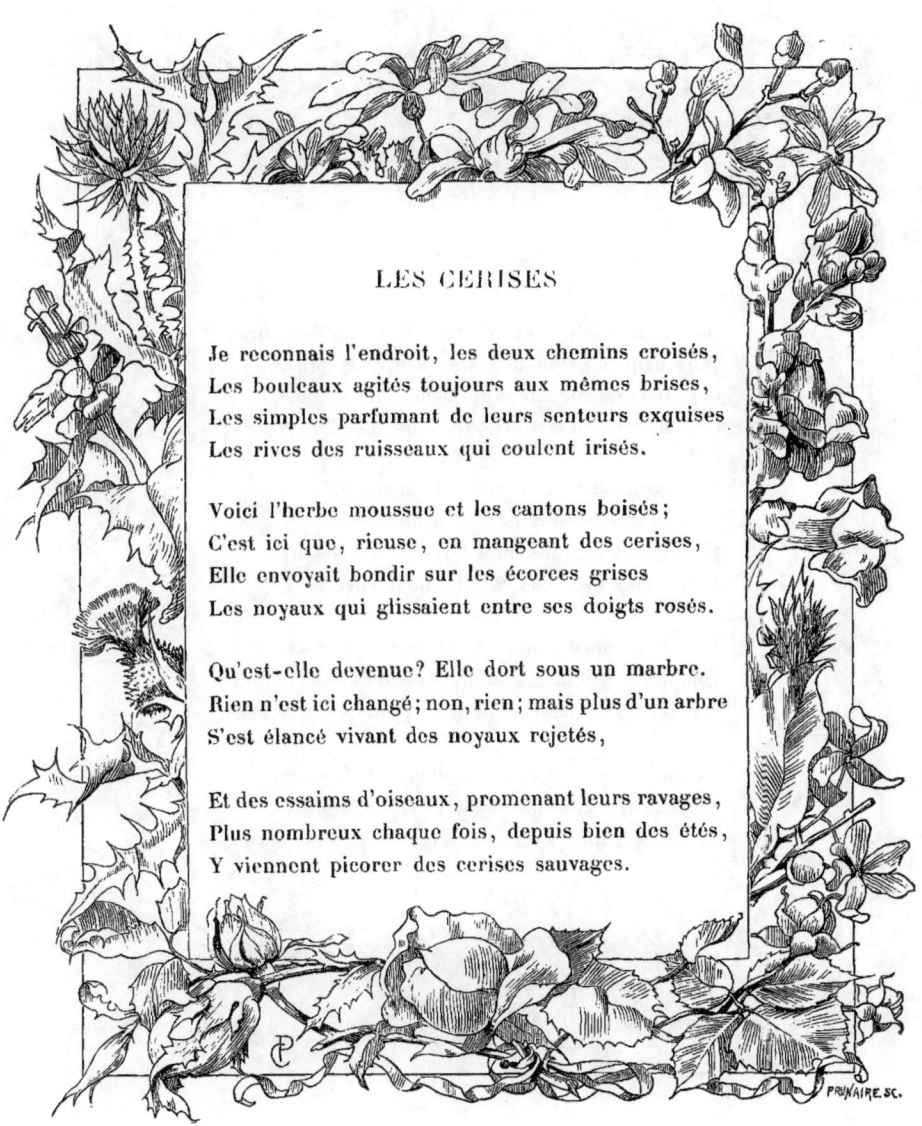

LES CERISES

Je reconnais l'endroit, les deux chemins croisés,
Les bouleaux agités toujours aux mêmes brises,
Les simples parfumant de leurs senteurs exquises
Les rives des ruisseaux qui coulent irisés.

Voici l'herbe moussue et les cantons boisés ;
C'est ici que, rieuse, en mangeant des cerises,
Elle envoyait bondir sur les écorces grises
Les noyaux qui glissaient entre ses doigts rosés.

Qu'est-elle devenue ? Elle dort sous un marbre.
Rien n'est ici changé ; non, rien ; mais plus d'un arbre
S'est élancé vivant des noyaux rejetés,

Et des essaims d'oiseaux, promenant leurs ravages,
Plus nombreux chaque fois, depuis bien des étés,
Y viennent picorer des cerises sauvages.

LA NEIGE

On songe tristement, parfois, dans sa demeure,
Sans trop pouvoir au juste en dire la raison.
Cela dépend du temps qu'il fait, de la saison,
Cela dépend aussi du jour, aussi de l'heure.

Il neige, ma pensée en ce moment effleure
Des fantômes amis perdus à l'horizon.
Ils se sont envolés bien loin de la maison,
Emportant avec eux la joie antérieure.

Ils ont disparu tous, entrainés par le sort,
Quelques-uns dans l'oubli, les autres dans la mort.
O neige ! ô blanche neige ! il me plait que tu tombes.

Verse, verse sur eux tes pleurs cristallisés,
Et jette ton linceul en plumes de colombes
Sur le sol où, jadis, leurs pieds se sont posés.

Claudius Popelin

PRUNAIRE SC.

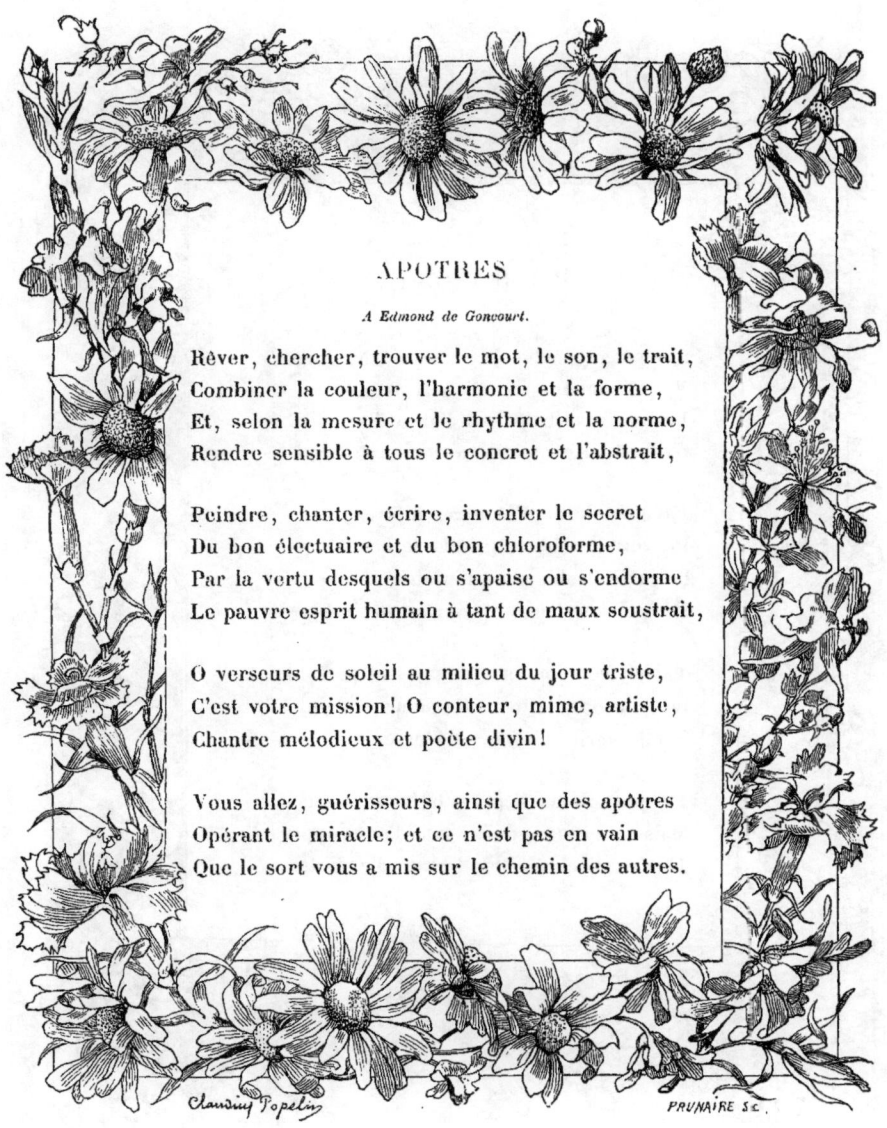

APOTRES

A Edmond de Goncourt.

Rêver, chercher, trouver le mot, le son, le trait,
Combiner la couleur, l'harmonie et la forme,
Et, selon la mesure et le rhythme et la norme,
Rendre sensible à tous le concret et l'abstrait,

Peindre, chanter, écrire, inventer le secret
Du bon électuaire et du bon chloroforme,
Par la vertu desquels ou s'apaise ou s'endorme
Le pauvre esprit humain à tant de maux soustrait,

O verseurs de soleil au milieu du jour triste,
C'est votre mission! O conteur, mime, artiste,
Chantre mélodieux et poète divin!

Vous allez, guérisseurs, ainsi que des apôtres
Opérant le miracle; et ce n'est pas en vain
Que le sort vous a mis sur le chemin des autres.

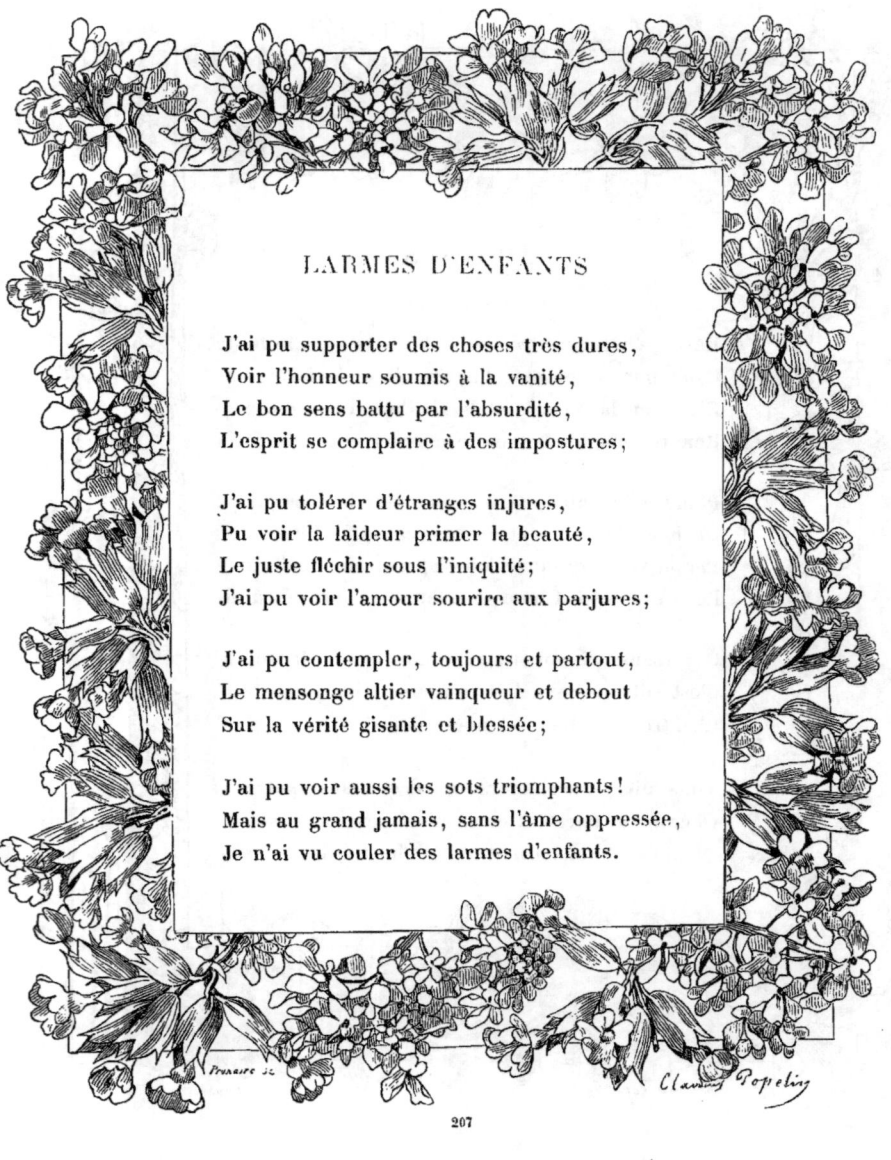

LARMES D'ENFANTS

J'ai pu supporter des choses très dures,
Voir l'honneur soumis à la vanité,
Le bon sens battu par l'absurdité,
L'esprit se complaire à des impostures;

J'ai pu tolérer d'étranges injures,
Pu voir la laideur primer la beauté,
Le juste fléchir sous l'iniquité;
J'ai pu voir l'amour sourire aux parjures;

J'ai pu contempler, toujours et partout,
Le mensonge altier vainqueur et debout
Sur la vérité gisante et blessée;

J'ai pu voir aussi les sots triomphants!
Mais au grand jamais, sans l'âme oppressée,
Je n'ai vu couler des larmes d'enfants.

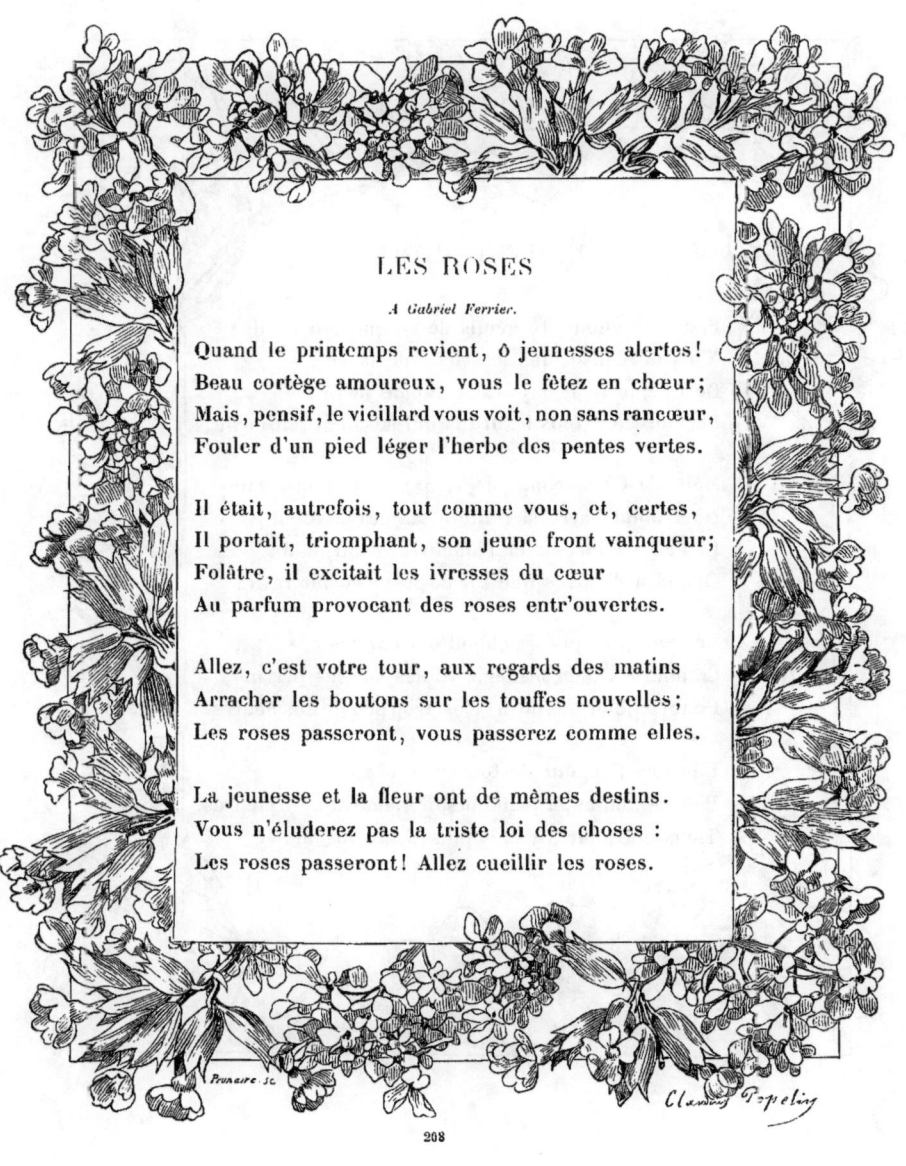

LES ROSES

A Gabriel Ferrier.

Quand le printemps revient, ô jeunesses alertes !
Beau cortège amoureux, vous le fêtez en chœur ;
Mais, pensif, le vieillard vous voit, non sans rancœur,
Fouler d'un pied léger l'herbe des pentes vertes.

Il était, autrefois, tout comme vous, et, certes,
Il portait, triomphant, son jeune front vainqueur ;
Folâtre, il excitait les ivresses du cœur
Au parfum provocant des roses entr'ouvertes.

Allez, c'est votre tour, aux regards des matins
Arracher les boutons sur les touffes nouvelles ;
Les roses passeront, vous passerez comme elles.

La jeunesse et la fleur ont de mêmes destins.
Vous n'éluderez pas la triste loi des choses :
Les roses passeront ! Allez cueillir les roses.

PAUVRE HOMME!

Pauvre homme, tu gémis de ce que ton destin
N'a pas réalisé tous les vœux de ta vie,
De ce que tu n'as pas, au rapide festin,
Pu mordre à tous les fruits qui faisaient ton envie;

Mais c'est beaucoup, déjà, que le sort incertain
N'ait point barré la route à ta course suivie,
Et t'ait voulu donner l'amour dès ton matin,
Quand à d'autres que toi la grâce en fut ravie.

Les ans précipités s'effondrent sur les ans,
Comme les flots blanchis roulés sur les brisans;
Pour combler nos désirs c'est trop peu de nos heures.

Réprime l'appétit de ton cœur affamé,
Pauvre homme, et quand au soir il faudra que tu meures,
Tiens-toi pour satisfait puisque tu fus aimé.

27

ARS LONGA

A Élie Delaunay.

L'Art est long. Il commande un esprit ferme et grave,
Les efforts de l'étude et de la volonté,
L'affinement des sens, l'ardeur, la probité,
Le travail patient, le cœur solide et brave.

L'adepte le pratique à travers mainte entrave ;
Courageux, il poursuit l'austère vérité
Dans l'espoir de lever ton saint voile, ô Beauté !
Cela qu'il peigne ou chante, écrive, sculpte ou grave.

On le retrouve encore, athlète en cheveux blancs,
Acceptant le combat et se ceignant les flancs
Pour saisir le relief, le contour, la métrique.

Alors il fait beau voir de jeunes polissons,
Échappés depuis peu du banc de rhétorique,
Très doctoralement lui donner des leçons.

SUR LA MORT DE BAUDRY

A Léon Gérôme.

Le meilleur de nous tous, hélas! s'en est allé.
Rien ne lui restait plus à faire pour sa gloire.
La Renommée avait, sur la stèle d'ivoire,
Déjà gravé son nom dans le ciel étoilé.

Il était, le bon maître, au labeur attelé
Quand il a vu venir à lui la Parque noire.
C'en est fait! Désormais l'éternelle Mémoire
Ici-bas veillera sur son tombeau scellé.

Ainsi les morts vont vite! et le rigide archange,
Qui préside aux destins, décime la phalange.
Tenons-nous donc, ami, serrés étroitement.

Menons, l'âme hautaine et de crainte affranchie,
Notre œuvre jusqu'au bout, et levons fièrement,
Comme de vieux soldats, notre tête blanchie.

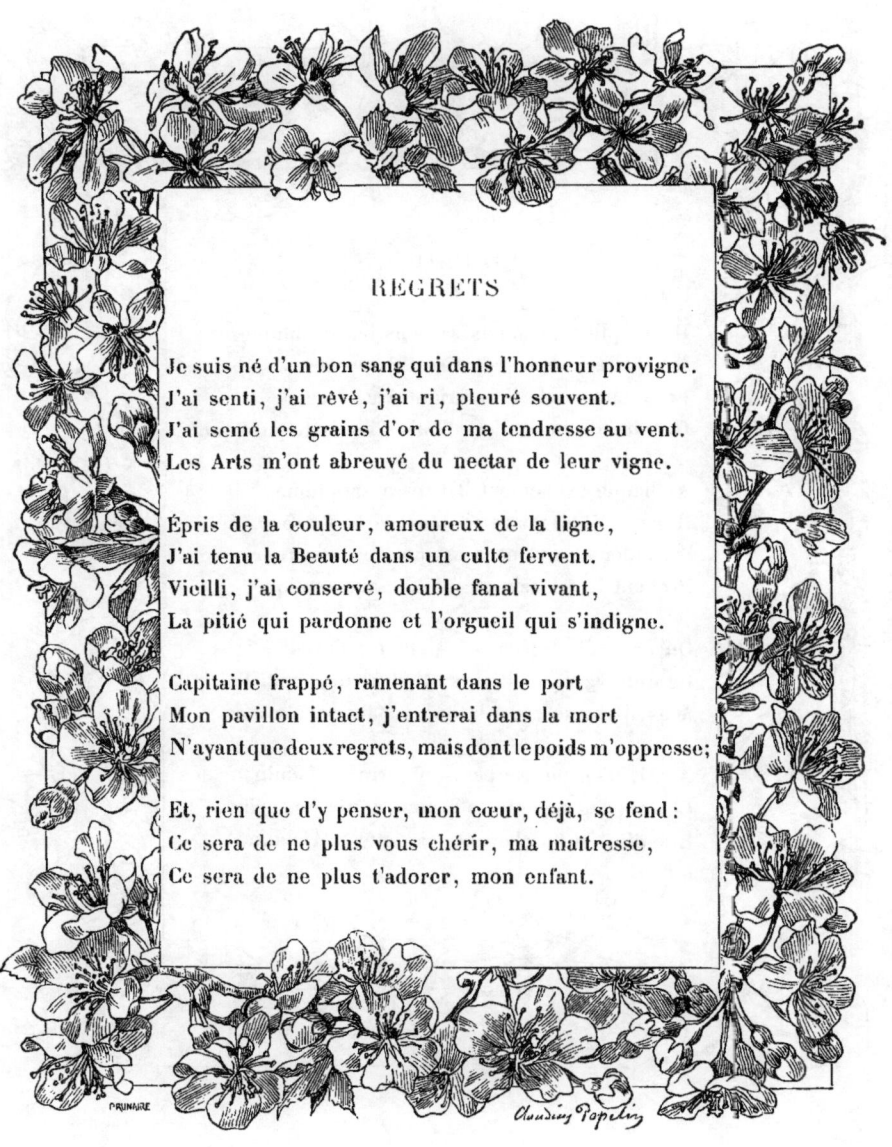

REGRETS

Je suis né d'un bon sang qui dans l'honneur provigne.
J'ai senti, j'ai rêvé, j'ai ri, pleuré souvent.
J'ai semé les grains d'or de ma tendresse au vent.
Les Arts m'ont abreuvé du nectar de leur vigne.

Épris de la couleur, amoureux de la ligne,
J'ai tenu la Beauté dans un culte fervent.
Vieilli, j'ai conservé, double fanal vivant,
La pitié qui pardonne et l'orgueil qui s'indigne.

Capitaine frappé, ramenant dans le port
Mon pavillon intact, j'entrerai dans la mort
N'ayant que deux regrets, mais dont le poids m'oppresse;

Et, rien que d'y penser, mon cœur, déjà, se fend :
Ce sera de ne plus vous chérir, ma maitresse,
Ce sera de ne plus t'adorer, mon enfant.

LE FAQUIN

Il sait plier au mieux sa conscience oblique.
Il a flatté le Roi, courtisé l'Empereur,
Et, maintenant, il va criant avec fureur,
Comme aucun d'aujourd'hui : Vive la République !

A chaque avènement il tire sa supplique.
Il sait déjà sa place au jour de la Terreur.
Se mêler aux vaincus est une grave erreur,
Prétend-il, et cela me parait sans réplique.

On ne peut, cependant, pénétrer l'avenir.
Ce qui règne, d'ailleurs, tout à coup peut finir ;
Mais il est de ceux-là que jamais on n'évince.

Aussi, n'en doutez pas, on verra ce faquin,
Chambellan patenté, s'il nous arrive un prince,
Brandir, en l'acclamant, sa batte d'arlequin.

LES PLEUTRES

Au temps où vous aviez la main dans le pouvoir,
Oh! combien accouraient, la bouche enfarinée;
Mendiant le matin, comme dans la journée,
On les prenait encore à mendier le soir.

Alors ils manœuvraient vivement l'encensoir,
Tournaient avec ferveur la louange effrénée,
Se mettaient à plat ventre et servaient la fournée
De ces grands mots : amour, fidélité, devoir.

Pour un bout de ruban l'on aurait vu ces pleutres,
Portant votre cocarde au sommet de leurs feutres,
Moins fiers que vos laquais, ramper sur les genoux.

Mais l'orage a brisé votre maison auguste,
Votre race est proscrite : aussi, comme de juste,
Ces pleutres, maintenant, ne viennent plus chez vous.

LA GLOIRE DE L'HOMME

A Émile Blanchard.

Jeté nu sur la terre, il se vêt et bâtit.
Il a dompté la faune, il a conquis la flore,
Assoupli le métal, tourné l'urne et l'amphore.
Il pense, écrit et peint, chante, sculpte et sertit.

Il découvre la Force, il se l'assujettit,
Soumet à son pouvoir et l'eau qui s'évapore
Et la foudre qui tue et le feu qui dévore.
Malgré tant de labeurs l'homme serait petit.

Petit il resterait, bien qu'il pèse les astres,
Bien qu'il nombre des cieux les immenses cadastres ;
Mais ce qui le fait grand, et non pas à moitié,

En lui ce qui révèle une essence divine,
Ce n'est pas ce qu'il peut, ce qu'il sait ou devine,
C'est d'avoir, ici-bas, inventé la Pitié.

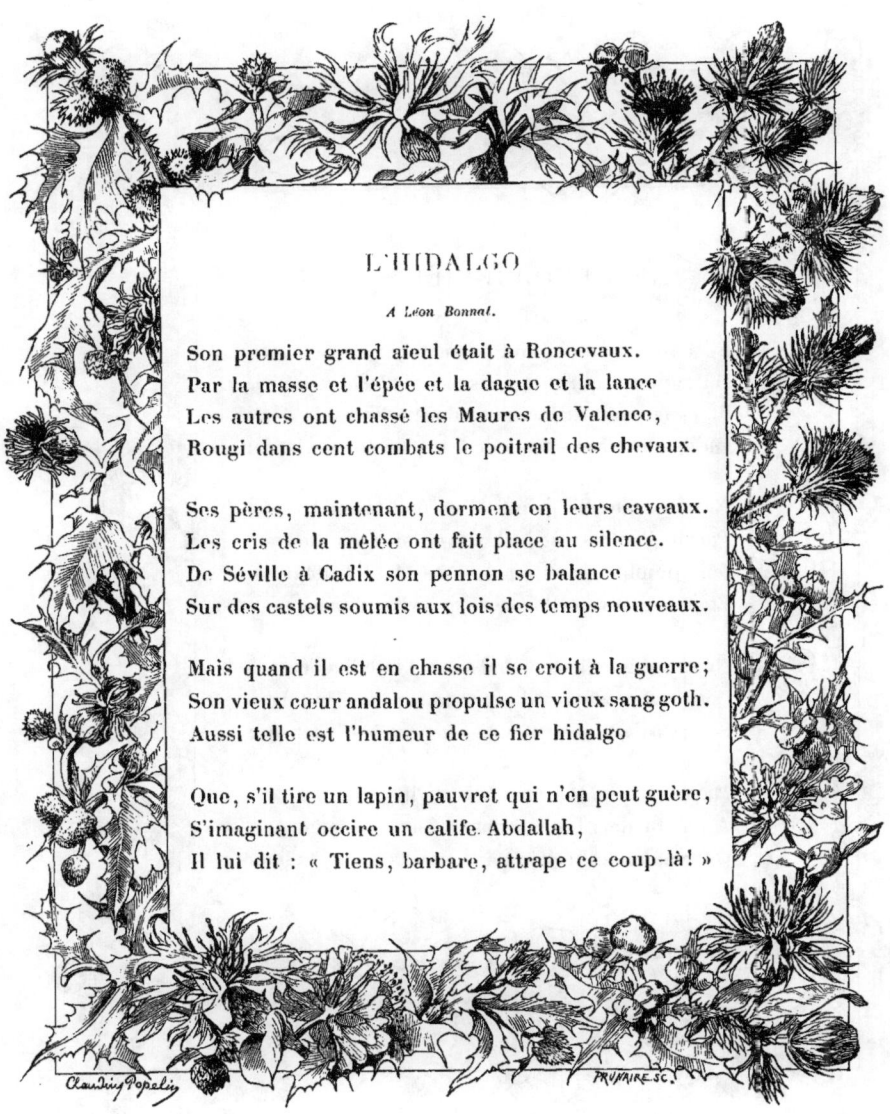

L'HIDALGO

A Léon Bonnat.

Son premier grand aïeul était à Roncevaux.
Par la masse et l'épée et la dague et la lance
Les autres ont chassé les Maures de Valence,
Rougi dans cent combats le poitrail des chevaux.

Ses pères, maintenant, dorment en leurs caveaux.
Les cris de la mêlée ont fait place au silence.
De Séville à Cadix son pennon se balance
Sur des castels soumis aux lois des temps nouveaux.

Mais quand il est en chasse il se croit à la guerre;
Son vieux cœur andalou propulse un vieux sang goth.
Aussi telle est l'humeur de ce fier hidalgo

Que, s'il tire un lapin, pauvret qui n'en peut guère,
S'imaginant occire un calife Abdallah,
Il lui dit : « Tiens, barbare, attrape ce coup-là! »

NE T'ENORGUEILLIS POINT

Ne t'enorgueillis point de marcher dans l'ivresse
Du superflu qui met sous tes pieds le velours,
Et pense aux malheureux dont telle est la détresse
Qu'ils n'ont pas sous la dent le pain de tous les jours.

Ne t'enorgueillis point de ce que ta maîtresse
Parmi d'autres est belle, avec ou sans atours.
Sois humble, mon ami, même dans l'allégresse,
Et pense aux malheureux qui vivent sans amours.

Ne t'enorgueillis point d'avoir l'intelligence :
Garde aux pauvres d'esprit ta suprême indulgence,
Songe à la nuit profonde où vont les insensés ;

Mais, élevant ton âme à la divine source
A qui tu dois tes champs si bien ensemencés,
Ouvre aux déshérités ton cœur, ta main, ta bourse.

28

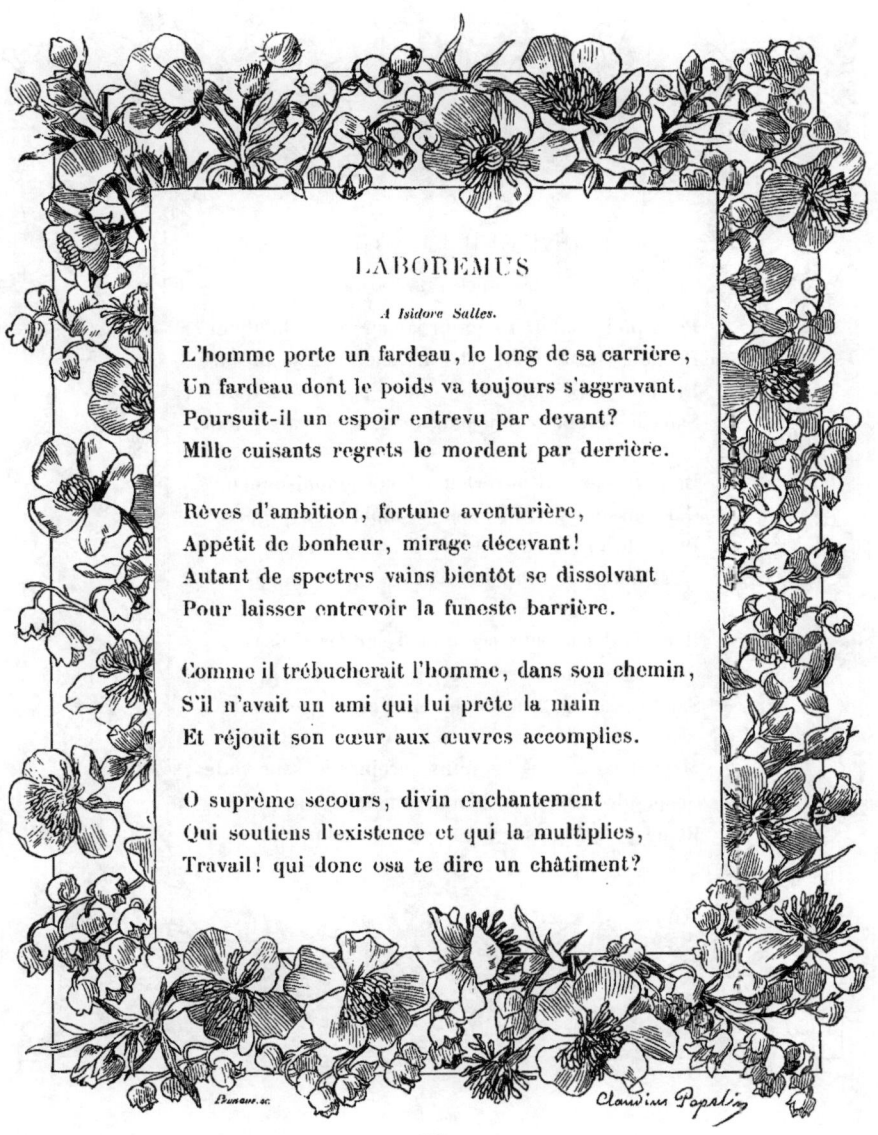

LABOREMUS

A Isidore Salles.

L'homme porte un fardeau, le long de sa carrière,
Un fardeau dont le poids va toujours s'aggravant.
Poursuit-il un espoir entrevu par devant?
Mille cuisants regrets le mordent par derrière.

Rêves d'ambition, fortune aventurière,
Appétit de bonheur, mirage décevant!
Autant de spectres vains bientôt se dissolvant
Pour laisser entrevoir la funeste barrière.

Comme il trébucherait l'homme, dans son chemin,
S'il n'avait un ami qui lui prête la main
Et réjouit son cœur aux œuvres accomplies.

O suprême secours, divin enchantement
Qui soutiens l'existence et qui la multiplies,
Travail! qui donc osa te dire un châtiment?

LE BONHEUR TEL QU'IL EST

Au comte Olivier de Gourjault.

Pourquoi vouloir toujours jauger notre bonheur?
Prenons-le tel qu'il est sans chercher sa mesure,
Et tant pour ce qu'il vaut et tant pour ce qu'il dure,
Sans le soumettre au joug de l'esprit raisonneur.

Dans le compas ouvert du doute empoisonneur
Gardons-nous d'enfermer sa mobile envergure :
Peser le grain nouveau de la récolte mûre
C'est œuvre à contenter l'avare moissonneur.

Il ne faut pas sans cesse analyser les choses,
Sans cesse énumérer les pétales des roses,
Sans cesse en la forêt dénombrer les scions;

Mais il faut, dans les nuits sereines et sans voiles,
Suspendre ses regards aux constellations
Et ne pas s'épuiser à compter les étoiles.

VITA BREVIS

L'existence, ici-bas, est faite de la sorte
Que, tournant court ou bien sur nous s'accumulant,
Ce nous est un destin toujours équivalent,
Et de quelque façon, d'ailleurs, dont on en sorte.

Qu'on la perde au matin ou vers le soir, qu'importe !
Avec la tête blonde, avec le chef branlant,
C'est tout un : car ce n'est que l'acte bref ou lent,
O mes amis ! d'ouvrir et de fermer la porte.

La vie est un éclair dans le ciel noir qui luit ;
Ce n'est qu'une étincelle au milieu de la nuit,
Qu'un vol rapide, un trait qui passe, un feu de chaume.

Que l'on soit Alexandre ou Nestor ou Marceau,
Mathusalem, Achille ou l'empereur Guillaume,
N'en doutez pas, la tombe est tout près du berceau.

LION MORT

Au commandant Albert Riffault.

En gardant son troupeau le jeune pâtre imberbe
Sans crainte peut chanter à l'écho qui répond ;
La vierge peut, d'un pas alerte et vagabond,
Faire un plus long détour en rapportant sa gerbe.

Les archers ont tué le grand fauve superbe
Qui vient de trébucher dans le silo profond.
Son sourd rugissement et son terrible bond
N'épouvanteront plus les bœufs qui paissent l'herbe.

Là, chacun l'injurie en diverses façons,
Maîtres et serviteurs et filles et garçons,
Jusqu'au petit enfant dans les bras de sa mère.

Les chiens en aboiments s'épuisent sur le bord,
Et, comme on le disait déjà du temps d'Homère,
Le lièvre aussi, lui-même ! insulte au lion mort.

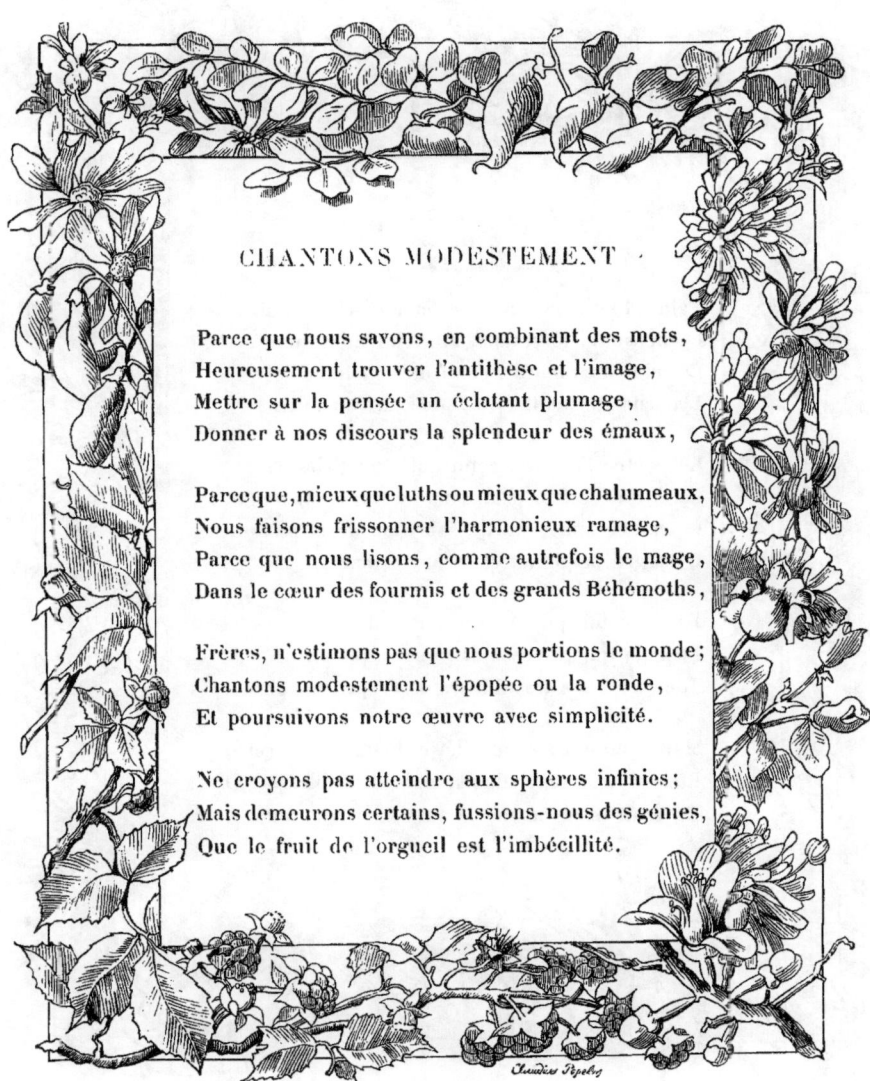

CHANTONS MODESTEMENT

Parce que nous savons, en combinant des mots,
Heureusement trouver l'antithèse et l'image,
Mettre sur la pensée un éclatant plumage,
Donner à nos discours la splendeur des émaux,

Parce que, mieux que luths ou mieux que chalumeaux,
Nous faisons frissonner l'harmonieux ramage,
Parce que nous lisons, comme autrefois le mage,
Dans le cœur des fourmis et des grands Béhémoths,

Frères, n'estimons pas que nous portions le monde;
Chantons modestement l'épopée ou la ronde,
Et poursuivons notre œuvre avec simplicité.

Ne croyons pas atteindre aux sphères infinies;
Mais demeurons certains, fussions-nous des génies,
Que le fruit de l'orgueil est l'imbécillité.

CEUX QUI COMPTENT

A l'amiral Jurien de la Gravière.

J'aime l'homme qui sème et récolte le grain,
Le penseur, le savant, l'ouvrier du volume,
Et celui du rabot et celui de l'enclume,
L'artiste du maillet, du pinceau, du burin,

Le poëte, l'acteur, celui qui fond l'airain,
Celui qui cuit le pain dans le four qu'il allume,
Le combattant loyal du sabre ou de la plume,
L'intègre magistrat et le brave marin.

J'aime celui qui sert ou défend la patrie,
Le sage qui professe et le sage qui prie,
Tous les bons travailleurs de l'esprit ou du corps;

Mais pour un sou rouillé je donnerais le reste :
Riches, pauvres, vilains, nobles, faibles ou forts,
Et point ne m'en soucie autrement que d'un zeste.

PASTEURS DES PEUPLES

A Victor Duruy.

Ils pourraient vivre en paix. Chacun a sa maison,
Chacun a son troupeau, chacun son pâturage.
Ils pourraient faire, ainsi, chacun son labourage,
Ses semailles chacun, chacun sa fenaison.

Mais l'âpre convoitise abolit la raison.
Sur le faible le fort, qui se rue avec rage,
Le terrasse, le frappe et longuement l'outrage,
Puis le rançonne, enfin, pour sa péroraison.

Le vaincu se relève et s'écarte, farouche,
La haine dans le cœur et du sang plein la bouche,
En murmurant tout bas des malédictions.

Le vainqueur, inquiet, considère cet homme,
Et se dit : j'aurais dû le tuer. Voilà comme,
O princes, sous vos lois vivent les nations !

224

MANNE DU CIEL

Va, ne redoute pas l'émotion profonde
Qui nous prend à la gorge et fait jaillir nos pleurs.
Celui que n'ont jamais secoué les douleurs
Ainsi qu'un luth muet passe à travers le monde.

L'homme, ici-bas, vois-tu, s'affine et se féconde
Par le choc répété des intimes souleurs,
Et notre esprit serait comme un jardin sans fleurs
Si la douce pitié lui refusait son onde.

Aussi n'esquive pas le regret qui te suit,
Mais pense aux êtres chers disparus dans la nuit,
Au vieux père si bon, à la mère si tendre.

Alors tu sentiras, dans un chagrin sans fiel,
Le long de ton visage une larme descendre.
Cette larme, bois-la; c'est la manne du ciel.

Claudius Popelin

GRAND PEUT-ÊTRE ET QUE SAIS-JE?

A Hervé Faye.

Aux cycles révolus les soleils s'éteindront.
La mort les figera comme tout en ce monde.
Colossale poussière, à la sinistre ronde,
Les planètes, encore, autour graviteront.

Dans l'immensité noire elles iront, iront,
Et, mystère effrayant pour l'esprit qui le sonde,
Sans vie à la surface et sans air et sans onde,
Silencieusement tourneront, tourneront.

Apprends-nous donc, penseur, où sera l'âme humaine.
Au Cosmos ténébreux où placer son domaine?
S'enfuira-t-elle? Eh bien, quels seront ses relais?

Délivre ta raison du doute qui l'assiège.
Écoute, à ce sujet, Montaigne et Rabelais.
L'un dit: C'est grand peut-être! et l'autre dit: Que sais-je?

226

SI L'ŒUVRE EST ACCOMPLIE

Au docteur Dieulafoy.

Quand l'homme vieillissant a dévidé son sort,
Quand il touche du doigt la funeste barrière,
Il voit, avec terreur, le bout de sa carrière
Et son âme se trouble aux affres de la mort.

Il détourne les yeux de son lugubre abord,
Son être se raidit et se jette en arrière ;
Mais, puisque rien n'y fait, ni larmes ni prière,
J'estime qu'il s'émeut et qu'il s'effraie à tort.

La vie est longue assez quand elle est bien remplie,
Et tout est obtenu si l'œuvre est accomplie.
Qu'importe d'ajouter des instants aux instants.

Une ère, un siècle, un jour, c'est même chose, en somme.
On vivrait cent mille ans que ce serait tout 'comme.
Ce qui doit prendre fin n'est qu'un point dans le temps.

Printemps 86   *Claudius Popelin.*

ET PUIS APRÈS

A Alexandre Dumas fils.

Du bon vin de l'amour, du bon blé de l'espoir
Il faut, dès l'aube, emplir ses celliers et ses granges,
Allumer son matin pour éclairer son soir
Et fonder son bonheur sur de tendres échanges.

— Eh bien! et puis après? — Après, il faut avoir
Son poste de bataille aux vaillantes phalanges,
Tracer un sillon droit dans le champ du devoir
Et disposer sa vigne aux futures vendanges.

— Eh bien! et puis après? — Après, dans sa maison,
Pensif, on se délecte, en homme de raison,
Aux souvenirs vivants des combats de la vie.

— Eh bien! et puis après? — Sait-on qu'on a vaincu?
L'on s'applaudit, alors, de la route suivie.
— Eh bien! et puis après? — Après, on a vécu.

Prunaire. 16   Claudius Popelin.

PAR MONTS ET PAR VAUX

A Émile Augier.

Le mont silencieux dresse sa tête altière
Au bord de l'horizon. Sur son faîte chenu
Je veux aller. Mes yeux, plongeant dans l'inconnu,
Verront se dérouler au loin la terre entière.

Holà! les compagnons, enlevez ma litière.
Nous y voici. C'est bien. A peine parvenu
Je vois un autre mont qui, de son sommet nu,
A l'espace borné fait une autre frontière.

Ainsi toujours, toujours, sur des sommets nouveaux,
Je n'ai vu que des monts qui limitaient des vaux,
Et n'ai pas aperçu les bornes de ce monde.

L'ardeur de tout savoir ne peut pas aboutir.
J'arrête désormais ma course vagabonde;
Qu'importe de connaître! Il suffit de sentir.

PRŒMIA LABORIS

A tout âge au labeur j'ai donné mes instants.
On ne m'a jamais vu, comme certains maroufles,
Muser, baguenauder, les pieds dans mes pantoufles,
Livrant à la paresse une heure de mon temps.

J'ai dessiné, j'ai peint, j'ai gravé quarante ans,
En disciple fervent des maîtres aux grands souffles.
Artiste, j'ai brûlé ma face au feu des moufles
Pour marier l'émail aux métaux éclatants.

Écrivain, j'ai traduit, commenté le grimoire,
Retracé de mon art la technique et l'histoire,
Abandonné mon rêve à la douceur des vers.

Et, si j'ai bien bâti mon modeste édicule,
Puissé-je, au bois sacré, planté de lauriers verts,
Mériter de cueillir un humble ramuscule.

Claudius Popelin

TABLE DES SONNETS

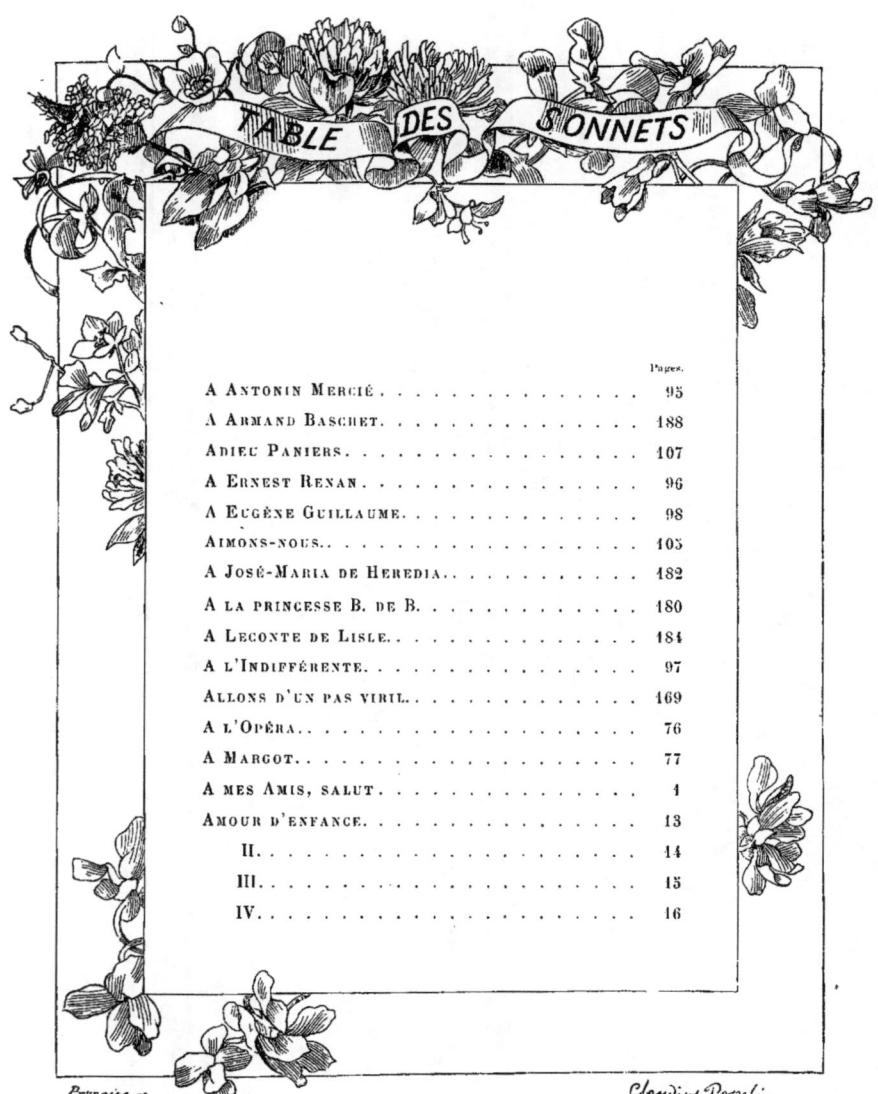

TABLE DES SONNETS

Prunaire sc

Claudius Popelin

Prunaire. sc.

Claudius Popelin

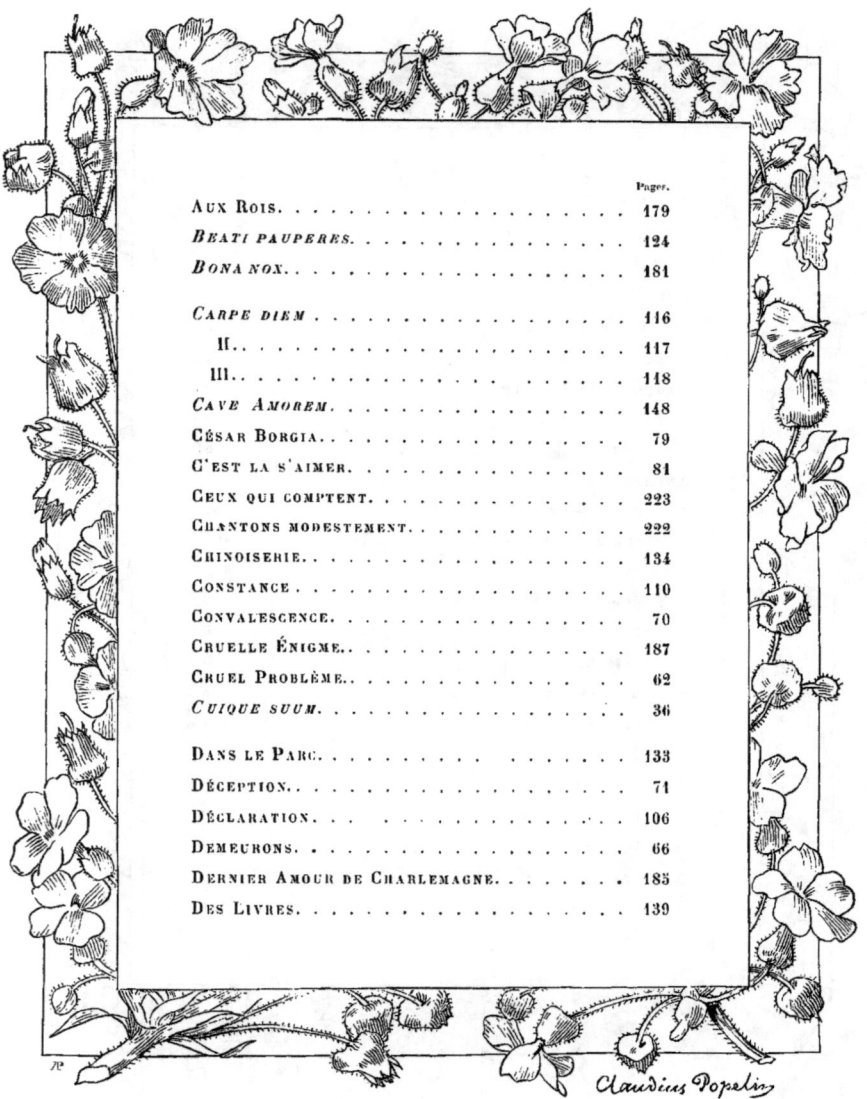

Claudius Popelin

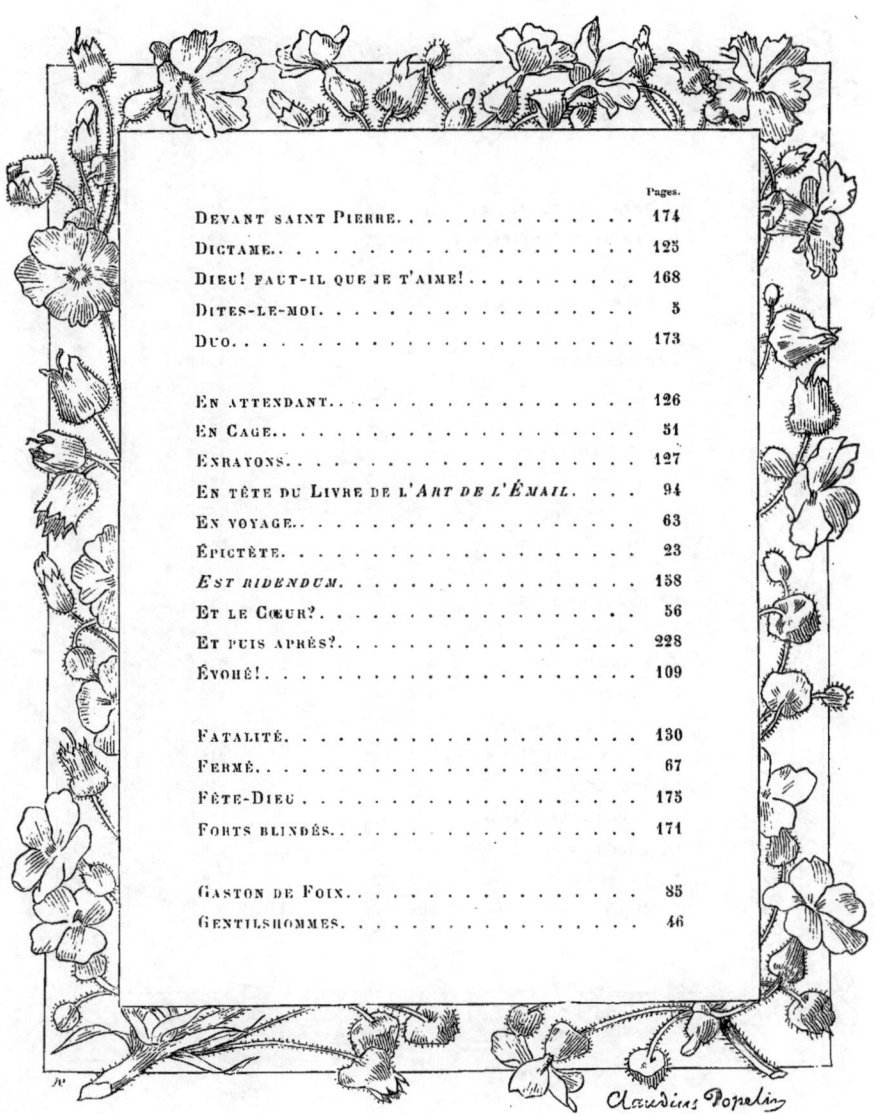

Prunaire.sc

Claudius Popelin

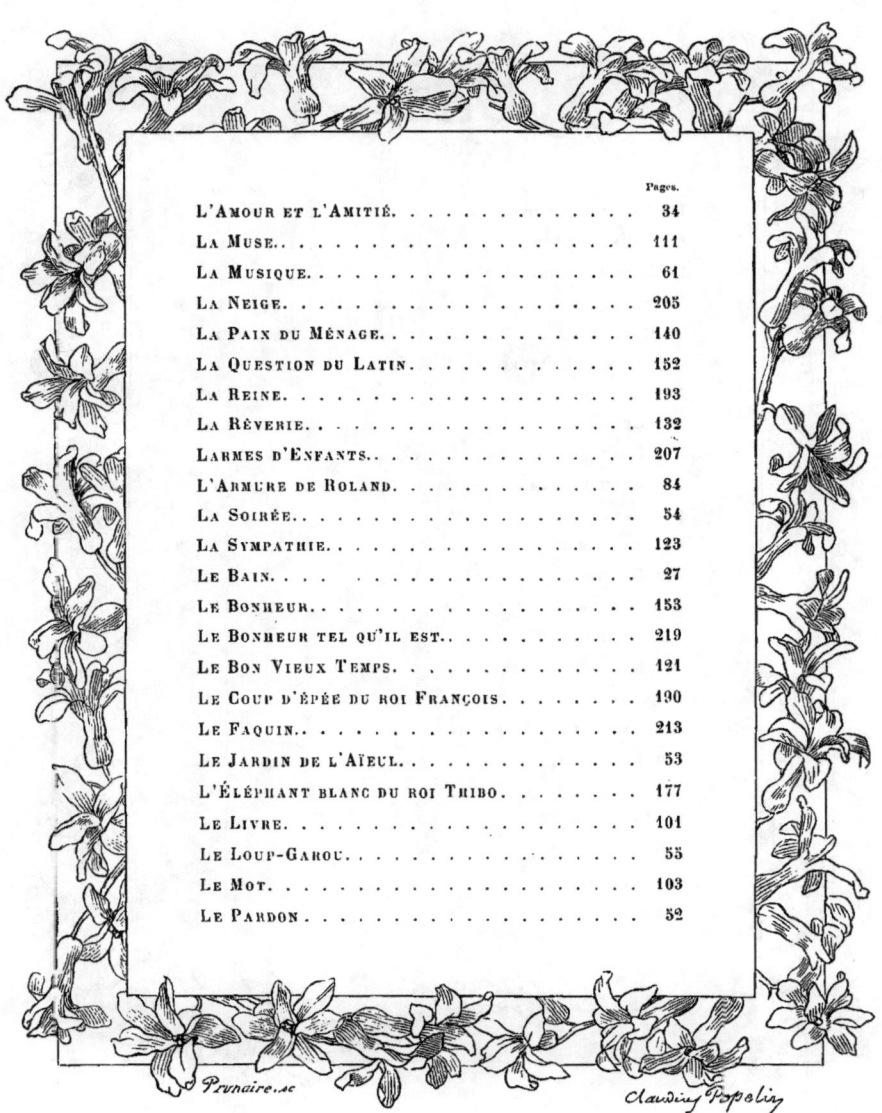

Prunaire. sc

Claudius Popelin

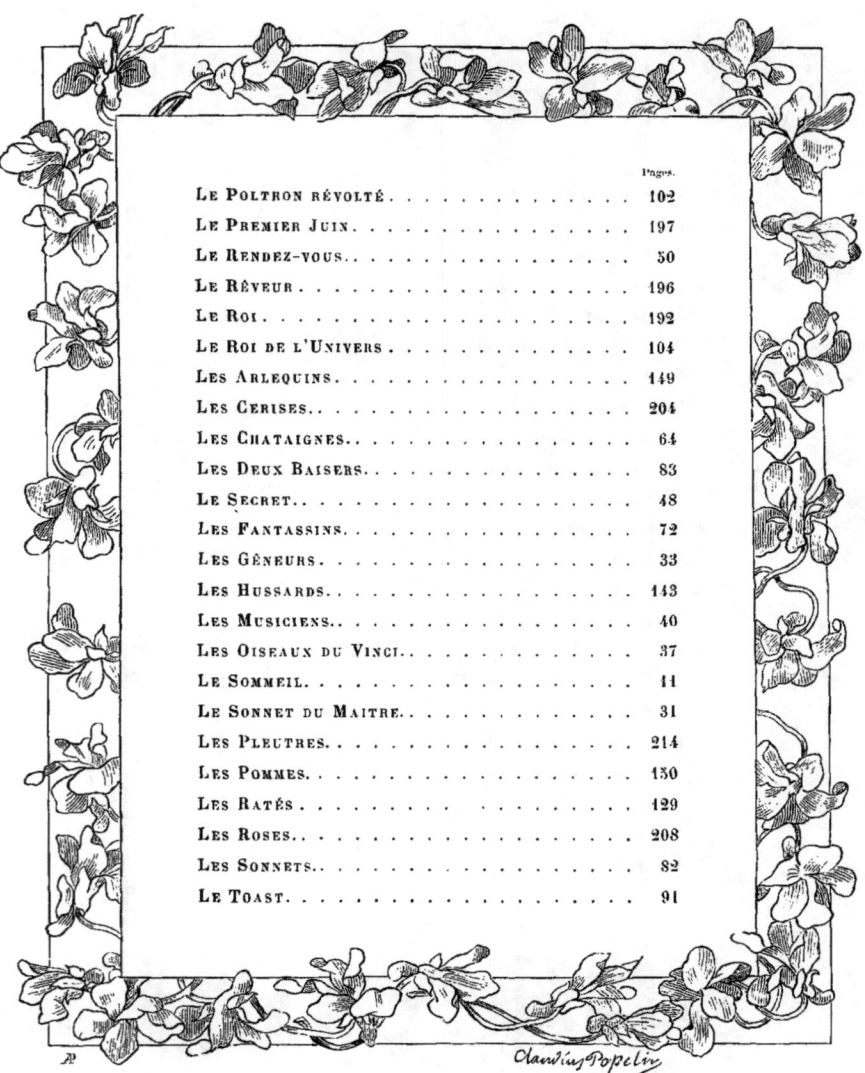

Claudius Popelin

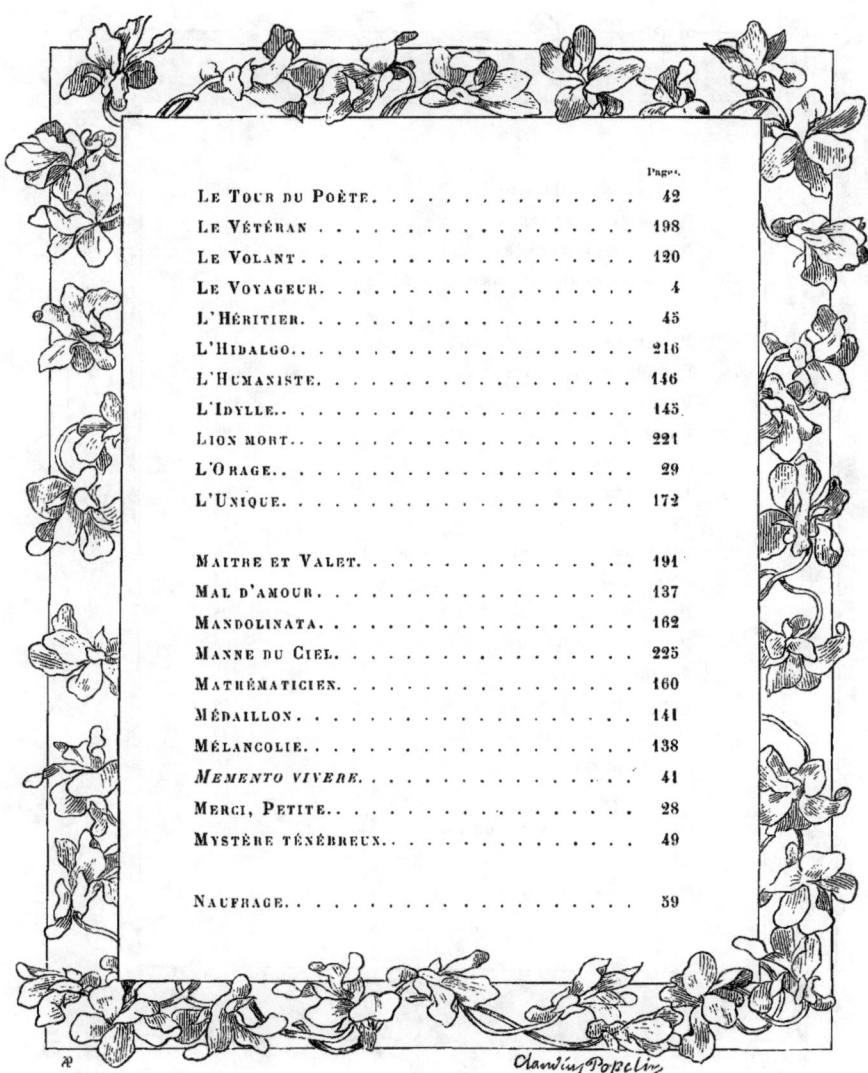

Claudius Popelin

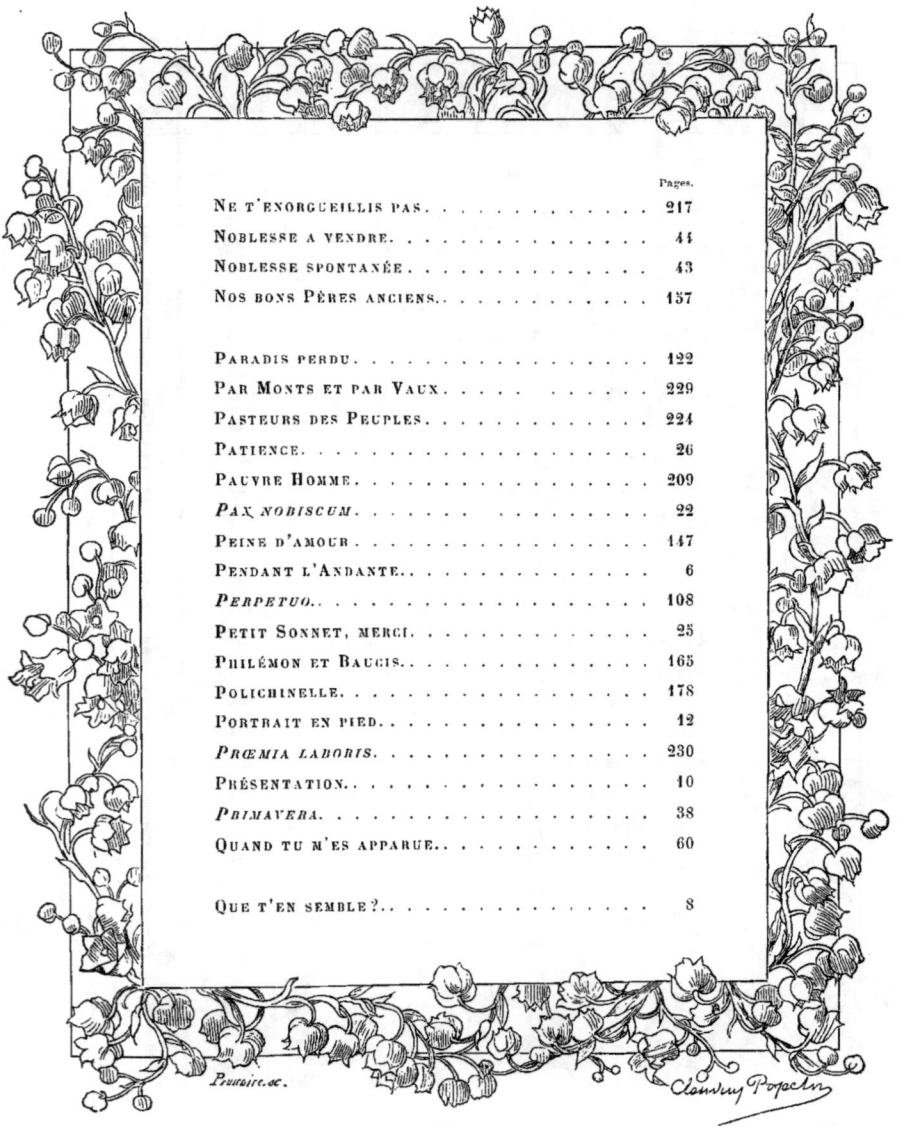

Prudoire. sc.

Claudius Popelin

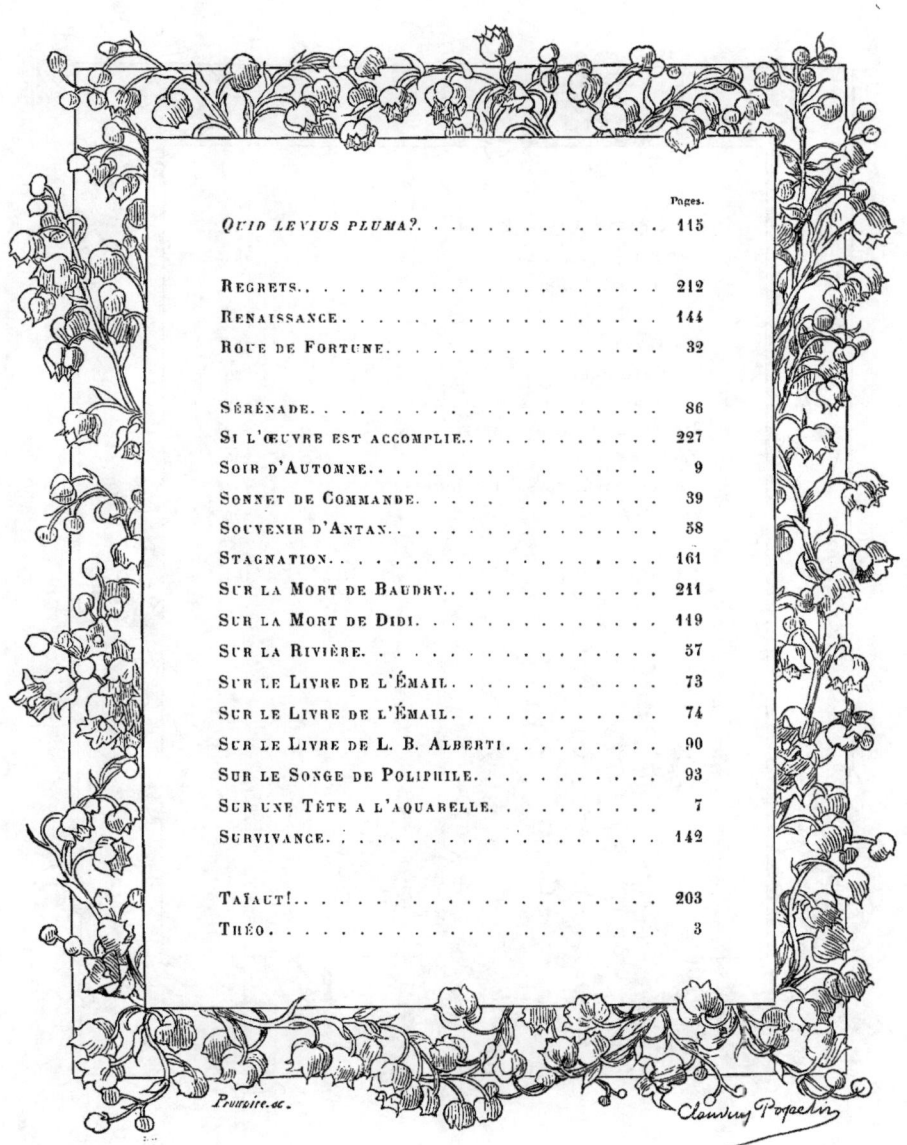

Pruvoire. sc.

Claudius Popelin

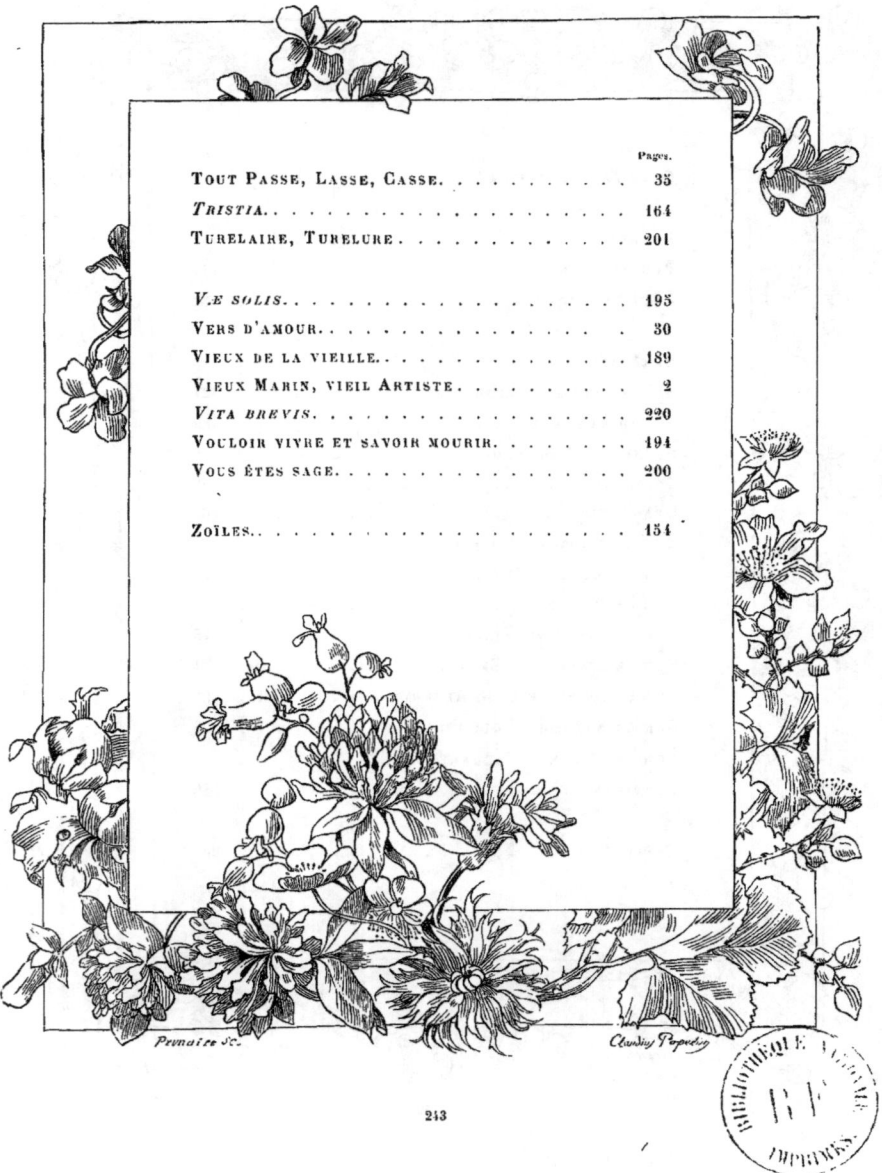

Pevnaire Sc.   Claudius Perpukty

243

IMPRIMÉ

PAR

GEORGES CHAMEROT

19, RUE DES SAINTS-PÈRES, 19

PARIS

www.ingramcontent.com/pod-product-compliance
Lightning Source LLC
Chambersburg PA
CBHW070511030726
47503CB00004B/1231